다산 정약용의 깨달음을 찾아 떠난 긴 여행

다산이 삶에서 깨달은 것들

다산 정약용의 깨달음을 찾아 떠난 긴 여행
다산이 삶에서 깨달은 것들

초판 1쇄 발행 | 2021년 5월 4일
초판 2쇄 발행 | 2022년 7월 29일

지은이 | 차벽
발행인 | 한정희
발행처 | 종이와나무
출판신고 | 2015년 12월 21일 제406-2007-000158호
주소 | 경기도 파주시 회동길 445-1 경인빌딩 B동 4층
전화 | 031-955-9300
팩스 | 031-955-9310
홈페이지 | http://www.kyunginp.co.kr
이메일 | kyungin@kyunginp.co.kr

ISBN 979-11-88293-14-8 03810
값은 뒤표지에 있습니다.

종이와나무는 경인문화사의 브랜드입니다.

다산 정약용의 깨달음을 찾아 떠난 긴 여행

다산이 삶에서
깨달은 것들

사진 · 글
차벽

종이와
나무

사람 냄새 나는

사람으로

살갑게 사는 것이

깨달음이다

- 저자 -

일러두기

1. 인용된 글들은 대부분 한국고전번역원의 『다산시문집』을 기본으로 하였고 이해가 어
   렵거나 보완이 필요한 부분은 쉽게 수정하였다.
2. 직접 인용한 출처는 밝혔으나 본문 인용 부분은 문장의 흐름상 생략하였다.
3. 답사 장소에서 중복된 곳은 같은 장소의 다른 사진을 넣거나 본문과 연관된 다른 곳의
   사진을 이용하여 중복을 피하였다.
4. 정확한 시점이 확인된 곳은 계절과 월까지 표기하였다. 확인할 수 없는 시점은 추정
   년도와 경을 집어넣었다.

들어가기 전에

　다산의 발자취를 따라 걸어온 지 십 년도 훨씬 넘었다. 새롭게 찾은 곳에서 환희에 차 있기 보다는 익숙한 곳을 걸을 때가 많아졌다. 그 익숙한 풍경도 지루하지 않고 새롭게 다가온다. 현장에 서서 시를 읊조리며 생각에 잠길 때마다 놓치기 싫은 깨달음들이 어지럽던 머리를 맑게 해준다. 마치 다산이 맛있는 글귀를 발견하고 먹고 자는 것도 잊으며 즐거워하듯 말이다.

　행간이 새롭게 읽힐 때가 있는가 하면 다산이 처했던 상황이 겹치면서 "아하, 이랬었구나!"하며 망연자실하기도 했다. 요즈음같이 자신의 권리를 버리는 혼란스러운 세상에 묻는 질문도 많아졌다. '주역을 깨우쳐서 남는게 무엇이었을까', 그래서 '삶이 어떻게 달라졌나', 변수變數, 변하는 것 와 상수常數, 변하지 않는 것, 그중 어려운 상수를 어떻게 헤쳐나왔을까와 같은 것에서 '법을 아는 자의 정의는 어떤 것일까', '그 사람들의 법은 그들 삶의 수단으로 이용해도 괜찮은 것일까'와 같은 의문들이다.

　그중 하나가 '다산에게 깨달음을 많이 내린 건 하늘의 뜻인가, 자신의 노력인가'와 '왜 깨달음이 많았고 무엇 때문이었을까'라는 의문이다. 답사하는 사람들이 많아 시장바닥이 된 다산생가 한적한 곳을 거닐때마다 곰팠다.

다산은 7세부터 13세 때까지 자신의 키 두 배가 넘는 시를 썼다. 소년답지 않게 많은 시를 지었다. 그 시를 차곡차곡 모았다. 10세 무렵에 첫 시집을 발간했다. 13세에는 중국 시성詩聖인 두보杜甫의 시를 모방하기도 했다. 7세에 지은 첫 시를 보면 자연을 보는 눈도 예리하고 내용도 소년답지 않게 심오하다. 누가 시켜서 한 것도 아니었다. 스스로 즐겼다. 미친 것처럼 열정도 따라왔다. 즐긴 것이 다른 사람들 눈에는 노력한 것처럼 보였을 뿐이다. 그는 왜 시 짓는 일에 몰두했을까?

> 시는 뜻을 말하는 것이다. 뜻이 본디 낮고 더러우면 비록 억지로 맑고 높은 말을 하더라도 알맹이가 없다. 뜻이 좁고 비루하면 비록 툭 터진 말을 하더라도 사정에 꼭 들어맞지 않는다. 시를 배우면서 그 뜻을 온축하지 않는 것은 거름흙에서 맑은 샘물을 긷고 고약한 가죽나무에서 기이한 향기를 구하려는 것과 다름없다.
>
> -초의 의순에게 준 말, 중에서-

시는 미사여구를 늘어놓는 것이 아니라 자신의 뜻을 운율韻律로 노래하는 것이다. 뜻이 없으면 시도 없다. 시를 잘 쓰려면 뜻을, 그것도 비루하지 않은 고상한 뜻을 길러야 한다. 그것은 사람으로서 배워야 할 기본 지식은 물론이고 사물과 자연의 이치를 알고 그 지혜, 즉 깨달음이 쌓여야 한다. 자신을 알아가는 과정이기도 하다.

다산은 이를 위해 어려서부터 시 짓는 것을 즐겼다. 사람을 만나고 사물과 자연을 접하고서도 그냥 지나치지 않았다. 그들과의 관계와 섭리를 자신만의 것으로 만들고 썼다. 보고 들리는 대로만 믿거나 귀와 눈만 믿지 않았다. 가슴과 마음을 더 믿었다. 다산에게 시를 잘 짓는다는 의미는 뜻을 세우는 것이었다.

다산은 평생 동안 만여 수의 시를 지었다. 어렸을 때 지은 시가 포함되었는지 여부는 알 수 없으나 그의 시집은 16권이었다. 이 시를 마음에 들지 않거나 밝히고 싶지 않아서 무려 10권을 버렸다. 『여유당전서』를 꾸미면서 6권으로 줄였다. 지인들이 남긴 시를 합하면 3천 여수가 현재 전해지고 있다.

다산에게 시를 짓는 것은 뜻을 세우는 것이고 깨달음의 지혜를 얻는 것이다.

'깨달음'은 자신이 가고자 하는, 자신을 알아가는 길에 부합된 삶의 지혜를 얻는 것이라고 생각한다. 특별한 삶이 아닌 일상생활 중에서다. 고정관념에서 벗어나 전혀 다른 시선으로 사물을 바라보게 되는 것, 고귀한 깨달음의 조건이다.

절망에서 탈출하기 위해서는 깨달음이 필요하고 그 절망은 사람에 따라 다르다. 그것은 한두 번 찾아올 수도 있고, 여러번 일수도 있다. '절망의 죽음'이 늘어나는 이유 가운데 최근에는 외로움 때문에 죽는 사람이 늘어나는 추세라고 한다. 물질적 풍요 뒤에 오는 정신적 빈곤으로 절망의 내용이 다양화되고 있다.

대부분 사람들은 자신에게 찾아오기 마련인 절망의 시기를 어떻게 다스리느냐에 따라 삶의 질이 좌우된다고 생각한다. 다산은 뛰어난 능력과 부지런함, 굳은 의지를 가지고도 짧은 전성기와 길게 반복된 절망 속에서 살다간 사람이다. 세태에 저항하는 삶이었다. 절망 속에서 불행했지만 후세 사람들은 그를 위대했다고 평한다.

절망은 자신이 초라하다고 느낄 때 생긴다. 희망이 보이지 않을 땐 당연하다. 이상이나 희망이 너무 커서 이룰 수 없을 때 생기기도 한다. 타인과 비교하며 운명의 장난이 유달리 자신에게만 쏟아진다고 생각될 때도 생긴다. 절망을 사전적으로 해석하면 희망이 끊어진 상태이다. 철학적으로는 극한 상황에 직면하여 허무함을 깨달은 상태를 말한다.

다산은 이런 상태를 다 겪었다. 그러나 그 속에서 자신을 찾아갔다. 젊어서는 답답한 세태에 분노하며 새로운 세상을 찾아 헤맸고 가까스로 기존 질서에 들어왔을때에는 수구세력과 싸웠으나 힘이 부쳤다. 결국 하늘이 무너지는 절망 속으로 빠졌다. 그 속에서 18년 만에 어렵게 탈출했지만 기다리고 있는 것은 그보다 더한 절망이었다.

다산이 가장 크게 절망한 때는 더 이상 추락할 곳이 없는 18년 간의 유배 생활보다도 해배 되어 고향에 돌아왔을 때였다고 생각된다. 자신이 살고 있는 세상에서는 자신의 이상을 펼칠 수 없겠다는 포기상태에 이르렀기 때문이다. 다시 말해서 지금까지는 절망 속에서 희망의 끈을 놓지 않고 살았으나 고향에 돌아와서는 절망 속에 묻혀 체념하며 살았다. 100년 후라는 가느다란 희망만이 존재하던 시기이기도 했다. 다산은 허투루 걷는 곳이 없었다. 굴곡진 일상 어디서고 깨달음을 얻었다. 흔히 말하는 절망 그 이하의 삶에서도 깨달음으로 수렁을 헤쳐 나왔다.

관습이나 부패, 틀어짐에 저항하는 삶을 사는 사람은 다르게 사는 사람들이다. 그들 대부분은 굴곡진 삶을 살았다. 그 삶이 순탄치 않을지라도 힘이 있다. 다산이 그렇다. 그의 깨달음을 모아 뜻을 세운 결과이다. 그 장소 88곳을 _{중복된 곳도 있다} 찾았다. 일상 생활에서 그냥 지나치지 않는, 꾸며지거나 미화된 것이 아니라 날것 그대로였다. 삶의 의미는 스스로 만드는 것이라는 깨달음도 다산에게서 얻었다.

이 책은 절망 속에서 깨달은 것들을 4장으로, 나머지를 7장으로 엮었다. 주로 널리 알려지지 않은 내용으로 꾸미도록 노력했다. 배경 설명을 덧붙여 이해를 돕도록 했다. 나머지 7장도 절망 속에서 깨달음 위주로 엮다 보니 내용이 무거워졌다. 재미있어야 한다고 몇 번을 다시 수정해 썼지만 크게 벗어나지 못했다.

'절망 속에서 깨달은 것들' 4장 중에 앞에 배치한 1장은 유배지에서 얻은 깨달음으로 다산이 생각하는 경제를 다뤘다. 조선시대 치세도 경제가 우선이었다. 가난에서 벗어나는 방법과 재산을 모으는 법, 재물에 대한 생각과 모아서 부유해진 내용을 위주로 엮었다. 4장은 유배지에서 경제 이외의 깨달음을 모은 것이고, 8장은 유배 이전의 절망상태에서 깨달은 것들이고, 마지막 11장은 해배 이후 절망과 체념 속에 깨달은 것들을 위주로 엮었다. 나머지 중간에 배치한 7장들은 젊어서 절망상태에 깨달은 것들을 위주로 꾸몄다. 이 7장은 시대순으로 엮어 이해를 도왔다.

'일, 여행, 사랑, 늙지 않는 방법이다'는 100세 김형석 교수의 글을 접하고 다산을 생각했다. 그는 푸른 친구들과 어울리며 늙어가면서도 깨달음을 쌓아가는 삶을 살았다. 다산에게서 깨달음을 배우며 늙어간다. 그 깨달음의 장소를 찾으면서다.

차 례

첫째,
절망 속에서 깨달음, 1

1. 백번 싸워야 백번 진다
동촌/ 1802년

다산은 1801년 11월 두 번 화란을 겪고 강진 유배지에 도착했다. 자신을 기다리는 것은 병든 몸과 분노와 굶주림이었다. 초기에는 두문불출하며 주로 밤에 마음을 다스리느라 술잔을 들었다. 달아난 잠을 찾는 일이었다. 주막집이라 돈을 쥔 손만 내밀면 술이 있었다. 금방 노잣돈이 바닥났다. 아끼던 쇠투호도 팔아야 했다.

고향 두릉 집도 두 번의 난리에 풍비박산하여 도움을 기대할 수도 없었다. 하인까지 데려와 유배 생활하는 부유한 자들도 보였지만, 자기 몸 하나도 추스를 수 없었다. 아침을 냉수로 때우고 점심을 건너뛰어도 견디기 어려웠다. 생활비가 만만치 않았다.

> 마음이 몸을 노예처럼 부린다고
> 중국 시인 도연명陶淵明도 말했다.
> 백번 싸워서 백번 다 지다니
> 이놈의 몸 왜 이리 멍청한가.
>
> - '걱정이 오다' 중 아홉 번째 수 -

백번 싸워봐야 백번 진다. 그걸 깨달으려고 구태여 사흘이나 굶지 않아도 된다. 하루만 굶어도 몸이 마음을 이긴다는 것을 깨닫는다. 평소 가난을 증오했다. 가난한 나라에 대해 대책을 세워 건의하기도 하고 한탄하

강진읍성 동문 앞 동촌은 조선 시대 아전 거리였다. 강진현에 볼 일이 있으면 이곳에 들러 아전들을 만났다. 언제나 사람들로 북적거리는 거리였고 강진 일대에서 일어나는 모든 정보의 집산지였다. 동촌 바로 앞까지 바닷물이 들어와 다산이 원하던 채소밭을 빌릴 수 있는 놀리는 땅이 없었다.

기도 하며 부패에 분노했다. 글만 읽으며 가족 생계를 나 몰라라 하는 가난뱅이 선비를 금기시 했었다. 갑자기 닥친 환란으로 자신이 굶주리고 보니 앞이 캄캄했다. 대비책이 없었다는 후회는 시간 낭비였다. '이제야 겨를을 얻었구나!'며 마음은 추슬렀지만 굶주림에서 벗어나는 길은 막연했다.

"정공은 조선천지에 글쟁이로 소문났어, 학비도 싸!"

굶주리며 대나무처럼 말라가는 다산을 지켜보던 주모의 도움을 받았지 싶다. 아전 골목의 동문안 밥집 주모가 아전들과 잘 통했던 덕이다. 이

듬 해 봄부터 아전 자식 몇을 가르치며 겨우 굶주림에서 벗어났다. 이는 해결책이 아니었다. 근본적인 해결책이 필요했다. 처음에는 아들들의 장래가 걱정되어 공부에 힘쓸 것을 채근했었다. 굶주리다가 깨달았다. 우선 기본적인 의식주를 해결하는 게 급선무임을 알았다.

읍성 주변을 돌아다니며 농사짓는 것을 살폈다. '나는 원래 채소 가꾸는 것을 좋아했다. 읍성의 땅이 비좁아 구하지 못하고 있다. 이웃에 작은 채소밭 가꾸는 사람 모습을 보기만 해도 마음이 편안해진다' 하며 채소밭을 찾아서 채소 심고 가꾸는 것을 살피고 물었다.

> 채소밭을 가꾸려면 모름지기 땅은 평평하게 고르고 이랑은 반듯해야 한다. 흙을 다룰 때는 잘게 부수고 깊게 갈아 분가루처럼 부드러워야 한다. 씨는 매우 고르게 뿌리고 모종은 아주 드물게 심어야 한다. 아욱과 배추, 무를 한 이랑씩 심고, 가지나 고추 따위도 각각 구별해서 심어야 한다. 마늘이나 파를 심는 일에 가장 힘써라. 미나리도 심을 만하다. 한여름 농사로는 오이만 한 것이 없다. 절약하고 본 농사에 힘쓰면서 부업으로 좋은 평판을 얻는 것이 바로 채소밭 가꾸는 일이다.
> – '두 아들에게 부친다' 중에서 –

두 아들이 가난에서 벗어나야 했다. 1802년 봄에 채소밭을 살펴보면서 알아낸 내용을 아들들에게 전했다. 절약하고 벼농사에 힘쓰면서 부업으로 채소를 기르라고 땅 고르기와 채소 기르는 법을 가르치고, 그 자부심까지 심어주고 있다. 실제로 큰아들 학연이 강진으로 아버지를 뵈러 오면서 마늘을 팔아 그 돈으로 왔다. 가난에서 벗어나는 기본이었다.

2. 부지런하고 검소하면 부유해진다
동문안 밥집 / 1802년

다산은 참 부지런했다. 청소하는 시간도 아껴 글을 쓰는 등 항상 몸과 마음이 움직였다. 모든 일에 생각은 깊게 하고 행동은 민첩했다. 다산은 두 아들들에게 솔선수범하며 주자朱子의 '근검勤儉은 집안을 다스리는 근본이다'라는 말을 빌려 검소하고 부지런해야 함을 강조했다. 이 두 가지를 행하면 병이 도망가 마음뿐 아니라 몸도 건강해지며 부유해진다고, 평생 잊지 말고 지켜야 한다고 했다. 굶주리며 가난하게 사는 사람은 게으르기 때문이라고 했다.

시골에 살면서 과수원이나 채소밭을 가꾸지 않는다면 세상에 버림받는 사람이 될 것이다. 나는 지난번 정조가 돌아가신 국상에 슬프고 정신 없는 와중에서도 만송蔓松 열 그루와 향나무 두 그루를 심었다.

내가 지금까지 집에 있었다면 뽕나무가 수백 그루, 접붙인 배나무 몇 그루, 옮겨 심은 능금나무 몇 그루 정도는 되었을 것이고, 닥나무는 지금쯤 밭을 이루었을 것이다. 옻나무도 다른 밭 두둑에까지 뻗어 나갔을 것이며, 석류 몇 그루와 포도 몇 그루는 시렁에 올라갔을 것이다. 파초도 이미 너덧 뿌리는 되었을 것이고, 불모지에는 버드나무 대여섯 그루가 심어졌을 것이요, 집 뒤 유산酉山의 소나무도 이미 여러 자쯤 자랐을 것이다. 너희는 이러한 일을 하나라도 하였느냐?

네가 국화를 심었다는 말을 들었는데, 국화 한 이랑은 가난한 선비의 몇 달 양식이 충분히 될 수 있으므로 한갓 꽃 구경에만 그치는 것이 아니다. 생지황生地黃·끼무릇·도라지·천궁川芎 따위와 쪽풀이나 꼭두서니 등에도 모두 마음을 쏟아 잘 가꾸도록 하여라.

- '두 아들에게 부친다' 중에서 -

정조는 다산에게 군주요 스승이자 어버이였다. 그리고 그의 미래였다. 통곡하며 따라 죽겠다고 할 정도로 그의 죽음은 절망적이었다. 그런 와중에도 그는 나무를 심었다. 그리고 집에 있었더라면 행했을 일을 열거하며 아들들을 훈계했다. 아들들은 가슴이 뜨끔했을 것이다.

부지런함勤이란 무얼 뜻하겠는가?

오늘 할 일은 내일로 미루지 말며 아침에 할 일을 저녁때로 미루지 말아야 한다.

맑은 날 해야 할 일을 비 오는 날까지 끌지 말도록 하고 비 오는 날에 해야 할 일도 맑은 날까지 끌지 말아야 한다.

늙은이는 앉아서 감독하고 어린 사람들은 직접 어른의 감독을 실천에 옮겨야 한다.

젊은이는 힘든 일을 하고 병든 사람은 집을 지킨다.

부인들은 길쌈을 하기 위해 한밤중이 넘도록 잠을 자지 말아야 한다.

요컨대 집안 상하 남녀 간에 단 한 사람도 놀고먹는 사람이 없어야 한다.

또 잠깐이라도 놀아서는 안 된다.

이런 걸 부지런함이라 한다.

- '또 두 아들에게 주는 교훈' 중에서 -

다산은 부지런함을 두 가지로 설명한다. 첫째 해야 할 일을 놓고 미루지 않는 것이다. 둘째는 병든 사람이나 늙은이도 할 일이 있다. 각자 맡은

동문안 밥집은 동촌의 번화한 거리에 있는 술과 밥을 파는 주막집이었다. 밥집 주모는 아들이 서객이었다는 설도 있는 등 깨우친 아낙네여서 아전들과 가까이 지냈다. 그녀는 천주학쟁이이기에 아무도 거두어 주지 않으려했을 때 나서서 도와주는 등 다산을 많이 도왔다.

일을 철저히 해서 단 한 사람도 놀고먹는 사람이 없어야 하고 놀아서도 안된다. 이런 것이 부지런함이라고 말한다.

또한 검儉, 검소함은 무엇을 말하는가? 모든 사물에는 본래 역할이 있다. 그 역할에 충실하게 사용하면 되지 그것에다 호화스러움을 입히지 않는 것이라고 말한다. 즉 의복은 몸을 가리고 보온만 잘 되면 될 뿐인데 그것에다 호화스러움을 입혀서 치장하거나 비싼 옷감의 옷을 추구하는 것이 문제라는 것이다. 음식이나 주거환경도 마찬가지다. 이에 더하여 세상에 뛰어난 미인도 물고기한테는 무서운 존재일 뿐이라고 비유했다. 미인을 보자마자 깊숙이 숨어버리는 물고기처럼 되어야 한다고 했다.

다산은 근검勤儉, 즉 부지런하고 검소함을 아주 쉽게 설명했다. 깊이 깨달은 사람의 말답게 명쾌하다.

3. 같은 일도 달라야 한다
보은산방/ 1805년

　1805년 10월 3일 큰아들 학연이 강진으로 아버지를 찾아왔다. 허름한
옷차림에 말도 아닌 당나귀를 타고 온 두 번째 걸음이었다. 사의재는 두
사람이 머물기에는 너무 불편했다. 혜장선사의 배려로 고성암 보은산방
으로 옮겼다. 칸을 막아 한쪽은 승방이고 한쪽은 두 부자가 머문 초라한
곳이었다.

　섣달그믐이 왔다. 문풍지가 울고 칸막이 사이로 살을 에는 산바람이
몰아쳤다. 그 사이로 스님들이 징과 북을 치면서 뛰기도 하고 주먹과 팔
을 휘두르기도 하는 등 시끄럽기가 끝이 없다. 요란한 새해맞이 행사였
다. 다산은 민망하여 아들 얼굴을 쳐다보았다. '너의 얼굴빛 너무 초라하
여, 스스로 부끄러운 생각이 든다'라고 '오늘 밤 같은 때는, 준수한 자식
도 못난 벗만 못하다'라고, 벗이 있으면 술잔을 부딪치며 신세타령과 함
께 속엣말이라도 할 수 있으련만, 어색한 분위기에 짓눌려서 곰곰이 생각
하다가 깨달은 것이다.

　이런 가운데서도 아홉 스님과 읍성 제자들과 함께 『주역』을 강학하는
등 학습과 저술은 계속되었다. 큰아들에게서 작은아들 학유가 닭을 기른
다는 말을 듣고 학연이 가는 편에 편지를 썼다.

보은산방은 강진의 주산인 우이봉 중턱에 있었던 고성사란 암자로 지금은 흔적도 없다. 새로 지은 건물들이 여행객들을 맞이한다. 사진 오른쪽 나무 아래 초라한 보은산방이 있었다. 팻말이 보인다.

네가 닭을 기른다고 들었는데 닭을 기르는 일은 참으로 좋은 일이다. 하지만 이일에도 품위가 있고 비천하며 깨끗하고 더러운 등의 차이가 있다. 참으로 농사에 관한 책을 많이 읽어서 좋은 방법을 찾아 시험해 보거라. 더러는 빛깔 종류를 구별해 길러도 보고, 또 닭집과 홰를 다르게도 만들어 다른 집 닭보다 살찌고 잘 번식하게 길러야 한다. 가끔 닭의 정경을 시로 지어 보면서 그 생태를 파악해 보는 것 또한 책을 읽는 사람만이 할 수 있는 양계법이다.

만약 이익만 보고 의義를 보지 못하며, 가축을 기를 줄만 알았지 그 취미를 모르면서 애쓰고 골몰하면서 이웃의 채소 가꾸는 사람들과 아침 저녁으로 다투거나 한다면, 이는 바로 서너 집밖에 없는 산골의 못난 사람들이 하는 양계법일 것이다. 너는 어느 쪽에 마음을 두고 있는지 모르겠구나.

이미 닭을 기르고 있다니 아무쪼록 많은 책 중에서 닭 기르는 이론을 뽑아내어 계경鷄經을 짓는다면 차에 대한 글을 쓴 육우陸羽의 『다경茶經』과 유득공柳得恭의 담배에 관한 글인 『연경煙經』과 같이 또 하나의 좋은 책이 될 것이다. 세속적인 일에 종사하면서도 선비의 깨끗한 취미를 가지고 지내려면 모름지기 늘 이런 방법으로 하면 된다.

– '학유에게 준다' 중에서 –

다산은 자신에게 일이 맡겨지거나 일을 해야 하면 왜 자신이 이 일을 해야 하는가를 곰파서 일반 사람들과 다른, 자신만이 할 수 있는 결과를 만들어 냈다. 둘째 아들 학유에게도 학자가 닭을 기른다면, 비록 닭을 기를지라도 무엇인가 품위가 있고 다른 결과를 만들어내야 한다는 조언이다. 학유는 아버지의 가르침을 받아 『시명다식詩名多識』과 「농가월령가」 저술로 유명해졌고 최근 흑산도를 다녀온 기행문인 『부해기浮海記』가 발견되어 주목을 받고 있다.

정월은 초봄이라 입춘, 우수의 적기로다

산속 골짜기에 얼음과 눈이 남아 있으나

넓은 들과 벌판에는 경치가 변하기 시작하도다.

어와, 우리 임금께서는 백성을 사랑하고…….

- '농가월령가, 정월령' 중에서 -

정학유

4. 성인은 헤아림으로 깨닫는다
다산초당/ 1817년경

아아, 천하의 재물은 유한有限 한계가 있음한데 그 쓰임은 무한, 즉 끝이 없다. 유한한 재물을 무한하게 사용하려 한다면 무엇으로써 감당하겠는가? 그런 까닭에 성인이 법을 만들어 말하기를 "수입을 헤아려보고 지출하라" 하였으니 들어온 것은 재물이고 나가는 것은 사용하는 것, 즉 지출이다. 유한을 헤아려서 무한을 조절하는 것이 성인의 지혜이자 나라를 융성하게 하는 방도이고, 무한을 일삼다가 유한을 바닥낸 것은 어리석은 자의 우둔한 행동이자 나라를 패망케 하는 잔꾀이다.

무릇 세금을 부과하는 데는 나라가 사용처를 먼저 계산하지 않아야 한다. 백성들의 수입을 헤아리고 하늘의 이치를 살필 줄 알아야 한다. 백성의 수입으로 감당하지 못하고 하늘의 이치에 맞지 않을 때는 세금을 털끝만큼도 더 거두어서는 안 된다.

이어서 1년 총수입을 계산하여 세 몫으로 나눈다. 두 몫으로 1년간 사용하고 한 몫은 남겨서 다음해를 위해 저축한다. 이것이 이른바 '3년 농사에 1년 먹을 양식이 남아 있어야 한다'라는 것과 같다.

만일 수입이 부족하면 위로 제사와 손님 접대에서 아래로 교통비와 의복 및 장신구에 이르기까지 모두 줄이고 절약하여 낭비를 막되, 수입과 지출이 균형을 이루면 비로소 사용을 늘려야 한다. 이것이 옛날의 법도였으며 다른 방법은 없다.

- '경세유표 부공제' 중에서 -

다산은 젊어서부터 나라가 부강해지고 백성이 부유해지는 대책을 많이 찾았다. 그만큼 조선이란 나라는 조정과 백성이 가난에 허덕였다. 1794년 암행어사로 민심을 살필 때는 백성의 가난과 헐벗음을 보고 눈물을 흘리기도 했고 수령들의 부정부패에 분노하기도 했다.

개혁적인 학문을 하겠다고 한 이후 또다시 비참한 현실을 접하고, 어떻게 하면 임금이 현실을 절절히 느낄 수 있도록 보고서를 올릴까 하며 고민했다. 암행을 마치고 노량진 망하루에서 임금의 명을 기다리며 동료들과 술을 마시면서도 그 생각 외에는 다른 이야기가 귀에 들어오지도 않았다. 400년을 이어온 유교 세상은 쉽게 바뀔 수 없었고 바꾸려는 노력도 미미했다. 기득권층의 현실 안주가 가장 큰 걸림돌이었다.

다산은 1817년 다산초당에서 대표적인 개혁서인『경세유표』를 완성하면서 윗글을 썼다. 들어오는 것은 재물이고 나가는 것은 지출이다. 깨우친 자는 이것을 알아 헤아림이 뛰어났다. 나라 살림 또한 나라가 사용처를 먼저 계산하지 않아야 한다. 들어오는 세금에 맞춰 나라 살림을 꾸려야 백성의 삶이 편안해진다. 요즈음 세금이 계속 늘어나고 나라 부채가 급속도로 증가하는 것은 사용처를 먼저 계산한 탓이다. 백성이 부유해져야 나라 또한 부강해진다.

개인이 부유해지는 방법은 3년 농사에 1년 먹을 양식을 저축해야 한다. 저축만이 부를 이룰 수 있다. 지극히 당연한 이야기이다. 수입이 부족하면 균형을 이룰 때까지 지출을 줄여야 한다. 이 밖에 다른 방법이 없다.

경제학자처럼 다산의 깨달음이 명쾌하고 단순하다. 그런데도 조선이 가난한 것은, 크게는 배운 사람들이 돈을 금기시하는 유교 세계라는데 있었고 작게는 이익이 박한 논농사가 주 생활수단이었기 때문이었다.

다산은 선진국 기술을 도입해서 활용하는 '이용감利用監'과 병행해서

노량진에 있는 망하루는 임금이 한강을 오가며 휴식을 취하거나 신하들이 임금을 맞이하기 위해 대기하던 곳이다. 주로 정조가 한강을 건너 화성 헌릉원이나 수원화성을 오가면서 휴식을 취한 곳이다. 다산은 1794년 암행을 마치고 대기하면서 보고서를 이곳에서 작성했다.

화폐 유통을 촉진하여 물류비용을 절감하는 전환서典圜署, 수레를 만들고 활용케 하는 전궤사典軌司, 최신식 배를 건조하는 전함사典艦司를 설치하고, 농지 이외에 산림이나 하천을 관장하여 세수를 늘리는 방법까지 제안하고 있다.

놀라운 것은 수학이 모든 공학의 기초임을 알아서 수확을 관장하는 산학서算學署를 별도기관으로 제안하기까지 했다. 개인이나 국가나 경제 발전이 결코 어렵기만 한 게 아니다. 원칙을 지켜나가는 게 중요하다. 개인과 나라를 부강하게 하는 다산의 깨달음, 놀랍고 무한이다.

5. 가난뱅이로 인의를 말하지 말라
다산초당/ 1817년

조선시대 양반들은 오직 학문을 익혀 백성을 이롭게 하는 것이 주 업무였다. 궁극적으로는 과거시험을 거쳐 문관이나 무관에 뽑히는 것이 목표였다. 왕족은 국가에서 내린 토지에서 나오는 수입으로, 고위관리나 양반은 녹봉과 세거지에서 나오는 수입으로 생활했다.

양반들은 돈을 금기시했고 돈 버는 것은 평민과 천민이 하는 일로 여겼다. 돈과는 거리가 먼 양반은 세금과 병역의 의무가 없어서 군포도 면제되었다. 조선 중기로 들어오면서 양반은 늘어나는데 정부의 일자리는 늘어나지 않았다. 중인의 직업인 아전이나 비속, 군교를 제외한 양반 관료직이 전부 600명에 지나지 않았다.

결국 서로 관리가 되기 위해 당파 싸움이 일어나고 부패가 만연하게 된 것은 당연했다. 후기에는 더 악화했다. 과거 시험장에 십수만 명의 선비가 몰려서 한양이 마비될 정도였고, 울진군에서는 양반이 70%가 넘어서 놀고먹는 사람 천지였다. 나라와 백성은 가난할 수밖에 없었고, '홍경래의 난' 등 민란이 일어나 혼란까지 가속되었다. 양반들도 먹고살 길을 찾아야 했다. 실학과 이용후생학이 발달하게 된 이유이다.

봄바람이 단비를 몰고 오고
온갖 초목 꽃피고 새잎 돋는다.
세상천지에 생기가 충만한

이때가 빈민을 구제할 바로 적기다.
엄숙하고 점잖은 조정 고관들이여
경제에 나라의 안위가 달려 있다.
도탄에 허덕이는 이 나라 백성들
이들을 구제할 자 그대들 아닌가.

- '굶주린 백성' 중에서 -

다산이 벼슬살이하던 1795년 봄에 지은 시로 보기에는 의문점이 있다. 다산의 절정기이자 반대파들의 공격이 심화하던 때이기도 했다. 이해 2월 19일 병조참의로 근무를 시작한 후 이 시가 배치되어 있다. 아마도 전해 겨울 암행을 다녀와서 지은 시를 이때 선배 이가환과 윤지범에게 보여주고 칭찬을 받았고, 그 시점에 시가 배치된 것이 아닌가 생각된다. 이 시는 48구의 장시로 백성의 굶주림과 관리의 탐학이 사실적으로 묘사되어 있다. 끝 무렵에 대궐에 실상을 말해도 소용이 없다는 내용이 의미심장하다.

조선시대에도 경제가 우선이었다. 다산은 젊어서부터, 즉 16세에 성호 이익의 학문을 접하면서부터 이 문제를 깨닫기 시작했다. 정조가 화성을 건설하면서 화성을 국제 상업 도시로 키우려 했고, 이른바 '양반 상인론'이 대두된 것에 다산이 친구 윤지범과 함께 동조한 것도 이 때문이었다.

그렇다고 해도 다산은 상공업을 장려하되 선비가 상공업에 뛰어드는 건 아니라고 보았다. 서민과 천민이 하는 일을 빼앗는 데다 돈 버는 일로 품위가 손상되기 때문이었다. 특히 돈 궤짝을 들고 포구에 나가 무지렁이 어민들과 몇 푼의 이익을 두고 아웅다웅 다투는 일은 졸렬한 짓이고, 이 잣돈을 놓아 사방 이웃의 고혈을 빼는 짓을 하면서 어쩌다 기한을 어긴 불쌍한 백성에게 위해를 한다면 이웃과 인척들까지 미워하게 된다. 설령

병조 청사 터다. 광화문에서 보면 형조 바로 위에 있었다. 이곳이나 이 인근에서 '굶주린 백성' 시를 선배 이가환과 윤지범에게 보여주고 담소하지 않았을까. 두 사람은 이 시를 보며 칭찬이 대단했다.

그렇게 해서 돈을 모았다 치더라도 그 자손들이 미치광이 광증이 있거나 술과 여색을 좋아하게 되어 한 세대도 보존하지 못한다. 이런 짓은 절대 하지 않아야한다고 했다.

본업인 농업으로 먹고살아야 하는데 벼농사와 보리농사는 이익이 박했다. 그러므로 생활수단으로 채소와 과수원, 그리고 가축을 길러야 한다고 주장했다. 연못을 파서 물고기를 기르고 누에를 치며 특용작물, 즉 약초와 화초, 인삼 등을 심으면 이익이 10배는 될 것이라고 했다. 다산은 이 이야기를 자식들에게는 물론 제자들 등 여기저기에서 강조했고 실제로 솔선수범했다. 부지런하면 얼마든지 할 일이 많은데 게으르게 앉아서 손자까지 굶주리게 하며 가난하고 천하게 산다고 탄식했다.

다산초당에서 『경세유표』를 저술하며 말로만 인의仁義를 따지고 큰소리친다면 부끄러운 일이라고, 자신이나 사회에 유익한 일은 망설임이 없이 행하고 무익한 일은 절대로 도모하지 말라고도 했다. 자본주의 사회가 아닌 조선시대에도 경제가 우선이었고 다산은 일찍부터 깨닫고 있었다.

6. 결심을 지켜야 부자 된다
성호 생가/ 1818년

중국 북제北齊의 안지추顔之推가 지은 『안씨가훈顔氏家訓』에 "일용에 필
요한 온갖 물건인 채소·과일·닭고기·돼지고기 등은 집안에서 자급할
수 있으나 집에 염정鹽井. 소금 나는 샘만 없을 뿐이다"라고 하였다. 이 말은
아주 좋은 말이다. 손쉽게 상자 속의 돈을 꺼내어 저자로 달려가는 사람
은 죽을 때까지 집안을 일으킬 수 없다.

성호星湖 이익 선생은 어린 시절에 매우 가난하였다. 가을 수확이 겨
우 12석뿐이었다. 이것을 열두 달로 분배해 놓고 열흘 뒤에 식량이 떨
어지면 즉시 다른 물건을 변통하여 팔아서 곡식을 얻어다가 죽을 끓이
도록 마련해 주고, 새달 초하루가 되어야 비로소 곳간의 곡식을 꺼내다
가 먹게 하였다. 중년에는 24석을 거두어 달마다 2석을 사용하고, 늘그
막에는 60석을 수확하여 달마다 5석을 사용하였는데, 아무리 군색하고
부족하더라도 그달 안에는 끝내 다음 달의 양식에 손대지 않았으니, 이
는 참 좋은 방법이다.

- '윤윤경에게 주는 말' 중에서 -

다산은 성호 선생이 남긴 글을 읽고서 학문할 뜻을 세웠었다. 그 성호
선생이 가난에서 벗어나는 과정을 알고서 다산은 검소한 것만으로는 쉽
게 가난에서 벗어날 수 없음을 깨달았다. 수입을 헤아려 계획을 세우고
그것을 철저히 지켜야만 부유해짐을 안 것이다. 『안씨가훈』처럼 소금 이
외에 모든 일용품은 자급자족할 수 있다. 경제성을 헤아려서 잘하는 것
위주로 생산하고 경제성이 없는 물건은 구입해서 써도 된다. '쉽게 돈을

안산에 있는 성호 생가터이다. 다산은 16세에 성호가 남긴 글을 읽고 처음 학문할 뜻을 세웠으며, 1783년 생원진사시에 합격하고서 이곳을 참배했었다. 성호는 다산에게 가장 크게 영향을 준 사람으로 사숙한 스승이었다.

가지고 시장으로 달려가는 사람은 죽을 때까지 집안을 일으킬 수 없다' 라는 말은 진리다.

아내가 게으른 것은 집안 재산을 탕진할 근본이다. 사경四更도 못되어 촛불을 끄고 아침 해가 창에 비치도록 이불을 개지 않은 것은 너무도 게으른 사람이다. 경계해주어도 개선되지 않는다면 버려도 괜찮은 것이다. 뽕나무 400~500백 주를 심어 2년마다 곁가지를 치고 얽힌 가지를 풀어서 잘 자라지 못한 가지를 깎아주면 몇 해가 안 가서 담장 키를 넘게 된다. 그 다음 별도로 잠실 너덧 칸을 지어 칸마다 사방으로 통하는 길을 내고 잠상蠶牀을 7층으로 만들어 누에를 기르되, 항상 소똥으로 불을 피워 병을 퇴치하고 서북쪽의 문은 완전히 봉하여 동남쪽에만 볕이 들게 해야 한다. 목화 농사는 하루갈이 정도에 그치고 별도로 삼과 모시를 심어, 봄과 여름에 명주를 짜고 가을과 겨울에는 베를 짜도록 해야 한다. 그러면 명주와 베가 궤에 가득하게 되어 보람과 일하는 재미를 느껴서 게으른 사람도 저절로 부지런해질 것이다.

- '윤윤경에게 주는 말' 중에서 -

다산은 여자든 남자든 게으른 사람은 보지 못하는 성격이었다. 그래서 게으른 여자가 부지런해지는 방법까지 제시하고 있다. 스스로 부지런해지도록 재물을 모으는 기쁨과 일하는 재미를 붙여주는 방법이었다.

7. 청소하는 시간도 아꼈다
귤동 들/ 1818년

　다산은 강진으로 유배되어 생애에 가장 밑바닥 생활로 굶주리기까지 했는데 18년 후 해배되어 떠날 때는 어땠을까. 유배 초기에 그는 어떻게 하면 가난에서 벗어날 수 있을까로 고민했었다. 오직 자신이 좋아하는 채소밭을 일구어 생계를 꾸리는 길밖에 없었다. 그 깨달음으로 놀리는 땅이 없을까 두리번거렸다. 아무리 찾아봐도 유배지 인근에 빈 땅은 없었다. 인근 금곡사에 초가집을 짓고 자갈밭을 일구려고 해도 주머니에 1냥은 커녕 30전도 없었다. 중국 시인 소식蘇軾과 사귀던 마정경馬正卿이 생활이 어려운 소식에게 땅을 주어 직접 농사 짓자고 청한 일이 있어 그와 같은 사람이 없을까 헛된 꿈도 꾸어봤었다. 그러나 채소 기르는 일은 쉽게 이루어지지 않았다.

　　　　강진읍성에 사는 사람이 많아
　　　　한 치 땅인들 묵혀 두리요.
　　　　멀고도 긴 벼와 보리밭
　　　　푸르고 누런 게 한눈에 들어온다.
　　　　시골 풍속 구기자를 먹지 않아
　　　　긴 가지가 푸르고 무성하다.
　　　　씨앗을 너무나 배게 뿌려서
　　　　무가 제대로 크지 않는다.
　　　　가장 싫은 게 콩잎 국인데

다산초당 입구다. 보이는 무덤은 다산의 막내 제자 윤종진 묘이다. 이곳에 다산이 그렇게도 가꾸고 싶어하던 9계단 채소밭이 있던 곳이다. 지금은 채소밭이 있었다는 흔적도 없이 나무가 자라 숲을 이루고 있다.

만덕산에서 바라본 강진만이다. 다산이 사들인 논들은 대부분 초당 동편의 거고평 등 초당 주변에 있었고 한 두락은 다산의 제자집 인근인 월출산 아래 있었다. 해배가 늦어지자 가족을 이주시키려 했으며 한때는 강진에서 뼈를 묻을 생각까지 하였기에 재산을 모아야 했다.

모두가 양고기처럼 즐긴다.

누가 만약에 채마밭 빌려준다면

그 은혜 참으로 잊지 않으리.

- '소장공 동파시에 화답하다' 여덟 수 중 다섯 번째 수 -

돈이 없으니 거저 빌려주길 바라나 그것은 헛꿈이었다. 이후 8년 만에 다산초당으로 옮겨 초당 앞 비탈길을 아홉 계단으로 일구고 꿈에 그리던 채마밭을 가졌다. 여덟 수의 시 내용을 보면 채소 농사에 대한 지식도 아주 뛰어나 각종 채소가 그 지식만큼 잘 자랐다. 초당 주변에 꽃을 심는 것은 물론 포도와 살구, 복숭아 등 과수를 심어 생활에 보탰다. 채소를 수확하면 상품 중 일부는 초당 주인과 이웃에게 선물하고 일부는 팔아서 생활비에 보탰으며 하품은 먹었다. 그는 10년간을 '청소하는 시간도 아깝다'라고 읊으며 병고에 시달리면서도 부지런하게 살았다. 1818년 8월 해배되었다. 떠나면서 그가 모은 재산이다.

- 영등평永登坪 3두락
  값 6냥(세액, 5짐 3뭇)
  1810년 3월 사들임
- 거고평巨古坪 2두락
  값 9냥(세액, 7짐 2뭇)
  1810년 4월 사들임
- 청용평靑龍坪 4두락
  값 23냥(세액, 17짐 7뭇)
  1816년 3월 사들임
- 대천평大川坪 5두락

값 25냥(세액, 25짐)

1816년 3월 사들임

세액을 모아 1822년에 사들인 4두락 28냥은 제외하였음.

조선시대에는 농업이 주 생활수단이었기에 농지 값이 비쌌다. 10년간 모은 재산이 총 14두락, 63냥이다. 당시 서울 집값이 30냥 정도였다. 그렇다면 집 두 채 값을 모은 것이다. 다산이 주장한 대로 해마다 수입의 30%를 저축했다고 보면 다산초당 10년 동안 190냥을 벌어 500권 저술 비용과 세 식구의 생활비로 쓰고 63냥을 저축한 것이다. 초기에는 제자들의 학비가 큰 도움이 되었을 것이고, 1811년 이후 제자들이 줄었지만 소작료가 큰 보탬이 되었을 것이다. 부유해지려면 근검勤儉해야 하고 큰돈은 쓰고 푼돈을 아껴야 함을 깨닫고 실천한 결과였다.

8. 선비 축에 못 끼어도 좋다
오엽정 / 1827년

오엽정이 있었던 백아곡이다. 검단산 동편 중턱에 있었고 지금은 유명한 순두부집이 들어섰다. 이곳에 만여 송이의 인삼을 심은 아홉 계단의 인삼밭이 있었으나 지금은 흔적도 없다. 연잎처럼 작은 정자 오엽정을 짓고 도둑을 지키느라 건너편 두룽에서 베를 짜는 북처럼 오갔다.

다산이 부유해진 것은 어느 때부터였을까? '부유함'은 부자의 뜻과는 다르다. 재산이 많은 부자와 달리 마음과 재물이 넉넉함을 뜻한다. 다산은 본 농사, 즉 벼농사와 보리농사는 수익이 박하다고 했다. 그래서 특용작물, 즉 채소나 약초, 화초와 과일나무를 길러야 한다고 젊어서부터 생각했다. 소년시절 형수님이 패물을 팔아 생활하는 것도 보았고, '호박 넝두리'라는 시에서처럼 성균관 학생시절에는 가족이 굶주리는 것을 보았기 때문이기도 했다. 가축이나 물고기도 길러야 함은 당연했다. 다산초당에서 연못을 두 개나 조성한 것도 그 이유였다. 자연을 이용해서 돈을 벌어들일 수 있는 일은 가리지 않았다. 양반이 체면을 잃지 않고 농업을 할 수 있는 최선의 방법이었다.

그중에서도 채소 기르는 것을 가장 좋아했다. 천성이었다. 유배지에서는 물론이고 해배되어 돌아와서도 집 주변 동고에 채화정을 짓고 꽃과 채소를 심었다. 꾸준하게 채소를 심어오다가 늘그막에 가난해지고 욕심도 많아져 인삼을 기르게 되었다. 개성에서 인삼 300이랑을 심어 중국에 수출하며 부자가 된 사람들을 보며 깨달았을 것이다.

> 밭 가꾸는 자 농부요 파는 자는 장사꾼이고
> 선비 축에 못 끼는 걸 겁낼 틈도 없다.
> 떡갈잎과 검은 흙 손수 체질하고
> 삼대 얇은 인삼 막을 허리에 끼기도 한다.
> 일 년 된 삼 뿌리는 잎이 겨우 터 나오고
> 삼 년 된 이삭에선 비로소 꽃이 핀다.
> 보배로운 규벽圭璧처럼 아이같이 보호하고
> 뜨거운 볕 사나운 비가 모두 금물이다.
> 요즈음에는 끼니때마다 고깃국이 올라오고

여름엔 삼베 모시옷에 가을엔 겹옷도 입는다.

거림직한 고기 바로 이것이 아니라만

탐식쟁이 늙은이는 맛있게 먹는다오.

이 정자 원래는 수초루守草樓였는데

밤이면 딱따기 울려 도둑을 막았었다.

이름난 선비가 아름답게 편액을 꾸며주어

곤궁한 이를 불쌍히 여긴 듯에 감사한다.

- '오엽정 노래' 중에서 -

오엽정五葉亭은 다산 생가 강 건너편 검단산 골짜기로 백아곡이라 불렀
다. 가파른 산 중턱 냇가에 돌담을 쌓고 이곳에 인삼밭을 가꾸었다. 만 포
기를 심은 큰 밭이었다. 큰아들이 45세, 작은아들이 42세가 되어 흰머리
가 성성한데도 자신의 죄 때문에 크지도 못하고 있었다. 그래서 더 부지
런히 베 짜는 북처럼 강을 오가며 틀어짐 없이 밭을 일구었다. 인삼은 두
루 쓰여서 많이 심더라도 판로 걱정은 없다고 했다.

혹시나 인삼 농사가 흉작이 될까보아 복숭아 300그루를 심어 과수원
도 새롭게 조성했다. 학문 논쟁을 하던 이웃 신작이 '오엽정'이라는 편액
을 써주며 축하했다. 그 삿갓만 한 정자에 매일 도둑을 지키느라 오갔다.
드디어 마음에 이어 몸까지 부유해졌다. 특용작물을 기른 농가로 성공한
것이다.

둘째,
가족에게서 깨달음

02

1. 망나니 눈썰미는 달랐다
연천현 / 1769년

　다산은 얄미운 개구쟁이였다. 그러나 공부에 임하기만 하면 전혀 다른 아이처럼 열성적이며 의젓해졌다. 어려서부터 스스로 글을 읽고 쓰며 공부를 즐기는, 쉽게 감 잡기 어려운 철부지였다. 호기심이 많아 생각하는 것이나 행동은 천방지축이었지만 눈썰미는 아주 뛰어났다.

　　작은 산이 큰 산을 가리니
　　가깝고 먼 곳이 같지 않네.

　일곱 살 때 지은 시다. 이때 시를 지은 것도 놀랍지만 내용은 더 놀랍다. 아버지는 시를 읽고 "크게 놀랍구나! 분수에 밝으니 자라면 역법曆法. 해와 달의 움직임과 절기의 기본 법칙이나 산수에 능통하겠구나!"라고 다산의 앞날을 내다보았다. 다산은 자연 관찰력이 아주 뛰어났던 듯하다. 다산의 고향 앞 동고에 서서 보면 서쪽으로는 800미터 높이의 검단산과 660미터의 예봉산이, 남쪽으로는 500미터의 무갑산이, 동쪽으로는 700미터의 양자산이 있다. 북쪽으로는 100여 미터도 되지 않은 유산이 가려 600미터가 넘는 운길산이 보이지 않는다. 빙 둘러 크고 작은 산이 겹겹이 펼쳐진 아름다운 자연경관이다.

　일곱 살 때는 고향을 떠나 연천 관사에서 생활할 때이다. 연천현 관사는 야트막한 야산 아래 남향으로 있어서 시야가 확 트이지는 않았으나,

사진 중앙 부분 오른쪽 야산을 끼고 남향으로 연천 현청이 있었다. 동남쪽으로 성으로 들어갈 수 있도록 길이 나 있었으며 이곳에서 다산은 9살에 어머니를 잃었다. 다산 부친 또한 이곳에서 벼슬에 물러난 뒤 벼슬에 나아가지 못하고 5년 동안 고향에 머물렀다.

능선만 오르면 넓은 들이 눈에 들어온 곳이다. 고향산천이나 연천의 아름다운 자연환경 이미지가 시상을 떠오르게 했을 것이다. 후에 그가 '온통 시詩의 소재라 술을 마실 필요 없는 곳'이라고 했던 그곳이 고향이었다. 어쨌든 아득히 중첩된 산을 아름답다고만 보지 않고 작은 산이 큰 산을 가리는 것은 무슨 까닭일까를 생각하며 곰팠다. 어느 날 원근의 원리를 깨닫고 그 이유를 밝혀 시로 승화했다.

자연에서 원근이 있듯 삶에서도 원근의 영향이 있다. 가까이 있는 것은 자신에게 지대한 영향을 미치지만 멀수록 그 영향은 줄어든다. 작은 산이 곁에 크게 서 있듯이 말이다. 곁에 있는 부모형제와 골목 친구의 영향은 멀리 있는 사람에 비교될 수 없다. 그는 어려서부터 보이는대로 보는 것이 아니라 그 이면을 곰파서 깨달은 실학적인 눈썰미를 가졌다.

> 어머니가 돌아가시고 아버지 또한 관직에서 물러나 수입이 없어지자 집안 살림은 더욱 어려워졌다. 명절이나 제삿날이 와도 제수祭需와 닭, 기장 따위의 음식을 마련할 길이 없었다. 형수가 홀로 말없이 집안 살림을 꾸려갔다. 그래서 팔찌와 비녀 등의 패물을 모두 팔아 쓰고, 심지어는 솜을 두지 않은 바지로 겨울을 지냈으나 집안 식구들은 알지 못했다.
>
> – '큰형수 이씨의 묘지명' 중에서 –

열다섯에 시집와서 어머니 없는 어린 다산을 씻기고 어르던 큰형수였다. 다산은 큰 형수의 말을 듣지 않고 몹시도 속을 썩였다. 얄미운 철부지인줄만 알았는데 큰형수의 우뚝 선 대장부 같은 몸가짐과 성품을 읽어내고 집안 살림을 도맡아 끌어가는 모습을 뭉클하게 썼다. 식구들이 알지 못하는 일까지 읽어냈다. 부러 어긋나게 행동하고 얄밉게 굴면서도 늙은 이처럼 형수의 고마운 마음을 헤아릴 줄 알았다. 그는 깨달음이 남다른 아이였다.

2. 나만의 것은 다 자랑스럽다
다산 생가/ 1771년

『삼미자집三眉子集』은 다산이 열 살 무렵에 엮은 시집이다. 물론 자신이 지은 시다. 아쉽게도 지금 이 시집은 남아있지 않다. 일곱 살에 처음 시를 짓기 시작해서 열 살에 자신의 키를 넘게 시 짓는 종이가 쌓였다고 했다. 노력한 게 아니라 즐기면서 지은 시다. 이때는 벼슬을 그만둔 아버지와 고향에서 생활할 때이다. 어린 다산은 아버지에게 자신이 지은 시를 모아 시집을 만들겠다고 했다.

-아버님 시집 제목을 『삼미자집』으로 하면 어떨까요?

'삼미三眉'는 눈썹이 세 개란 뜻이다. 다산은 일곱 살 때 홍역을 앓았는데 얼굴이 깨끗했다. 오직 오른쪽 눈썹 가운데 곰보 자국이 생겨 눈썹이 세 개가 되었다. 그래서 '눈썹이 세 개인 사람이 지은 시집'이라고 제목을 붙이겠다는 것이다. 아버지는 두 번 놀랐다. 시집을 만들겠다고 했을 때 대견해하며 도왔는데 그 시집 제목을 붙이면서 자신의 약점을 숨기지 않고 자랑스럽게 생각한 아들을 보고 다시 놀란 것이다. 이렇게 다산의 첫 시집 『삼미자집』이 탄생했다.

열 살 때부터 주어진 학과 공부를 시작했다. 그 후 5년 동안 아버지께서 벼슬하지 않고 한가히 계셨는데, 이 때문에 나는 유학 학문과 역사 책, 옛글을 부지런히 읽었으며, 또 시율詩律, 즉 시를 지을 때 음악적으로 음률을 잘 이용하여 짓는다는 칭찬을 받기도 했다.

- '스스로 지은 묘지명' 중에서 -

다산 생가 모습이다. 10살 무렵에 이곳에서 처음 시집을 엮었다. 13세 때는 다시 키가 넘도록 시를 썼다. 마침 아버지가 5년 동안 고향에 계셨기에 아버지께 많은 것을 배우게 되었다. 그의 시짓는 솜씨는 이곳에서 길러졌고 이곳으로부터 시를 짓는 천재라는 소문이 나기 시작했다.

다산은 아버지에게 유학 학문을 배우고 역사책 등을 부지런히 읽는 틈틈이 놀고 즐기면서 시를 지었다. 특히 13세 때인 1774년 중국 시詩의 성인이라 일컫는 두보杜甫의 시를 읽으며 중요한 부분을 베끼고 모방하면서 지은 시가 수백 수였다. 시를 지으면서 쌓인 종이가 다시 자신의 키를 넘었다고 했다. 시 짓는 것을 즐겨서 이때부터 칭찬과 함께 널리 소문이 나기 시작했다.

여기서 소년기 다산의 네 가지 특질을 발견하게 된다. 첫째는 스스로 즐기고, 둘째로 그것들을 정리하는 습관이 있었으며, 셋째로 결과를 남기는 일이다. 마지막으로 이 온축의 결과로 자기 뜻을 세우는 일이었다.

이 네 가지 특질을 누구에서 깨닫고 배웠을까? 아무리 이리저리 뒤지고 찾아보아도 그 내용에 대한 답이 없다. 배운 스승도 없었다. 형들에게서 배운 것 같지도 않다. 큰형은 뜻이 크지 않은 둥글둥글한 성격이었고 작은형은 게으르고, 바로 위 형은 유학 공부와는 담을 쌓은 사람이었다. 아버지 정재원이 다산에게 크게 기대감을 갖는 이유도 이 때문이었다. 아버지에게서는 성실성을 배웠으리라고 생각한다. 아버지가 시인이거나 저술을 남기지 않았기 때문이다.

그렇다면 남다른 네 가지 특질을 스스로 깨달았을까? 그렇다. 천방지축으로 뛰어다니며 개구쟁이처럼 놀 듯 그는 시 짓는 일을 즐겼을 뿐이다. 어머니 사랑이 없는 가슴을 시로 채웠을 뿐이다. 모으고 기록을 남겨서 발전의 동력으로 삼았을 뿐이다. 즐기다 보니 미친 듯이 열정이 따라왔고 그게 노력한 것처럼 보였을 뿐이다.

뛰어난 실력자가 되는 길은 스스로 깨달아 뜻을 세우고 즐기는 것보다 지름길은 없다. 이 깨달음이 온축되어 뜻을 세우는 일이다. 다산은 '시는 뜻을 말한다'라고 했다. 뜻이 고상하면 고상한 시가 나오고 뜻이 비루하면 비루한 시가 나온다고도, 고상한 뜻을 세우려면 열심히 독서하고 사물과 자연의 섭리를 알아야 했다. 자신의 키 두 배가 넘는 시를 쓰며 뜻을 세우도록 즐겼다. 결국 16세에 성호 이익의 저술을 접하자마자 뜻을 확고히 세웠다.

그는 어려서부터 시 짓기를 즐긴 결과 가장 빠르게 시를 짓는 관료로 정조에게 각인되었고 속필로도 인정을 받았다. 동료보다 뜻이 크고 빠르게 출세하는 힘 중 하나였고 반대로 시기의 대상이 되기도 했다.

3. 더불어 사는 법을 알다
두릉마을/ 1774년

1774년 다산 13세 때이다. 아버지는 아직 실직 상태로 가난한 때였다. 아버지 정재원은 한양에 갔다가 우연히 과거시험에 떨어진 사람들과 함께 어울려 마현 집으로 돌아오게 되었다. 광나루에 도착하자 장맛비를 만났다. 계속되는 장마에 배 안에서 술을 마시고 시를 지으며 즐겼다. 10여 일이 지난 뒤에야 초천^{苕川}에 이르렀는데 비는 더욱더 심하였다. 아버지는 그들을 위해 자신의 집은 물론 수십 명을 시골집에 나누어 유숙시켰다. 한결같이 응접하고 함께 화락하며 4, 5일을 지내다가 각자 집으로 흩어졌다. 자신의 집으로 초대해서 접대하는 것이야 그럴 수 있다 하더라도 남의 집까지 빌려서 접대하는 것은 대단한 친절이다.

이뿐이 아니었다. 정재원은 빈객을 좋아하여 한강 상류나 근처의 친척이나 친구 중에 배를 타고 한양으로 가는 자가 있으면 아무리 바쁘더라도 반드시 들러 가게 했다. 손님이 오면 매우 정성스럽고 두터이 접대하고 만류하며 더 머물기를 바랐다. 더러는 옷을 벗기고 신발을 감추기도 했다. 재미있고 익살스러운 대화가 오가는 사이 술상이 들어오므로 오는 이마다 만족한 채 떠났다.

1778년 화순 현감으로 부임할 때 남한강을 거슬러 올라 하담을 거쳐 충주, 공주로 향하면서 들르는 곳마다 융숭한 대접을 받았다. 다산은 감격한 나머지 담양 수령 이인섭 도호장^{李寅燮都護丈}이 아버지를 극진히 접대하는 것을 보고 시를 지었다. 마침 많은 눈이 내려 관가가 활짝 열렸다고

두릉마을은 유산 아래 남북한강이 돌아 경강으로 흘러가는 곳에 있는 작은 마을이다. 유산 아래 집들과 다산 집 앞에 골목이 있었고 초가집 몇 채가 옹기종기 모여있었었다고 한다. 사진 바로 앞에는 다산 생가가 있고 멀리 분원과 팔당호가 보인다.

하며 '기생에게 분부해 고기를 굽고, 아이 불러 술잔도 권한다. 타향의 벼슬살이 오래되어서, 찾아온 옛 친구가 당연히 기뻤다'라고 노래했다. '아, 아버지께서 진심으로 손님을 맞이하면 손님 또한 진실로 환영해주는구나'라며 아버지를 보고 다산은 크게 깨달았다.

> 시골 손님이 와서 어쩌다 남의 가려진 사사로운 더러움을 들추어낸다거나 부인들의 결점을 논하는 데 이르면, 어느새 정재원은 잠들어 있었다. 평생 입으로는 남의 집의 은밀한 것에 대해서는 이야기하지 않으시며, 일찍이 말씀하시길 "내가 어떤 자리에서 혹시 어떤 삶이 남의 은밀한 것에 대해서 이야기하면, 저절로 흥미가 없어져서 더 이상 듣지 못하고 코를 골고 잠들게 된다. 내가 그런 이야기를 기억하는 것이 있으면 나도 말하지 않을 수 없지만, 내 마음속에는 진실로 하나도 남아있는 것이 없다"라고 하셨다.
>
> – '아버님을 회상하며' 중에서 –

진실로 손님을 맞이하면서도 하지 않아야 할 남의 이야기는 절대 하지 않으신 아버지였다. 누구든 남의 은밀하고 사사로운 이야기나 부인들의 흉을 보면 들을 때는 맞장구를 치며 웃으나 돌아서면 씁쓸해한다. 심하게는 말한 사람의 인격까지 의심하게 된다. 아버지는 절대로 그런 화제에는 끼어들지도 않고 입에 담지도 않았다. 그런 아버지였으니 많은 사람이 친근하게 여기며 가는 곳마다 환영받았다.

다산은 아버지보다 철저하지 못했으나 혹시 그런 자리에 끼게 되면 아버지 얼굴부터 떠오르지 않았을까. 다산이 신분이나 나이 차이를 가리지 않고 사람을 사귀고 그들과 더불어 삶을 논하며 천수를 누린 건 그냥 그렇게 된 것은 아니었다.

4. 쉬운 길과 삶은 없다
예천/ 1780년

암행어사 이시수가 임금에게 글을 올렸다. 맨 먼저 관찰사 조시준趙時
俊이 도내 수령들의 쌀 수매 관리의 잘못을 금지하지 못한 것을 논하여
탄핵하고, 또 김해 전 부사 손상용, 남해 현감 노정윤, 경주 부윤 이진
익, 밀양 부사 홍병은, 예천 군수 정재원 등등이 직무를 제대로 수행하
지 못한 상황을 말하였다. 이조와 병조에서 이를 살펴서 임금에게 아뢰
어 차등 있게 논죄하였다.(……)

이시수가 또 좌도 병마절도사 이문덕과 우도 병마절도사 홍화보의 죄
상을 논하여 탄핵하고 병조판서 이성원이 임금에게 엎드려 아뢰기를,
"우도 병마절도사 홍화보는 병마절도사 진영의 곡물을 빌려주고 군대
곡식 창고를 멋대로 풀어서 많은 값을 받기도 하고, 혹은 원칙대로 받기
도 하면서 농간을 부린 바람에 군인과 백성이 피해를 입었고, 필경에는
돈과 곡물의 이자로 취한 수량이 또 매우 많았습니다.(……) 모두 잡아
다 문초하여 처리하는 것이 마땅할 것입니다."

– '정조4년 12월 21일 정조실록' 중에서 –

갑자기 예천현이 초상집이 되었다. 백성들도 어리둥절했다. 현감에 대
한 평이 나쁘지 않았기 때문이었다. 다산은 어수선한 예천현을 떠나 아내
와 함께 12월 23일경 조령을 넘었다. 병마절도사 장인 홍공을 찾아 아버
지를 모시고 문경새재 병영과 제 1, 2, 3관에서 실전을 방불케 하는 군사
훈련의 잔상이 채 가시지 않은 때였다. 홍국영이 실각하고 채제공이 삭직
당하는 등 조정의 소용돌이가, 채제공과 가까운 두 사람에게 영향을 미친

문경새재 제2문의 풍경이다. 다산은 이곳을 지날 때마다 임진왜란 때 왜 이곳을 지키지 않았는지 한탄했다. 아내와 함께 북풍한설이 몰아치는 조령을 넘을 때는 생각까지 꽁꽁 얼었다. 아버지 탄핵이 몸과 마음, 온 세상을 얼게 했다.

결과이기도 했고 '아전의 나라' 조선의 부패한 아전을 잘못 다스린 죄이기도 했다.

　　탄핵을 받은 아버지와 장인 걱정이 몸을 더 움츠리게 했다. 조령을 넘고 하담에 도착했다. 추워도 성묘는 해야 했다. 강은 얼어붙어 육로를 이용해야 했고 눈송이가 옷에 붙고 북풍한설에 손발이 얼었다. 서로가 묵묵부답이었다. 흩날리는 눈송이들이 반짝거려 껴안고 갈 수도 없었다. 입이 얼어서 대화도, 말할 기운까지도 없었다. 참담했다. 자신들이 죄를 지어 쫓겨가는 것 같았다. 지금까지 살아오면서 몸과 마음이 가장 감내하기 어려운 고초를 겪었다. 어떤 때는 걸음까지 더뎌서 하루 10리밖에 걷지 못했다. 27일경에야 서울 아버지 집 장흥방에 도착했다.

다음 해 1월 아버지는 의금부에 오가며 취조에 응했다. 다산은 그 뒷바라지를 하며 안타까워했다. 아버지는 날로 초췌해지고 낯부끄러워하셨다. 장인어른도 마찬가지였다. 결국 아버지는 벼슬에서 쫓겨났고 장인은 숙천肅川으로 귀양 가야 했다. 어떻든 부패한 아전들을 잘못 다스린 죄는 부정할 수 없었다. 아버지는 벼슬길이 쉽게 풀리지 않을 것을 알고 귀향했다. 현명한 판단이었다.

'고향 땅으로 돌아가 살면 그 어찌 시시비비 다시 있겠느냐고, 남새밭 가꾸고 개돼지 기르며 살면 천륜의 삶이 될 것이지만 이 일 또한 쉽지 않은 일이다'라고 다산은 한탄했다. 그렇다. 누워서 떡 먹는 일도 쉽지 않은 것처럼 세상에 쉬운 일은 없다.

자신이 선택한 길이 순탄하기만 바랄 뿐이지, 참으로 삶이 쉽지 않음을 깨달았다.

예천군청에는 예천 관아의 흔적은 없었다. 다산이 공부하던 반학정이나 서슬 퍼런 암행어사의 호령도 없었고 오직 군청을 옮긴다는 팻말만 반겼다.

5. 어느 잠박이든 누에는 같다
체천정사 / 1782년

다산이 처음 집을 산 때가 1782년, 즉 21세 때이다. 결혼 후 6년이 흘렀고 과거시험을 보기 시작해서 4년 차였다. 아직 생원 진사시에도 합격하지 못했을뿐더러 언제 합격할지 기약도 없었다. 다산은 풍산홍씨 홍화보洪和輔, 1726~1791의 외동딸2남 2녀라고도 함에게 장가들었는데 다산 집안보다 명문가에다 부유했다. 그런 집안에 장가갈 수 있었던 것은 천재로 소문난, 장안의 몇 안 되는 존귀한 신랑감이었던 덕이다. 그래서 일설에는 결혼지참금도 두둑했다고 전한다. 그 지참금도 얄팍해져가고 있었다. 무엇인가 생활 대책이 필요했다. 부인 홍혜완洪惠婉, 1761~1838이 더 다급했다. 첫딸을 낳자마자 잃으면서 더 마음이 조급했다.

원래 양반 가문은 상업에 종사하거나 직접 기술을 연마해 돈벌이를 할 수 없었다. 평민이나 천민의 배려 차원도 있었다. 오직 농사일 뿐이었다. 그것도 노비를 통해서 하거나 소작농을 구해 농사를 지었고, 본인은 선비로서 학문에 집중하고 출사해서 나라에 기여하는 것이 주어진 일이었다. 이런 사회 규범 속에서도 학문 한답시고 가족의 생계를 책임지지 않은 선비들을 못마땅해했고 특히나 게으른 여자는 쫓아내도 좋다는 진취적인 생각을 하고 있었다. 정조 때 가난에서 벗어나고자 '선비 상인론'을 주장하였지만, 주자학을 넘어서지 못했다.

남대문에서 북쪽 시청을 바라보고 찍은 사진이다. 가운데 하얀 낮은 건물 즈음이 체천정사가 있었던 곳으로 추정된다. 그 하얀 건물과 오른쪽 끝 건물 사이가 남대문로이고 이곳이 옛날에 개천이 있었던 곳이다. 오른쪽 끝 중간 아래에 남대문 시장 입구가 있고 인근에 선혜창 팻말이 있다.

옛날 상신相臣 이원익李元翼, 1547~1634이 일찍이 안주安州를 다스릴 때 백성에게 의무적으로 뽕나무를 심도록 하였습니다. 심은 뽕나무가 1만 그루가 훨씬 넘었습니다. 서도西道, 황해도 백성이 그 뽕나무에 힘을 얻었고 지금까지도 그 뽕나무를 '이공상李公桑'이라 부르고 있습니다. 이 역시 옛날 순리循吏가 남긴 뜻입니다. 지금 마땅히 이 법을 밝혀 수령들로 하여금 백성에게 의무적으로 뽕나무를 심어서 그 실익을 거두도록 하는 것도 근본을 튼튼히 하는 데 한가지 도움이 될 것입니다.

– '지리책地理策' 중에서 –

재상 이원익의 '이공상', 즉 이원익의 뽕나무 정책에 관한 이야기는 유명해서 이미 널리 알려져 있었다. 누에치기로 생활 대책을 삼자는 생각은 생활 대책이 절실한 부인 홍씨가 먼저 생각해낸 아이디어라고 생각된다. 물론 다산과 상의했을 것이다. 다산이 적극적으로 말릴 상황도 아니었다. 누에치기도 양반 가문에서 직접 할 수 없었다. 하녀를 시켜 할 수 있는 농사일로 치부할 수는 있었다. 집안 형편을 보면 이것저것 가릴 상황도 아니었다.

결국 두 사람은 가용할 수 있는 돈과 누에치기 좋은 곳에 집을 마련했다. 남산 아래 쌍샘이 있는 창동이었다. '체천정사棣泉精舍', 즉 쌍샘 주변의 집이라는 뜻의 이름을 지었다. 대문은 북쪽으로 나 있고 집 남쪽에 개천이 흐르는 한적한 곳으로 여름에는 오가는 길에 잡풀이 무성한 곳이었다.

-집안 형편이 말이 아니구나!

집을 마련하고 나서 찢어지게 가난했던 다산의 탄식이다. 아마도 남은 지참금으로도 부족해서 여기저기 돈을 꾸어서 샀을 것이다. 체천정사는 다산 가족의 첫 집이었고 생활 대책인 누에치기에 적합한 집이었다. 이 생활 대책은 부인이 다산을 뒷바라지하기 위해 평생 지속했다. 다산은 부인의 누에치기를 살펴보면서 깨달았다. 누에가 자라고 사는 잠박蠶箔, 누에 채반은 그것이 크거나 작거나 누에는 똑같았다. 그런데 사람들은 큰 잠박을 보면 부러워하고 광주리에서 편안한 누에를 보면 빙그레 웃지 않은 이가 없다. 고치를 켜서 명주실을 만들어내면 작은 잠박의 누에와 큰 잠박의 누에가 차이가 없다.

아! 어찌 누에만 그렇겠는가? 인간 세상 또한 누에처럼 작은 섬에서 자란 사람들도 큰 나라에서 자란 사람들과 똑같다. 성인이나 현인이 되고 문장가가 되거나 세상을 다스리는 학문을 익히는 일 등은 어느 곳에서나 같다. 그는 후에 흑산도에서 유배하는 형을 위해 「사촌서실기^{沙村書室記}」에 이 깨달은 내용을 적었다. 작은형을 그리워하면서다.

6. 술 마시는 이유를 깨닫다
춘당대 / 1794년경

다산의 주량은 어느 정도 되고 술은 얼마나 즐겨 마셨을까? 성균관 학생 시절 부채의 먼지처럼 시험에 낙방하자 절망감에 빠져 술 100잔을 마시고 고주망태처럼 취했다고 했다. 관료 시절에 죽란시사 모임을 만들고 거의 매일 벗들과 술을 마셨다. 오죽하면 아내가 술을 끊으라고 채근하였을까. 그런데 그는 작은아들에게 쓴 편지에서 취하도록 마셔본 적이 없다고 했다.

　　나는 태어난 이래 아직 크게 술을 마셔본 적이 없어 자신의 주량을 알지 못한다. 성균관 시절 창덕궁 중희당重熙堂에서 임금이 세 번 내린 소주를 옥필통玉筆筒에 가득 부어 내리시기에 사양하지 못하고 마시면서 '나는 오늘 죽었구나'라고 마음속으로 생각했었다. 그런데 몹시 취하지 않았었다. 또 춘당대에서 임금님을 모시고 과거시험 채점할 때에 맛있는 술을 큰 사발로 한 그릇 하사받았다. 그때 여러 학사가 크게 취하여 인사불성이 되었다. 어떤 이는 남쪽을 향해 절하기도 하고 어떤 이는 연석筵席에 엎어지고 누워있고 하였지만, 나는 시험지를 다 읽고 착오 없이 시험 성적 순서도 정하고 물러날 때에야 약간 취했을 뿐이었다. 그렇지만 너희들은 내가 술을 반 잔 이상 마시는 것을 본 적이 있느냐.
　　참으로 술맛이란 입술을 적시는 데 있는 것이다. 소가 물을 마시듯 마시는 저 사람들은 입술이나 혀는 적시지도 않고 곧바로 목구멍을 넘어가니 무슨 맛이 있겠느냐. 술의 정취는 살짝 취하는 데 있는 것이다. 저 얼굴빛이 붉은 귀신과 같고 구토해대며 잠에 골아 떨어지는 자들이야 무슨 정취가 있겠느냐. 요컨대 술 마시기를 좋아하는 자들은 대부분 폭

창덕궁 후원 춘당대는 임금이 부용정에서 연회할 때나 과거시험을 볼 때 주로 이용되었다. 다산은 이곳에서 대과에 합격하였고 과거시험 시험관이 되어 채점하기도 했다. 이때 임금이 큰 술잔에 내린 술을 먹고 동료들은 취해 인사불성이 되거나 곯아떨어졌지만 다산은 멀쩡했다.

사暴死하게 된다. 술독이 오장육부에 스며들어 하루아침에 썩기 시작하면 온몸이 무너지고 만다. 이것이 크게 두려워할 만한 점이다.

– '학유에게 주다' 중에서 –

이어 다산은 나라를 망하게 하고 가정을 파탄 나게 하는 그릇되고 흉악한 행동은 모두 술로 말미암아 비롯된다고 했다. 그러므로 옛날에는 '고觚'라는 술잔을 만들어 절제하였다. '고'라는 술잔은 네모난 술잔으로 마시기 어렵게 만든 잔이다. 가사문학의 대가 정철鄭澈, 1536~1593은 임금이 술을 줄이라고 네모난 술잔이 아니라 은잔을 내렸다. 어전에서도 고주망태가 되었던 애주가였기에 은잔으로 하루에 한 잔만 마시라는 명이었다. 그는 은잔을 펴고 늘려서 크게 만들어 마셨다는 일화가 전한다.

조선시대 임금이 내린 술은 대부분 40도 이상에서 60도 가까운 독한 술이었다. 그 술을 필통이나 사발로 한꺼번에 마시고도 취하지 않았다면 술이 아주 센 것이다. 술을 좋아하고 술에 강했는데도 그는 술 마시고 실수하지 않았다. 절제력 또한 강했다.

술을 마시는 이유를 알았다. 술은 술맛을 음미하며 살짝 취해서 화기애애한 분위기를 만들거나 흥을 돋우기 위해서 마시는 것일 뿐 취하는 것은 독이라는 점을 깨달았기 때문이다. 의학에 통달한 사람답게 술을 과하게 마시는 것은 이름도 모르는 희귀병에다 뇌종양이나 치질, 황달 등 기괴한 병의 원인이 되어 치료가 불가능하다고 했다. '너에게 빌고 비나니, 술을 끊도록 해라'라고 술을 잘 마신다는 학유에게 권하고 있다.

술 좋아한 사람치고 실수하지 않은 사람이 없다는 말은 진리이다. 나도 그렇다. 과음으로 죽어가는 사람들이 주변에 흔하다. 이제부터 술맛을 음미하며 풍류를 즐겨야겠다.

7. 나를 지키기가 가장 어렵다
수오재 / 1801 봄

　　사람들은 가끔 문득 깨달을 때가 있다. 어떤 일에 대해 의문을 품고 잠재의식에 두었다가 자신이 그 비슷한 상황에 처하거나 생각이 미쳤을 때 갑자기 깨달음이 찾아오는 것이다. 젊어서 다산의 고향집 인근 큰형님^{약현} 집의 수오재^{守吾齋} 현판을 보고 이상하게 생각했었다. "사물이 나와 굳게 맺어져 있어 서로 떨어질 수 없는 것으로는 나^吾보다 절실한 것이 없다. 그런데 비록 지키지 않은들 어디로 갈 것인가. 이상한 이름이다"라고 생각했었다.

　　1801년 2월 신유사옥^{辛酉死獄} 반대파들이 천주교를 빌미로 남인을 숙청한 옥사 으로 겨우 목숨만 살아 장기^{長鬐}로 귀양 왔다. 홀로 지내면서 이 일을 정밀하게 생각했다. 하루는 갑자기 이런 의문점에 대한 깨달음이 다산에게 달려왔다. 다산은 벌떡 일어나 다음과 같이 스스로 말하였다.

　　대체로 천하의 만물이란 모두 지킬 것이 없고, 오직 나^吾만은 마땅히 지켜야 하는 것이다. 내 밭을 지고 도망갈 자가 있겠는가. 따라서 밭은 지킬 것이 없다. 내 집을 지고 달아날 자가 있겠는가. 따라서 집을 지킬 것이 없다. 내 정원의 꽃나무·과실나무 등 여러 가지 나무를 뽑아갈 자가 있겠는가. 그 뿌리는 땅에 깊이 박혀있다. 나의 책을 훔쳐 없애버릴 자가 있는가. 성현^{聖賢}의 경전^{經傳}이 세상에 퍼져 물과 불처럼 흔한데 누가 능히 없앨 수 있겠는가. 내 옷과 식량을 도둑질하여 나를 군색하게 하겠는가. 세상의 실이 모두 내가 입을 옷이며, 세상의 곡식은 모두 내

다산의 큰형 집은 유산 아래 주차장과 인접해 있었다고 한다. 지금은 흔적도 없다. 수오재란 정자는 집 울타리 안 산 아래 조망이 좋은 곳에 있었지 않을까. 다산은 유배지에 와서야 그 뜻을 진정으로 깨달았다.

가 먹을 수 있는 양식이다. 도둑이 비록 훔쳐 간다 하더라도 한두 개에 불과할 뿐이어서 세상의 모든 옷과 곡식을 없앨 수 있겠는가. 그런즉 세상의 만물은 모두 지킬 것이 없다.

유독 나라는 것은 그 성품이 달아나기를 잘하여 드나듦에 법칙이 없다. 아주 친밀하게 붙어있어서 서로 배반하지 못할 것 같으나 잠시라도 살피지 않으면 어느 곳이든 가지 않는 곳이 없다. 이익으로 유도하면 떠나가고, 위협과 재앙으로 겁을 주어도 떠나가며, 심금을 울리는 고운 음악 소리만 들어도 떠나가고, 푸른 눈썹에 흰 이빨을 한 여인의 요염한 모습만 보아도 떠나간다. 한 번 가면 돌아올 줄을 몰라 붙잡아 만류할 수도 없다. 그러므로 잃어버리기 쉬운 것이 나라만한 것이 없다. 어찌 실과 끈으로 매고 빗장과 자물쇠로 잠가서 굳게 지켜야 하지 않겠는가.

- '수오재기' 중에서 -

결국 장기 유배지에 홀로 앉아 깨달았다. "나는 나를 잘못 간직했다가 나를 잃은 자이다"라며 후회했다. 어렸을 때 과거의 명예가 좋게 보여서 과거 공부에 빠져들어간 것이 10년이었다. 마침내 과거에 급제하여 조정에 나아가 검은 사모鳥帽에 비단 도포를 입고 미친 듯이 대낮에 큰길을 뛰어다녔는데, 이와 같이 12년을 지냈다. 또 굴러떨어져 귀양길에 올라 한강을 건너고 조령을 넘고, 친척과 조상의 산소를 버리고 곧바로 아득한 바닷가의 대나무 숲까지 달려와서야 멈추게 되었다. 이때에는 나름도 땀이 흐르고 두려워 숨도 제대로 쉬지 못하면서, 허둥지둥 갈팡질팡 나의 발뒤꿈치를 따라 함께 이곳에 오게 되었다.

무엇보다 다산은 목숨이 경각에 달렸을 때 천주교와 천주교도를 배반하고, 형제와 친인척들을 서로 물고 뜯었으며, 살기 위해 머리를 굴리고 자신을 버려 앞장서서 위관들에게 협력한 것이 가장 가슴 아프지 않았을까. 이때 갈팡질팡한 자신이 부끄러웠을 것이다. 다산은 이렇게 후회하며 큰형님 집 수오재의 의미를 되새겼을 것이다. "유독 큰형님만이 나를 잃지 않고 편안히 단정하게 수오재에 앉아 계시니, 어찌 본디부터 지키는 것이 있어 나를 잃지 않았기 때문이 아니겠는가"라며 수오재라 이름 붙인 까닭을 깨달은 것이다. 맹자가 "지킴이 무엇이 큰가? 몸을 지키는 것이 크다"라고, 다산은 거듭 수오재의 근본 뜻을 깨달았다.

셋째,
현자에게서 깨달음

03

1. 재상감이라 불렀다
희정당 / 1789년

다산이 10년 만에 가까스로 대과에 합격한 것은 한 편의 드라마였다. 1789년 1월 26일 창덕궁 춘당대 춘도기 시험에서도 다산은 떨어질 운명이었다. 채점 결과 심봉석^{沈鳳錫}이 장원이기 때문이었다. 정조는 '첫 번째 시험답안은 나이 든 사람 것이고 두 번째 답안은 나라에 쓸만한 사람 것이다'라고 넌지시 채제공^{蔡濟恭, 1720~1799}에게 귀띔했다. 채제공이 잘 못 알아듣고 심봉석을 장원으로 올렸다. 당시 심봉석은 환갑 가까운 나이었다. 그 탓인지 부친의 이름자를 쓰지 않아 억울하게 실격 처리되었다. 극적으로 다산이 장원으로 전시에 나아가게 된 것이다. 정조가 비로소 웃으며 채제공에게 농담했다.

"경이 늘 말했지 않소? 임금은 명^命을 만들고, 또한 상^相도 만들 수 있다고, 심모^{沈某}의 관상은 다른 사람과 같지 않소. 나는 나라에 쓰기에는 정약용이 심봉석보다 낫다고 말한 것 뿐이오."

다음 날 다산은 임금의 부름을 받고 희정당에 들어갔다. 임금은 들어오는 그에게 즉석에서 감사의 글을 짓게 했다. 그중에 "재주는 조식^{曹植, 조조(曹操)의 아들로 일곱 걸음 걷는 사이에 시를 지은 천재}의 글재주만 못하나, 나이는 등우^{鄧禹, 한나라 광무제(光武帝) 때 명재상가 재상} 되던 때에 이르렀습니다"라며 너무 늦게 급제해서 죄송함을 우회적으로 전했다. 이 구절을 본 임금이 껄껄 웃으며 말했다.

"100년 만에 처음으로 남인 재상이 나왔는데, 또 한 사람이 재상이 되겠다, 이게 웬 떡인가?"

희정당은 지금 터만 남아있다. 다산에게는 잊을 수 없는 곳이다. 이곳에서 임금의 부름을 받고 책을 하사받았는가 하면 야대를 하며 농담을 주고받기까지 한 곳이다. 사석에서는 군주가 아니라 가족처럼 지낸 곳을 어찌 잊겠는가.

채제공에 이어 다산이 재상감이라는, 재상 등우를 빗대어 농담처럼 재상감을 한꺼번에 둘씩 얻어 기쁘단 뜻이었다. 이뿐이 아니었다. 벼슬살이 시절에도 정조는 여러 대신 앞에서 다산에게 '관각에 오를 사람'이라고 치켜세웠다. 정조가 다산을 재상감으로 인정한다는 뜻이었고 바람이었다. 다산의 꿈도 같았다. 군주가 자신을 재상감이라는데, 그 목표를 향해 열심히 노력해야 한다는 것은 상식이었다. 다산은 눈앞의 이익보다는 미래를 보고 뛰었다. 영남 남인들의 지지를 얻고 이어 기호남인, 보수적인 충청도 남인들의 지지도 얻어갔다. 명례방 집이 사랑방이 된 것처럼 젊은 남인들의 리더가 되어갔다.

1800년 5월 초순 대릉에 사는 무호당無號堂 윤필병尹弼秉, 1730~1810이 집으로 남인 원로들을 초청해 잔치를 열었다. 바로 이웃에 사는 이정운 형제와 채홍리, 판서 권엄權▨ 등이 참여했다. 이 자리에 32세나 어린 다산을 초대했다. 6월 초에는 판서 권엄 집에서 모임이 있었다. 채제공 생전 '풍단시회楓壇詩會'가 열리곤 했는데 그를 이은 모임 성격이었다. 이런 모임에서 다산은 차기 남인 지도자로 오르내렸다. 이가환이 당연히 다음 지도자가 되어야 했는데 그는 매우 강성인데다 보수적이어서 거부하는 사람이 많았다. 다산이 젊은 나이에 남인 당수가 된다는 것은 재상으로 가는 지름길이었다.

1800년 6월 12일 달 밝은 밤에 내각의 서리가 『한서선漢書選』 10부를 들고 다산의 명례방 집 문을 두드렸다. 임금의 하고를 전했다.

"오래 서로 못보았구나. 책을 엮을 일이 곧 있을게다. 바로 들어오게 해야겠지만 주자소鑄字所 벽을 새로 발라 마르지 않았다. 월말쯤 경연에 나오도록 하라. 내가 어찌 너를 버리겠는가. 보낸 책 중 다섯 부는 남겨

집안에 전하도록 하고, 나머지 다섯 부는 책 제목을 써서 들여내도록 하라." 서리가 이어 말했다.

"임금이 전하라는 말씀을 들을 때에 낯빛은 온화하시고 말씀이 따뜻하시어 그리워하는 듯 하셨습니다. 책 제목을 써서 올리라 하신 것은 겉으로 하는 말씀이고 실은 안부를 물으시려 함입니다."

서리가 떠난 뒤 다산은 감격해 목놓아 울었다.

- '사암연보' 중에서 -

다산이 반대파의 공격으로 형조참의에서 물러나 있던 때였다. 정조는 1년 여의 공백에 미안함을 전한 것이었다. 그 바로 다음 날인 6월 13일, 정조는 발병해서 그달 28일에 갑작스레 세상을 떠났다. 잔인한 운명이었다. 남인의 영수로 재상이 되어 나라를 이끌겠다는 꿈이 무너지는 순간이었다. 12일 밤에 특별히 서리를 보내 글을 내리고 안부를 물으신 것은 바로 영결永訣의 은전恩典이었다. 생각이 이에 미치면 피눈물이 옷소매를 흥건히 적시었다. 곧장 따라 죽어야 했다. 지하에서라도 임금의 모습을 뵙고자 했다. 그런 감정은 애써 눌렀다. 울음으로 대신했다. 살아서 그의 뜻을 펼치는 것이 바로 그를 위하는 길이라는 생각 때문이었다.

정조는 다산에게 군주요, 스승이요, 자상한 어버이였다. 어떤 어려움에도 굴하지 않으며 무쇠처럼 단단하고 심신이 강건한, 나라에 큰 인물이 되길 바라셨다. 다산은 정조의 이런 마음을 깨달았고 그래서 하늘처럼 따랐다. 정조는 성균관에 입학한 이후 18년간 다산의 하늘이었다.

2. 잊을 수 없는 말이다
매선당/ 1789년 봄

    다산은 과거에 합격한 후 벼슬을 시작하자마자 그의 후견인인 채제공 댁을 찾았다. 당시 채제공 댁은 약현에 있었다. 약현은 염천교 다리를 건너서 걸어가면 마주치는 곳, 지금의 서울 중구 중림동 일대로 약현성당이 있는 곳이다. 그는 어려서는 집안이 가난했고 벼슬살이 하면서도 청빈하고 가난하게 살았기에 약현에서도 산언덕 어디쯤 변두리에 살지 않았을까.

>   내가 조정에 등용된 뒤에 번암樊巖 채제공 상공相公, 재상을 높인말을 집으로 찾아뵙고 당堂에 걸린 액자를 가리키며 "매선每善이라는 말이 무엇을 뜻하는 것입니까?"라고 물었다. 상공은 서글프게 얼굴빛을 바꾸며 말하기를 "이것은 내 아버님께서 남겨주신 뜻일세. 돌아가신 아버님께서 임종하실 때 내 손을 잡으시며 너는 모든 일에 최선을 다하라고 말씀하시고 그 말을 마치자 돌아가셨으니, 아아, 내가 어찌 감히 잊겠는가. 그래서 이 액자를 항상 보면서 내 마음을 가다듬지만, 이 말을 실천하는 일이야 내가 어떻게 잘할 수 있겠는가"라고 하였다.
>
>   - '매선당기' 중에서 -

    당시 채제공은 69세로 우의정을 거쳐 영의정과 우의정이 없는 좌의정으로 있었다. 조선시대 100년 동안 없던 일로 그의 벼슬살이 정점이던 때였다. 감히 쳐다볼 수 없는 지엄한 분이었지만, 다산의 부친 정재원과도

조선 후기 약현성당과 그 인근이다. 작은 사진은 현재의
약현 성당 모습이다. 채제공 댁이 약현 어디쯤 있었는지
는 알 수 없다. 다산은 채제공을 뵙거나 친구 채홍원을
만나기 위해 자주 이곳에 들렀다. 후에 채제공 댁은 북
촌으로 옮겼다고 했는데 북촌 어디쯤인지는 알 수 없다.

절친했고 동갑인 아들 채홍원과도 친구로 지낸 사이라 그는 스스럼이 없이 대하였다. 다산은 '매선'이라는 일반적인 뜻보다는 혹시나 있을 사연을 듣고자 물었다. 역시 그 액자에는 사연이 있었다. 채제공 부친의 유언이었다. 강직하고 청렴하며 개혁적인 채제공의 업적과 행동에 어울리는 말이었다.

다산은 '매선'이라는 말에 공감하며 곰곰이 생각했다. 모든 일에 최선을 다하는 일은 매우 어렵다. 요순堯舜이 아니고서는 지금껏 최선을 다한 사람은 없었다는 안자顔子, 공자의 제자의 말도 생각났다. 그의 말처럼 뜻을 세운 뒤에야 최선을 다하겠다는 바람을 가질 수 있는 것이다. 또한 유비劉備가 아들에게 훈계하기를 "하찮은 선이라도 하지 않아서는 안된다"라고 하였다. 참으로 하찮은 선이라도 하지 않으면, 곧 모든 일에 최선을 다하지 못한 것이 된다.

다산은 생각이 여기에 미치자 선善에 대해 자기 생각을 공公에게 말했다.

> 어떤 사람이 아홉 가지 일은 모두 악한데 한 가지 일이 우연히 착하다 해도 그는 착한 사람이 아니며, 어떤 사람이 아홉 가지 일은 착한데 한 가지 일이 악하다고 해도 오히려 착하지 않은 사람이 됩니다.(⋯⋯) 사람들이 선을 이루는 어려움이 이와 같습니다. 선하지 않다는 것을 알면서도 그 일을 하는 자는 자포자기하는 것입니다. 이 경우는 말할 것도 없고, 어떤 일을 하는 사람이 자신은 착한 일을 한다고 생각하나 남은 착하지 않은 일을 한다고 여기는 경우도 있을 것이며, 당시에는 모두 그가 착한 일을 한다고 생각하였지만, 후세 사람은 착하지 않은 일을 하였다고 생각하는 경우도 있을 것입니다. 공께서는 이와 같은 것을 어떻게 하시겠습니까?
>
> — '매선당기' 중에서 —

우리는 일상생활에서 '최선을 다했다거나 다하며 살고 있다'라고 흔히들 말한다. 그러나 그 말은 쉽게 할 수 있는 것이 아니다. 다산은 모든 일에 최선을 다하는 것이 어려운 일이다고 전제한 후 진실로 모든 일에 최선을 다하려고 한다면, '선에 밝아야 그것을 선택할 수 있고, 이렇게 되어야 선을 행할 수 있을 것이다'라고 결론을 맺었다. 자신이 어떻게 해야 최선을 다할 수 있는지 다시 한번 깨달은 것이다.

3. 치욕의 현장에 서다
황산대첩비 / 1791년 2월

다산은 조선을 건국한 태조 이성계에 관심이 많았다. 그가 어떻게 뛰어난 무장이 되었고 무장을 비하하던 문신의 지지를 받았는지가 궁금했다. 황산에 두 번이나 들른 이유이다. 사헌부 지평으로 있다가 체직되어 한가한 때인 1791년 2월, 진주목사인 아버지를 친견하려 진주로 향했다. 손아래 누이와 결혼한 채홍근蔡弘根과 함께였다. 남원 광한루를 구경하고 운봉雲峯을 향했다.

운봉은 신라와 백제의 국경으로 삼국시대 때부터 전투가 자주 벌어진 곳이다. 신라의 모산성母山城이었고 고려 때는 남원부 임내, 조선 숙종 때는 전라도 좌영이 있는 요충지였다. 운봉이라는 지명은 소백산맥의 동쪽 사면에 위치하여 구름에 가려진 지리산의 많은 봉우리를 보게 된 데서 시작되었다고 한다. 역사적으로 전라도와 경상도의 경계에 있고, 1256년 몽골의 침입 때나 1380년 고려 우왕 때와 1597년 임진왜란 때에는 왜적이 경상도로부터 이곳을 거쳐 전라도 각지를 침략한 교통 요지였다.

옛날 내가 황산을 지나다가 이 비문을 읽고 아기발도와 치열하게 싸웠다는 장소를 보았다. 대체로 깊고 큰 골짜기로서 숲이 우거진 으슥하고 험준한 곳이었다. 왜인倭人은 본디 보병전에 유리하고, 우리는 기마전이 이로웠다. 이런 산골짜기에서는 말을 달릴 수 없는데도 승리를 거두었다. 그것은 신통한 무용武勇에서 온 것이지 인력人力으로만 승리한

것은 아니다. 세상에서는 왜인들이 피를 많이 흘려 계곡의 돌 빛이 지금
까지도 붉게 물들었다고 전해지나 돌을 살펴보니 이는 본디부터 붉은
돌이지 피로 물들어서 그런 것은 아니었다.

– '황산대첩비를 읽고 나서' 중에서 –

다산은 황산에 서서 지형을 살폈다. 지리산 동편이자 깊고 큰 골짜기
로 숲이 우거진 험준한 곳이었다. 이미 운봉을 넘어온 적에게 유리한 지
형이었다. 1380년 8월 나세羅世와 최무선崔茂宣 군에게 진포에서 패한 왜군
잔당과 먼저 상륙한 적들이 상주에서 합세해 약탈을 자행하며 함양에 집
결했다. 퇴로를 차단당한 이들이 반격하여 왜구를 추격하던 9원수 중 박
수경朴修敬과 배언裵彦 원수를 포함한 500여 명의 군사가 전사했다. 9월에
왜구가 여세를 몰아 남원 운봉현雲峯縣을 방화하고 인월역引月驛에 주둔하
면서 북상을 준비하자 조정에서는 두 번에 걸쳐 왜구 토벌에 용맹을 떨
친 이성계를 삼도도순찰사三道都巡察使로 임명하고 왜구를 치게 하였다.

양측은 운봉을 넘어 황산 서북의 정산봉鼎山峯에서 치열한 전투를 벌였
다. 이때 전사한 왜구의 피로 강이 물들어 6, 7일간이나 물을 먹을 수 없
었다고 하며, 포획한 말이 1,600필에다 병기도 헤아릴 수 없었다고 한다.
아군보다 훨씬 많던 왜구가 겨우 70여 명이 살아서 지리산으로 도망갔
다고 한다. 최영의 홍산대첩鴻山大捷과 함께 왜구 토벌의 큰 전기를 마련한
전투로 이후 왜구 세력은 크게 약화되었다.

다산은 불리한 전투에서 이성계의 무용이 뛰어나 승리했다고, 이 전투
로 그는 조선을 건국할 기틀을 마련했다고 평가했다. 그가 세 번이나 왜
구를 크게 물리친 것은 병사의 많고 적음이 아니라 용맹하고 무용이 뛰
어남을 깨달았다. 또한 다산은 '남도를 지킬 수 있는 곳은 운봉이 으

황산대첩비가 있는 곳은 지리산 동편으로 골짜기가 깊고 험준한 곳이었다. 이성계가 이 험준한 곳에서 기마전을 펼치기에는 불리한 여건임에도 승리한 것은 그의 용맹과 지략이 뛰어났기 때문이었다. 무엇보다 놀란 것은 황산대첩비를 깨뜨린 일본인들의 역사 지우기였다. 옆의 작은 사진이 깨진 비문이다. 어떻게 깨뜨렸는지 그 솜씨가 기막히다.

뜸이고 추풍령이 그다음이다. 운봉을 잃으면 전라도가 함락되고 추풍령을 잃으면 적이 충청도를 점령할 것이다. 이 두 곳을 잃으면 경기도가 위축될 것이니 이 두 영嶺은 반드시 지켜야 할 관문關門'이라고 했다. 조령鳥嶺을 오가면서도 천연적인 요새지로 그대로 두는 것이 견고할 것인데 필요 없이 성을 쌓았다고도 했다.

다산은 경기·충청·전라·경상·황해도 지방을 거의 다 돌아다녔는데, 그의 발걸음은 나라의 안위를 위한 걸음이었고 그 깨달음이었다.

나는 황산에 서서 또 다른 것을 보았다. 일제강점기 때 깨뜨린 황산대첩비를 보고 두 번이나 놀랐다. 깨진 잔해를 보고 어떻게 깨뜨렸을까에 놀랐고, 일본은 '역사 지우기'로 유명한데 그 현장에 서서 그것이 사실임을 보고 놀랐다. 이 치욕의 현장에서 다산에게 부끄러움을 느꼈다.

4. 저절로 경건해졌다
오리 생가/ 1796년 봄

오리梧里 이원익李元翼, 1547~1634은 오직 나라만을 위하는 사람이었다. 솔선수범해서 발로 뛰는 조선 3대 청백리의 한 사람이었고 율곡 이이에게 능력을 인정받아 추천을 받을 정도로 탁월했다. 임진왜란과 정유재란, 정묘호란을 겪으며 나라와 백성을 위해 혼심을 다해 뛴 사람이었다. 그가 죽은 지 2년 후 병자호란이 일어나 인조가 내린 5칸짜리 집에서 살아보지도 못하고 불타버렸다. 그의 생전에 인조는 승지 강홍중을 보내어 이원익을 문안하게 한 뒤 물었다.

"그가 사는 집이 어떠한가?"

"그의 집은 초가집 두서너 칸뿐이며, 겨우 무릎을 들일 수 있는데 낮고 좁아서 바람을 막지 못할 정도입니다. 한 뙈기의 땅도, 노비도 없으며 단지 녹봉으로 입에 풀칠한다고 합니다."

이 말을 들은 인조는 감동했다.

"정승이 된 지 40년인데 두어 칸 초가는 비바람을 가리지 못하는구나. 그 청렴함은 고금에 없는 것이다. 내가 평생 그를 존경하는 까닭은 그의 공로와 덕행만이 아니다. 그의 청렴을 모두가 본받는다면 무엇 때문에 백성의 근심이 있겠는가?"

인조 9년 인조실록에 있는 글이다. 인조는 최고의 찬사와 함께 새 집을 내렸다. 지금의 관감당觀感堂이다. 조선의 벼슬아치와 백성들이 보고觀 느껴야感 할 집堂이라는 뜻을 함축하고 있다. 선조 또한 "비록 전쟁을 겪

오리 이원익 생가의 관감당 모습이다. 인조가 내린 집이다. 다산이 이곳을 방문했다는 기록은 없다. 그가 오리 영정을 다시 모사한 모습을 보고 찬사를 보냈기 때문이다. 요즈음 세상에도 오리와 같은 인물이 있다면 세상이 많이 달라질 것이다. 몇 번이고 걷고 싶은 곳이다.

었지만 백성들의 마음이 흩어지지 않았던 것은 이원익 덕분이었다"라고
말할 정도였다.

> 이 사람으로 나라의 평안함과 위태로움이 달라졌고
> 이 사람으로 백성의 풍요와 굶주림이 달라졌다.
> 이 사람으로 왜적의 진격과 퇴각이 달라졌고
> 이 사람으로 윤리 도덕의 퇴보와 융성이 달라졌다.
> 사십 년을 이처럼 하였으니
> 장하도다, 국정國政을 홀로 담당하였다.
> 우뚝한 태산과 화산처럼 우람하고 썩씩할 줄 알았는데
> 뾰족한 턱 붉은 콧날 자잘한 주근깨에 참으로 왜소하였다.
> 아, 눈부시게 빛나는 옥이야말로
> 누구나 그것이 좋은 옥인 줄 알지만
> 상자 속에 숨겨두면 옥 장인도 잘 모르기에
> 군자는 비단옷 위에 홑옷을 껴입는다.
> 병진년1796 봄, 영정을 다시 모사할 때 공의 모습을 경건히 바라보았다.
> — 고 영의정 이원익 화상에 부쳐「故領議政梧里李公畵像贊」—

다산 또한 이원익의 영정 앞에서 최고의 찬사를 아끼지 않았다. 이원
익은 명분이나 이념으로 말하는 성리학자가 아니었다. 현장에서 국가와
민생 현안에 대해 실사구시 처방을 내리는 경세가였다. 그가 광해군 즉위
년1608에 조세제도의 불합리한 폐단을 시정하고자 대동법大同法을 최초로
제안하여 경기지방에서 실시한 사례가 그것을 말해준다.

그는 백성의 안위를 우선으로 생각했다. 나머지는 군더더기에 불과하
다며 그것에 자신의 전문성과 능력을 집중했다. 세 차례의 외침으로 국토
가 유린당하고 백성이 도탄에 빠진 난국을 타개하는 탁월한 국가지도자

였다. 이 와중에도 자기 자신에 대해서만큼은 엄격하고 철저했다. 벼슬에 물러나고서도 직접 돗자리를 짜서 끼니를 이을 정도의 '초가집 정승'이었다. 청렴과 공정, 부지런함, 위민 등등 다산이 지향하는 존경스러운 선배였다. 다산이 최고의 찬사를 보낼 만한 사람이었다. 그는 더구나 아주 작은 체구에 섬약한 얼굴, 주근깨만 가득한 안면, 숨겨놓은 옥처럼 내공을 몸속에 가득 채운 인물이었다는 점도 다산을 경도하게 만들었다.

다산은 오리 이원익을 살펴보며 '잘남과 똑똑함과 뛰어난 능력을 감추고 못나고 모르고 부족한 사람으로 보여야만 큰 정치가의 역량을 발휘할 수 있다'라는 『시경詩經』의 경구를 굳게 믿게 되었다. 다산이 모사한 이원익 영정을 접한 곳은 창덕궁이었겠지만, 나는 그가 태어나고 말년을 보낸 곳을 찾았다. 관감당을 서성거리며 요즈음 관리들도 이곳을 찾아서 다산처럼 경건하게 바라보아야 한다고 느꼈다.

다산은 조선 3대 청백리인 오리를 비롯해 세종 때 황희黃喜를 『목민심서』에 언급할 만큼 존경하였고 또한 효종이 은거당을 하사한 허목許穆, 1595~1682의 학문을 이어받아 실학을 완성했다.

5. 30대에 재상, 그럴만했다
이덕형 별서 / 1796년 봄

오성과 한음으로 잘 알려진 한음漢陰 이덕형李德馨, 1561~1613은 선비들이 가장 선망하는 벼슬인 대제학에 조선 최초로 31세에 올랐다. 38세에는 조선 최연소 우의정에, 41세에는 영의정에 오르는 등 대단한 실력자이다. 어려서부터 시와 문장에 뛰어나서 18세에 생원시에 수석하고 20세에 문과에 급제하며 온 나라에 이름을 떨쳤다. 이때1578 과거시험장에서 만난 17세 한음과 22세 오성 이항복李恒福, 1556~1618의 우정은 그들의 실력보다도 더 값지다.

지위가 높거나 학식이 뛰어난 친구 사이일수록 서로 시기하며 헐뜯는 사람도 많은데 그들은 수많은 에피소드를 남기며 아름다운 우정을 평생 이어갔다. 어린 한음이 벼슬을 앞서나가도 오성은 시기심도 없었다. 성격도 달랐다. 당파도 달랐다. 그들은 어려서부터 만난 고향 친구도 아니었다. 동문도 아니었다. 나이가 같지도 않았다. 그저 시험장에서 경쟁자로 처음 만났을 뿐이다. 그들은 죽마고우가 아니라 문경지우刎頸之友, 목을 베어줄 정도로 친한 벗였다. 그런 그들을 보고 다산은 많은 것을 깨달았다.

임진왜란이 일어나자 두 사람은 병조판서를 번갈아 맡아서 나라를 구하고 백성의 규휼에 힘썼다. 한음과 백사는 우선 나라에 몸을 바치자고 맹세하고, 명나라에 원군을 간청하는 일을 해결해야 한다고 주장하며 임금을 설득했고, 그 대표자로 한음이 선정되었다. 한음을 떠나보내려고 성밖으로 나온 백사에게 한음이 말이 한 필이어서 하루에 이틀의 거리를

종로구 필운동에 있는 이항복의 별서터다. 문경지교
처럼 묵직한 바위가 두 사람의 변치 않는 우정을 묵
언으로 말해주는 것 같다.
(사진: 배화여고 제공)

달릴 수 없음을 한탄하자, 백사는 타고 있던 말을 풀어주면서 "원군을 청
하여 함께 오지 않으면 그대는 나를 쌓인 시체더미에서나 찾아야지 살아
서는 다시 만나지 못할 것이네"라고 하였다. "원병을 청해내지 못하면 나
는 중국의 노령산 속에 뼈를 묻고 다시는 압록강을 건너지 않을 것이오"
라고 대답했다. 그 결과 명나라는 조선에 파병하기로 결정하였고 급한 불
을 끌 수 있었다.

그렇게 나라를 사랑한 그도 광해군의 폭정에 항거하다 결국은 삭탈관
직이라는 고난 속에 죽음을 맞아야 했다. '한음은 나라가 있는 줄만 알았
지, 자신의 몸이 있는 줄은 몰랐다'라는 그에 대한 조경趙絅의 칭송, 그래
서 다산이 그들을 더 존경했는지도 모른다.

두 사람은 강직해서 같은 이유로 죽었다. 폐모론을 반대하다 삭탈관직

운길산 아래 있는 작은 별서에는 수백 년 된 은행나무 두 그루가 있다. 자신과 오성을 뜻한다고 한다. 비록 늙어서 상처를 수술하고 서 있지만 쓸쓸하게 느껴지지 않는다. 죽어서까지 나누고 있는 대화 내용은 무엇일까.

되어 먼저 이덕형이 죽음을 맞이했고, 4년 후 이항복이 역시 폐모론을 반대하다 북청에 유배되어 그곳에서 죽었다. 이항복 별서는 필운동에 있고 이덕형 별서는 운길산 아래 있다. 수종사 500년 된 은행나무 옆에 그가 사랑한 별서로 가는 팻말이 있다. 별서 또한 은행나무 두 그루만 남아 있다. 다산이 수종사를 자주 올랐으므로 이덕형 별서에 들렀음직 한데 기록이 없다. 아래 화상찬도 1796년에 모사한 한음의 화상을 보고 지었다.

젊은 나이에 재상이 되었지만
백성들 기숙耆宿, 늙어서 덕망이 많은 사람으로 우러르고
각별한 총애와 신임을 받았으나
벗들은 그를 선비로 대하였네.
뼈를 삭이는 유언비어에도
임금은 그의 진심 의심하지 않았고
살을 도려내는 간쟁에도
혼주婚主는 멀리 쫓아내지 않았네.
그의 높은 충성과 큰 절개가
뭇사람 마음을 감복시키지 않았더라면
하늘이 돌보고 귀신이 돕는다 해도
누가 그에게 이런 복을 주겠는가.
아름답도다
높이 솟은 광대뼈 빛나는 뺨
걸출한 체구에 엄숙한 자태여
후세에 그 누가
감히 공경히 대하지 않겠는가.

– 고 영의정 한음 이공 화상찬 –

6. 즐거움을 느껴야 복인이다
한성부/ 1800년

부귀영화는 항상 하늘이 시기한다. 그래서 오래가지 못한다. 벼슬 또한 마찬가지다. 2품 이상 타는 수레인 초헌軺軒과 고관의 복장인 비단옷의 영광을 주었으면 나머지 복에는 인색하여 차츰 빼앗는다고 어떤 이는 말했다. 다산은 그렇지 않다고 생각했다.

군자가 지위를 얻으면 그 덕을 행하고, 어질지 못한 사람이 지위를 얻으면 그 악을 뿌린다. 덕택이 백성에게 베풀어진 이는 하늘이 더욱 복을 주어서 그 선행善行을 갚는다. 하물며 복을 '차츰 빼앗는다' 할 수 있겠는가. '복을 차츰 빼앗는다'라는 것은 반드시 위세威勢와 포학暴虐이 백성에게 가해져서 하늘도 그냥 둘 수 없는 사람일 것이다.

섭서葉西 권엄權懨, 1729~1801은 지위가 판서에 이른 고급 관료로서 세 명의 아들을 두었고 높고 광활한 집에 살며, 향리에 은둔해 살 집과 전원田園이 있다. 이런 부귀영화에다 장수한 71세 나이에 술과 안주를 갖추고 벗들을 모아서 즐기고 있으니 여러 가지 복이 갖추어졌다고 하겠다. 그가 가는 곳마다 백성이 편안하였고, 떠나간 뒤에는 공을 생각하여 마지않았으니 이것이 이른바 덕이 백성에게 베풀어져서 하늘이 복을 준 것이다.

복을 일러 '길상吉祥하다' 하는 것은 복이 즐거워함이기 때문이다. 그 기대는 즐거움에 있고 복에 있지 않다. 그러나 부귀한 사람으로 태어나 자신도 모르는 사이에 자식 낳고 늙어가는 사람은 복인이어도 그것이 즐거움인 줄 모른다.

공은 젊어서 과거시험에 쉽게 합격하지 못하고 운도 없었다. 벼슬한 뒤로는 벼슬살이가 순탄하지 않아 대간臺諫. 사헌부, 사간원의 자리에 두루 다닌 지 20여 년이이었다. 하루아침에 재상이 그의 현능함을 천거하고 임금은 그의 현능함을 장려하여 방백方伯. 문무관의 재능을 시험하여 뽑은 이조와 병조의 관원 직책을 맡기되 격식이나 관례에 구애되지 않았다. 이 때문에 벼슬살이의 어려움과 즐거움을 공만이 깊이 알았다.

공이 젊어서 양자를 데려다가 자식으로 삼았는데, 나중에는 적처嫡妻와 첩 모두 아들 하나씩을 낳아서 문장과 행실이 뛰어났다. 이 때문에 아들 두기 어려운 것과 그 즐거움을 공만이 깊이 안다.

공은 젊어서 가난하고 병이 많아 죽을 고비를 여러 번 겪었다. 지금은 여유롭고 여든을 바라본다. 이 때문에 건강 유지의 어려움과 장수가 즐거운 것을 공만이 깊이 안다.

세상에서 공의 복과 장수를 누린 이는 있으나 공이 맛본 즐거움과 깨달음이 있는 사람은 아주 드물다.

- 병조판서 권엄의 71세 향수를 축하하는 서 -
기미년에 지음.

세상을 보는 눈이 다산처럼 예리한 사람은 만나기 어렵다. 요즈음 혼란스러워졌으나, 선행을 베풀수록 복이 오는 것이야 다 아는 사실이다. 복이 와도 그 가치를 모르는 사람은 자신에게 복이 왔다는 것을 모른다. 복이 주는 즐거움을 알아야 진정 복인이다라는 깨달음, 다산에게만 들을 수 있는 말이다. 권엄이 복을 받아야 하는 또 다른 유명한 이야기가 있다.

왕실의 어의御醫 강명길康命吉이 왕의 은총을 믿고 설쳐대서 모두 눈살을 찌푸렸다. 명길은 서대문 밖 교외에 땅을 사들여 그 어버이를 이장하였고, 그 산 아래에는 오래된 민가 수십 호가 있었다. 그는 이를 모두 사들여 10월 추수 후에 집을 비우기로 약속받았지만, 그해 가을에 흉년이 들어 백성들은 약속을 이행하지 못했다. 그는 자기 종들을 시켜 한성부에 고소했다. 권엄은 몰아내기를 허락하지 않았다. 하루는 임금이 승지 이익운李益運에게 말했다.

강명길이 다시 고소할 것이니 권엄에게 아전들을 풀어서 백성들을 몰아내도록 하라고 일렀다. 명길이 다시 고소했으나 권엄은 조금도 변동이 없었다. 이에 임금이 이익운을 불러 우레 같은 노여움을 토로하자 듣는 사람 모두가 목을 움츠렸다. 이익운이 권엄에게 임금의 뜻을 전하자, 그는 '굶주림과 추위가 극에 달한 백성을 몰아낸다면 길바닥에서 다 죽을 것이다. 차라리 내가 죽을지언정 쫓아내서 백성이 나라를 원망하게 할 수는 없다'라고 하였다.

그 다음 날에도 명길이 다시 고소했으나 종전의 판결을 따를 뿐이었다. 듣는 자들이 모두 권엄을 위태롭게 여겼다. 여러 날 뒤에 임금이 이익운에게 "내가 조용히 생각해보니 판윤의 처사가 참으로 옳았다. 그는 만만치 않은 사람이다. 그대는 아마 그렇게 하지 못할 것 같다"라고 했다. 이를 들은 권엄은 감읍하였다.

– '목민심서 형전' 중에서 –

광화문 KT 본사와 미 대사관 일대 170칸 건물에 130명이 근무하던 한성부가 있었다. 그가 한성판윤, 즉 서울시장 시절 이야기이다. 연산군이나 선조 시절이었다면 그는 목숨을 잃었을 것이다. 자신의 목숨을 내놓고 백성의 고난을 지켜낸 그는 복을 받아야 마땅하다. 다산이 처음 벼슬을 시작할 때 판서이던 권엄이 주관하는 신참례新參禮 신참 신고식에서 거부 소동을 일으킨 다산을 포용한 것도 훌륭하지만, 같은 시파이면서도 천주교도

한성부는 지금의 서울 시청처럼 규모가 컸다. 130명이 근무하고 170칸의 건물을 사용한 대규모였다. 지금의 KT 본사와
미대사관 일대에 있었다. 그 위쪽으로는 의정부가 있었다. 권엄이 한성판윤 시절 이야기는 다산에게 큰 감명을 주었을 뿐
아니라 나도 놀랐다. 정조가 아니었더라면 그는 죽은 목숨이었는지도 모른다.

들을 미워하여 1801년 신유사옥 때 다산은 물론 이가환과 이승훈까지 모두 극형에 처해야 한다는 강경론을 폈던 그였다. 그런 그를 칭찬한 다산 또한 대단하다.

요즈음도 자신에게 온 복을 알아보지 못하고 남들만 쳐다보며 불행하게 사는 사람이 얼마나 많은가. 복은 복을 알아보는 사람에게만 오는 것 같다.

7. 절름발이까지 죽었다, 포기해라
구상마을 / 1802년

다산이 유배지 강진에 처음 도착해서 무슨 일을 했을지 참 궁금했다. '3개월 동안 분노로 두문불출했다'라는 말은 과장되었을까. 그가 임진왜란 당시 많은 전투에 참가하고 거짓말 같은 일화를 남긴 황대중黃大中, 1551~1597 유적지를 강진에 도착한 지 1개월 이후 방문했기 때문이다. 오자마자 냉대를 받은 강진 사람들에게 들었을 리는 없고, 아마도 벼슬살이 하던 어느 날 서울로 자신을 찾아온 반곡盤谷 정경달丁景達, 1542~1602 의 후손 정수익丁修翼 을 통해서 『난중일기亂中日記』를 읽었을 것이다. 감동한 그는 그 내용 속에 있는 인물들을 찾아나섰으리라.

이순신과 황대중, 정경달은 함께 임진왜란과 정유재란을 극복한 사람들이다. 이순신은 그가 남원전투에서 죽자 바로 달려와서 통곡하며 조제문弔祭文 을 지었다. 다산은 황대중 후손의 초대를 받았든가, 아니면 직접 구상마을과 말무덤, 양건당 등을 찾았는지는 여부는 알 수 없으나 유적지를 돌아보고 1802년 양건당 찬영讚詠 칭송하는 글 을 지었다.

> 높이 솟은 효행과 선행이
> 그대의 향기로 찬란히 빛난다.
> 왼쪽 다리 절뚝이다 오른쪽까지 절뚝이자
> 그대 이름은 온 세상에 비로소 빛났다.
> 어머니가 학질로 아파할 때

어찌 의원까지 놀라지 않았으리.
칼날 갈아 번쩍거리며 눈부시고
베어낸 허벅지 살점은 크지 않았다.
발이 하나인 짐승과 같을지라도
굳건히 임금을 지킬 수 있었다.
왜적이 총알을 줄기차게 쏘아대서
우연히 그대의 다리에 맞았다.
누구라도 살갗에 가시가 찔리면
아파서 우짖지 않는 사람 없고,
독 있는 벌레가 물거나 쏘아대도
스스로 막으려고 더욱더 힘쓴다.
쇠 날에 깎이고 남에게 찔려도
그는 아프지 않다고 말했다.
한 번도 찡그리며 아픈 척 하지 않았고
즐겁게 싸우되 망설이지 않았다.
아, 그의 샘물은 맑아질 것이고
그대 집안은 갈수록 빛나리라.
이제 남겨준 이름을 새겨서
온 고을 전체가 알도록 하노라.

– 양건당, 찬영讚詠 –
양광식 강진문사고전연구소장 제공

황대중은 황희의 5대손으로 강진 구상마을에 살면서 왼쪽 허벅지 살을 잘라 어머니의 병을 치료했다. '효건'이란 이름으로 불린 이유이다. 왼쪽 다리를 절뚝거리면서도 이순신과 함께 임진왜란 전투에 참가했다. 절름발이라는 약점은 뛰어난 무예로써 지웠다. 별초군에 뽑혀 임금을 호송하기도 했고 진주성 전투에 참가해 죽을 고비를 넘기고 탈출하기도 했다.

1594년 10월 거제도 해전에서 오른쪽 다리마저 총상을 입고 절게 되었다. 이순신은 "과거의 다리는 효건, 지금의 다리는 충건, 두 다리를 모두 절룩거리니 양건兩蹇이로다"라고 하였다. 이순신이 죽음의 위기에 처하자 강진 황곡 출신 암행어사 조팽년趙彭年, 1545~1612이 이순신을 조사하여 이순신을 두둔하였고, 황대중을 비롯한 군인들이 힘을 모아 부당함을 조정에 호소하기도 했다.

다산이 황대중이 태어난 곳인 구상마을을 방문하고 찬영을 지은 시기가 유배 온 초기인 줄을 처음 알았다. 정경달의 「난중일기」를 보고 크게 감명받았다는 이야기이다. 양건당은 구상마을 입구에 있다.

말무덤이 사람무덤보다 더 크다. 황대중과 한 몸이 되어 전쟁터에서 싸우고 전사한 그를 집에까지 모셔왔으므로 이런 대접을 받을만하다. 들 가운데서 그를 지키는 수호신 같기도 하다. 왼쪽 멀리 구상마을이 보인다.

두 다리를 잃고서도 나라를 위해 끝까지 싸우다 남원전투에서 47세로 생을 마감한 그는 일본군까지도 존경하게 했다. "조선의 백성들아, 너희 나라 충신인 절름발이가 죽었다. 이제 포기하라"라고 소리쳤다. 그는 이순신 장군에게 그 누구보다도 충성심이 강한 부하이자 친구였다. 진실로 나라를 위한 자는 집과 자식들과 노비들을 잃는다고 했다. 그는 달랐다. 충과 효를 겸한, 불구의 몸으로 나라에 몸을 바친 그를 보고 깨달았다. 그래서 다산은 그를 강진에 도착하자마자 찾았고 그를 기렸다.

8. 밥사발로 가슴이 뚫렸다
대둔사/ 1812년경

수레의 기본은 주인의 목적지에 빠르고 안전하게 굴러가는 것이다. 빠른 것을 바란다면 수레를 가볍게 하고 바큇살을 튼튼히 하며 수레 축과 바퀴 사이에 기름을 칠해서 매끄럽게 해야 한다. 유람이 목적이라면 수레를 안락하게 꾸며야 하나 이 또한 기본을 버릴 수 없다. 그런데 어떤 사람들은 수레의 기본을 생각하지 않고 온갖 잡동사니로 화려하게 꾸미고 무거운 장식물을 가득 실어 수레의 기본 목적을 잃어버린다.

세상에서 사치하고 화려한 것에 힘쓰고 겉모양 꾸미는 것을 자랑으로 여기는 사람도 이러한 부류에서 벗어나지 않는다. 비단·무늬 놓은 비단·무늬옷감 각 한 상자, 귀골貴骨, 존귀한 뼈·천골賤骨, 천한 뼈 각 한 접시·살코기 한 접시·포 한 접시·돼지고깃국·쇠고깃국·양고깃국·곰국과 같은 좋은 음식 각 한 그릇, 여러 가지 술잔·접시·숟가락·국자와 같은 물건을 각기 알맞은 숫자대로 갖추어 놓고 황璜·거琚·우瑀·형珩과 같은 패옥으로 소리를 내고 방석·요·휘장 같은 것으로 편안하게 거처하는 등 아름답고 예쁘게 꾸미고 배부르게 먹는다.

낡으면 새로 하고 빛이 바래면 바꾸며, 마음을 이 한 군데에다만 쓰면서 눈을 부릅뜨고 팔을 걷어붙이며, 종신토록 고달프게 매진한다. 그러나 자기가 가는 바를 알지 못하니, 이 역시 지혜롭지 못한 사람이 아니겠는가.

옛날에 허유許由, 중국 요임금 때 벼슬을 거절하고 기산(箕山)에 숨어 살았음라는 사람은 말하기를, '이것은 내 몸을 다스리는 도가 아니다' 하고 모두 버리고

다산은 혜장선사를 잊을 수 없을 것이다. 그에게서 유배지의 어려움을 극복할 수 있도록 많은 도움을 받았기 때문이다.
그가 밥사발 하나로 생활하는, 마음을 비운 스님이었기에 도움을 받을 수 있었을 것이다. 지금 일발암은 흔적도 없다.
사진은 대둔사 깊숙이 자리 잡은 동국 선사의 감나무를 찍은 것이다. 누군가 햇빛을 가린다고 불평했을까. 너무나 몽땅
하게 잘랐기에 찍었다.

표주박 하나로 살았으며, 중고中古에 안회顏回는 삶을 말하기를 '이것은 내 몸을 다스리는 도가 아니다' 하고, 모두 버리고 손에 도시락 하나를 들고 살아갔다.

- '일발암기' 중에서 -

이어 혜장惠藏이라는 사람이 말하기를 '이것은 내 몸을 다스리는 도가 아니다' 하고, 모두 버리고 손에 의발衣鉢 사부가 제자에게 도를 전하는 징표 하나를 들고 살아간다. 이 세 사람의 행동은 비록 뜻하는 바는 다르나, 모두 수레 타는 방법을 터득했다고 할 만한 사람들이다.

혜장은 젊어서 대둔사의 수장이 되었다. 다산과 친하게 지내며 궁핍하고 말벗이 없는 다산을 도운 스님이다. 그가 두륜산頭輪山 가운데에 초가한 채를 짓고 방榜을 붙여 '일발一鉢'이라 하였다. 혜장은 이 '일발암一鉢菴'에 기記를 부탁했다. 다산은 곰파서 글을 써주었다. 글을 쓰면서 깨달았다.

버리고 기본을 안다는 것, 자신의 가는 길을 안다는 것은 도를 아는 이라는 것을 깨달은 것이다. 자신 또한 자신 소유의 사발 하나 없이 남의 초당에서 제자들을 가르치며 살고 있지 않은가.

지금 일발암은 흔적도 없다. 그가 젊어서 요절했기 때문일 것이다. 일발암, 아름다운 이름이다. 비록 흔적은 없어졌으나 '일발' 하나만 저장했을 초라한 초가였을 것이다.

넷째,
절망 속에서 깨달음, 2

1. 표범의 눈초리를 느끼다
헌릉원 / 1800년 11월

이제 울음도 말랐다. 다산은 11월 3일 헌릉을 향해 떠나는 정조 영가靈駕. 임금 상여의 뒤를 따랐다. 임금이 화성을 떠나기 싫어 일부러 발걸음을 늦추었다는 지지대遲遲臺에서 임금의 시에 화답한 시를 채제공이 지었고 자신 또한 화답했었다. '대輦 아래 푸른 실로 꾸민 임금의 길이, 아스라이 화성으로 곧게 뻗었다. 상서로운 구름……' 읊조리며 시나브로 떠오른 광경이 엊그제 일처럼 스쳐갔다.

말랐던 울음이 다시 터졌다. 정조와 함께했던 생각들이 수원 화성에 도착하자마자 다시 가슴을 두드렸다. 5일에는 영가가 헌릉 능소에 도착했고 곡소리가 하늘을 삼키는 가운데 『순조실록』에는 6일 자시0시~2시사이에 정조 시신이 매장되었다고 했다. 군주이자 스승이고 어버이인 정조를 진정 떠나보냈다. 그 순간 싸늘함을 느꼈다. 표범의 눈보다 더 오싹한 눈초리였다. 한때 친구였던 그들 입가에서 싸늘한 냉소도 스쳤다. 코끝을 얼리는 차가운 바람보다 더 냉랭한 공기였다. 다산은 서둘러 서울로 돌아왔다. 만감이 쓰린 가슴과 혼란한 머리를 교차했다.

정조의 공식 국상 기간이 7월 30일 끝났었다. 지난 8월 1일 정조의 초하루 제사에 참여한 후 국상에 참여한 윤상현尹尙玄과 윤종하尹鍾河 등이 해남으로 돌아가는 것을 전송했다. 이들은 해남 윤씨로 외가 인척이다. 이후 가족을 고향 초천苕川으로 내려보냈다.

『어사번암시첩御賜樊巖詩帖』 1권은 정조대왕께서 고 영의정 채 문숙 공蔡文肅公, 채제공의 시호에게 내린 시詩로서, 채제공과 그의 친지 여러 사람에게 명하여 화답해서 바치도록 한 것이다. 시에 경勍 자를 운자로 지은 시에 화답하게 한 영광은 온 세상이 부러워했다. 그 후 몇 해 안되어 채제공이 별세하였고, 올해에도 정조임금 승하로 슬픔을 안게 되었다. 내가 우연히 상자를 정리하다가 일찍이 소장되었던 임금의 시와 신하들의 시를 찾아내고, 이것과 아울러 책 한 권을 깨끗하게 베껴서 이를 장정, 첩帖을 만들었다. 첩이 완성되자 눈물을 흘리며 이렇게 기록한다.

- 임금이 채제공에게 내린 시첩에 발함 -
1800년

하향을 결심하고 짐을 정리하는 중에 다산은 우연히 정조가 1791년 군셀 경勍 자를 운자로 시를 지은 다음 채제공과 그 친구들에게 같은 운자로 시를 짓게 했다. 그 시들을 발견하고 깨끗이 정서해서 한 권의 첩을 만들었다. 울긋불긋한 낙엽이 꽃처럼 절정기를 지나 겨울이 다가오는 때였다. 자신에게 다가오는 계절처럼 온몸으로 느껴지고 있었다.

정조와 채제공만 생각하면 저절로 눈물이 흘렀다. 자신이 홀로 사막에 버려진 것만은 아니었다. 터널 끝에 불빛이 보이지 않아서도 아니었다. 주변의 눈초리가 싸늘해서도 아니었다. 가던 길이 끊어질 것이라는 두려움 때문만은 아니었다. 막연하게나마 두 분이 살아계실 때는 미처 깨닫지 못한 일이었다. 인정人情과 함께 자신에게 두 사람의 빈자리가 너무 커서였다. 무엇으로도 대신할 수 없었다. 정조가 죽자 자신도 죽었다고 생각했다. 함께 죽고자 하였으나 그것도 용기가 없었다.

자신은 지능이 뛰어났고 그래서 예측을 잘한다고 생각했었다. 결과는 참담했다. 채제공은 80세로 장수했고 죽음은 자연의 순리였다. 정조가

정조 부부가 누워있는 건릉 입구 소나무길이다. 다산은 눈물을 뿌리며 상여 뒤를 따랐다. 이 건릉 인근에 묻혀야 한다며 따라 죽어야 한다는 생각이 계속 머리를 쥐어짰다. 군주이자 스승이며 어버이인 정조의 빈자리가 너무 컸다. 앞길이 하늘에 내쳐진 것이다.

49세에 갑자기 돌아가신 건 운명이었다. 자신은 그 운명이 어떤 결과를 몰고 올지 한 치 앞도 내다보지 못했다. 차선책도 없는 바보였다. 이제 보니 잘 나갈 때처럼 자신을 위해 세상이 창조된 것도 아니었다.

2. 나야말로 멍청이였다
장기/ 1801년 봄

　다산은 3월 9일 두 번 울고 간다는 장기에 도착했다. 달 없는 밤에 떠나서 초승달이 제법 커졌다. 달이 커오는 것만큼 몸이 무거워지고 병이 짙어졌다. 마음도 앓고 몸도 앓았다. 국청장에서 곤장 30대를 맞고 몸보다 더한 심적 고통을 겪었는데 앓지 않으면 정상이 아니다. 유배길에서도 쉬지 않고 시를 지었고 앓아누워서도 시를 지었다. 끙끙 앓는 소리가 시의 운율이 되었다.

　한 달 여를 앓으면서 10편 60수가 넘는 시를 지었다. 그게 병이 날아가게 하는 깨달음이었다. 그래서인지 한 수 한 수가 가슴을 쿵쿵 때린다. 여기까지 온 걸 생각하니 우스웠다. 세상 책 모두 독파하면 모든 게 잘 풀려갈 줄 알았다. 만물을 다 안다며 날뛰다가 할 말을 잃었다. '우습구나, 나야말로 정말 멍청이였다'라고 후회하면서도 친구 생각에 술 생각까지 났다.

　　　벗이여 달 아래 마시려거든
　　　오늘 밤 달을 놓치지 말게나.
　　　만약에 내일로 미룬다면
　　　바다에서 구름이 일 것이며
　　　또 내일로 미룬다면
　　　둥근 달이 이미 이지러질 것이네.
　　　　　　　－ '고시古詩, 고체시' 27수 중 14번째 수 －

장기성 북문이다. 복원된 지 얼마 되지 않았다. 동해를 곁에 두고 우뚝 솟아서 파발마 소리가 마을을 덮친다. 다산은 그럴 때마다 식은땀을 흘렸다. 흘린 땀이 시가 되었다. 읊조리면 읊조릴수록 대숲을 울리고 가슴에 박히는 시들이다.

함께 있을 때 즐기고, 있을 때 잘할 걸, 홀로 달 아래 서 있다가 문득 깨달았다. 벗과 함께 있을 때 즐거워지 미루다 보면 홍수에 벼락이 떨어질 때도 있고, 자신처럼 좋은 시절 다 가고 고난의 시절이 와서 즐기려 해도 즐길 수 없는 때도 있다. 왜 벗과 함께 있을 때 더 즐기지 못했는지 아쉽기만 하다. 신유사옥으로 수많은 천주교도가 죽음을 당하자 더는 지켜보지 못하고 중국인 신부 주문모가 자수했다. 자신의 목숨으로 끝나길 바라서였다. 3월 12일이었다.

이어 13일에는 장령 권한위權漢緯가 계를 올려 정약전과 정약용을 다시 의금부로 불러 엄히 문초할 것을 청했다. 16일에는 집의 유경柳畊과 장령 홍광일洪光一 등이, 18일에도 같은 사람 둘이, 19일에는 권한위가, 20일에는 장령 홍광일이, 22일에는 장령 홍희운洪羲運이, 27일에는 윤지현尹之鉉 등등이 계속 이어졌다. 순조는 같은 말을 되풀이하며 허락하지 않았다. 그런 와중에도 다산의 병이 나은 것이 이상할 정도였다.

병이 낫자 봄바람은 가버렸고
시름 많아 여름밤이 길기도 하다.
잠깐잠깐 잠자리에 들었다가
문득문득 내 고향을 그리워한다.
불붙이면 솔 그을음이 어둑어둑하고
문을 열면 대나무가 상쾌하게 느껴진다.
저 멀리 고향 마을 소내 위에는
달그림자 서편 담에 쏟아지고 있겠지.

─밤─

4월 초순경에 병이 나았다. 병이 나아도 상소는 계속되었다. 모두 죽이지 못해 안달난 것처럼 들고일어났다. 그들 낯짝을 보지 않고 유배지에 앉아있는 것이 더 나은 삶이었다. 이럴 땐 보고 듣지 않는 것이 진실이었다. 고향을 그리며 시를 짓다 보면 어느 땐가는 이곳을 벗어나게 되겠지. 그냥 덤덤하게 조그만 끈 하나만 붙들고서.

3. 촌 늙은이가 눈물 나게 하다
동문안 밥집 / 1803년경

한 촌 늙은이가 동문안 밥집으로 다산을 찾아왔다. 그는 급하게 서두르며 들어오려 하였다. 몸은 여위고 아주 못생긴 촌 늙은이였다. 다산이 곤궁하게 살면서 외출을 삼가며 가장 밑바닥 생활을 하던 때였다. 다산은 의아해서 그에게 물었다.

"나는 화순 사람입니다."

또 물었다.

"나는 우송友松 김처사金處士 세규世奎의 손자입니다."

다산은 언뜻 생각이 스쳤다. 화순은 다산 아버지가 다스렸던 고을이고 우송 처사는 자신이 그의 글에 서문을 써주었기에 노인이 들어오는 것을 거절할 수 없었다. 문을 열어주고 들어오게 하였다. 그는 자리를 채 정하기도 전에 눈물을 줄줄 흘리면서 울먹인 목소리로 말했다.

"이게 어찌 된 일입니까?"

시큰한 코를 누르고 다산이 연유를 물었다.

"고을 장로長老들이 가보라고 권하는 이가 많아 찾아왔습니다."

다산은 깨달았다. 정말 어려운 걸음이자 행동이라고 말이다.

그가 나를 방문한 데서 나는 아버지의 정사가 훌륭하였고, 화순의 풍속이 아름답고, 조정의 덕이 후하고, 어진 이의 은택이 멀리 뻗침을 알았다. 아버지가 이 화순현을 떠난 지 지금 25년이 되었건만, 백성들은 아직도 칭송하고 사모하는 마음이 변하지 않아서 나처럼 불초한 아들에게까지 미치게 되었겠는가.

그 정사를 알 만하다. 그 정사가 참으로 훌륭하였더라도 그 풍속이 경박하고 잘 배반한다면, 비록 두시杜詩와 소신신召信臣, 모두 한나라 때 훌륭한 수령임 같은 이라도 돌아보지 않을 것이다.

그 풍속을 알 만하다. 그 풍속이 참으로 아름답더라도 법을 담당한 신하가 내 집에 울타리를 치고 내 처마 밑을 가시로 막는다면 화순 사람이 비록 나를 위로하려 하나 될 수 있겠는가.

그 덕을 알 만하다. 우송 처사 같은 이가 선善과 의義를 좋아하고 변함없는 굳은 지조를 지켜 자손에게 덕을 끼치지 않았다면, 또한 험한 산을 넘고 빙판과 눈길을 무릅쓰고 발이 부르트도록 걸어서 나에게 들렀겠는가.

아, 어진 이의 후손이 이를 행하는 것이 또한 훌륭하다.

- '김생에게 주는 서' 중에서 -

다산은 감격했다. 그의 방문으로 인해서 다산은 아버지가 화순을 떠난 지 25년이 되었지만 고을을 어질고 훌륭하게 다스렸고, 풍속이 경박하고 배반했더라면 한나라 때 훌륭한 수령 두시와 소신신이라도 돌아보지 않았을 것으로 화순의 풍속이 아름답고, 그 풍속이 아름답더라도 자신이 위리안치되었더라면 그를 만날 수 있었겠는가.

또한 우송 처사가 그 자손에게 덕을 끼치지 않았더라면 그의 손자가 험한 산을 넘고 빙판과 눈길을 발이 부르트도록 걸어 그 은택이 멀리 뻗쳤겠는가. 다산은 이 네 가지를 깨닫고 그의 넉넉지 않은 행색을 살펴보며 직업을 물었다.

"어깨에 물통 하나를 메고 지리산·덕유산 등 여러 명산에 노닐면서 약을 캐서 생활하고 있습니다."

동문안 밥집 곁에 있는 동문안 샘이 가까이 보인다. 다산은 찌는 여름에 미칠 듯이 더우면 밤늦게 고양이처럼 달려가서 목욕을 하곤 했던 곳이다. 어려울 때 고마운 화순 사람이 찾아왔다. 지금은 미역을 감던 어린애도, 떠들썩한 아낙네도 사라지고 없다.

다산 또한 유배지에서 답답하고 궁색하게 살고 있었다. 자신보다 자유스러움에 기뻤다. 그렇다고 그를 따라 약초를 캐서 남은 수명을 연장하며 살 수는 없었다. 감사한 마음을 새기며 각자 갈 길을 찾아 헤어졌다.

4. 두렵고 두려워서 떨리다
묵재 / 1807년

    다산의 삶을 살펴보면 대부분 행동은 지금 여기에 충실하고 생각은 미래에 있었다. 미래는 그가 버티는 힘이었다. 유배 초기 다산은 죽음의 공포에 떨었다. 하루가 멀다 하고 자신을 지지했던 신서파들까지 공격하기 때문이었다.

    반대파들의 공격은 집요했다. 천주교 핵심인물 중 살아남은 유일한 사람에다 정치적으로 제거해야 할 사람 중에서도 살아남는 자는 다산 한사람 뿐이었다. 노론 벽파와 남인 공서파는 이 두 가지 이유만으로도 다산을 살려둘 수 없었다. 이것을 잘 아는 다산은 두려움에 떨 수밖에 없었다. 유배된 지 6년이 지나며 두려움에서 조금씩 벗어나기 시작했다. 다른 근심의 해결은 지지부진이었다.

> 너희가 학문하여 내가 남긴 글들을 읽고 정리해서 간행해주지 않는다면 내 평생 저술들은 다 흩어지고 없어져버릴 것이다. 그리된다면 후세 사람들이 남은 재판 기록과 반대파들의 상소문으로만 나를 평가하게 될 것이니, 나는 장차 어떤 사람이 되겠느냐?
>
> — '두 아들에게 준 글' 중에서 —
> 1802년

    자신이 청렴과 정직으로 벼슬에 임한 것은 이미 잊었다. 정조의 죽음으로 그의 모든 업적은 사라져버렸다. 오히려 자신을 헐뜯는 반대파들의 빗발치는 상소와 신유년 옥사 때 취조 기록물인 '추안급국안推案及鞫案'만으로 자신이 평가될 것은 분명했다. 그 내용은 모두 자신을 헐뜯는 글뿐이다. 더구나 신유년 취조 기록물에는 자신이 살고자 몸부림친 내용이 고스란히 들어있을 것이다.

2월 9일 새벽 의금부로 끌려오면서 그는 죽음을 직감했다. 형조 참의 직에 근무한 경험으로 볼 때 난공불락의 성벽처럼 죽음에 둘러싸여 있었다. 성의를 다해 살아야 했다. 자신이 배교했음을 확실히 인정받아야 했다. 불리함은 숨기며 거짓말로, 유리함은 조리 있게 설명함으로도 부족해 위관들에게 협조한 결과 자신으로 인해 핵심 천주교인들뿐 아니라 인척들까지 죽음을 맞아야 했다.

정확히 말해서 그들은 국법을 어긴 자들이었다. 형제와 동료 할 것 없이 고발해야 했다. 이런 정당성 이외에 인정은 외면할 수 없었다. 자신의 일생에 가장 후회스러운 일이었다. 억울해서 그렇게라도 살아남아야 했다.

이 취조 내용대로 자신이 평가되는 일, 가장 두려웠다. 그 생각만 하면 가슴이 떨렸다. 어떻게 하면 후세의 평가를 바꿀 수 있을 것인가? 자신에 대한 공격이 계속되는 것으로 보아 쉽게 유배에서 풀려날 것 같지도 않다. 식은땀 흘리는 불면 속에 고민은 계속되었다.

결국 깨달은 것은 가난한 유배객이 할 수 있는 일, 저술 뿐이었다. 가장 자신 있는 일이기도 했다. 주자朱子 유학 세계에서 벗어나 근본유학을 재해석하는 학문적 업적과 함께 낡은 나라를 바꿀 수 있는 개혁적인 저술에 매진하는 일이었다. 혹시나 세월이 좋아지면 활용할 수도 있을 것이라는 기대도, 그렇지 못하더라도 아들들을 학자로 키워 자신의 저술들을 보존하고, 세상이 바뀌면 알리도록 하는 것이이었다.

더는 잃을 것 없이 추락한 환경에서 6년 동안 쉬지 않고 노력해 왔다.

다산의 제자 이학래 집은 다산이 2년 동안 머무른 곳이다. 그 집이 강진읍내의 학림이냐 목리냐로 의견이 팽팽하다가 목리 팽나무 집으로 결정되었다. 이후 진척이 없다. 언제쯤 복원될 것인가. 복원된다면 명소가 될 것은 분명하다. 팽나무 집이 있는 골목 풍경이다.

그러나 겨우 『상례사전喪禮四箋』과 『주역사전周易四箋』 정묘본 저술 뿐이었다. 물론 『주역사전』은 자신의 능력을 떠나 하늘이 내려준 저술이라고 자부하나 이런 유학의 재해석은 아직 걸음마였다.

몸은 하루가 다르게 늙고 병들어가는데 갈 길은 멀고, 고민은 계속되었다. 열악한 동문안 밥집에서 제자 이학래 집으로 옮겼으나 일의 능률은 뒷걸음질이었다. 실의에 빠진 그는 1807년 추석 무렵 월출산에 올랐다. 정상에서 큰소리친 건 순간일 뿐이었다. 기운만 빠졌다. 궁리에 궁리를 거듭해도 뚜렷한 돌파구가 없었다.

어느 날 다시 깨달았다. '저술 환경을 개선해야 한다, 건강해져야 한다, 그렇다.' 곰팠다. 해결 방법은 전 가족이 강진으로 이주하는 길밖에 없었다. 결심하면 강행하는 그 앞에 큰 벽이 가로막았다. 두릉의 친척뿐 아니라 흑산도 작은형까지 난리가 났다.

"호남으로 낙향해서 몇 집이나 다시 재기했는가."

작은형 약전의 설득과 형수님 등 친척들의 반대에 부딪혀 결국 물러서야 했다. 다른 돌파구는 없을 것인가?

5. 붙들어야 기회다
다산초옥/ 1808년

1807년 8월 초에 묵재로 공윤公潤 윤종하尹鍾河가 찾아왔다. 공재恭齋 윤
두서尹斗緖의 다섯째 아들인 덕현德顯의 손자로 다산에게는 외가 조카뻘이
다. 그가 1808년 봄 다산초옥茶山草屋에서 병든 몸을 추스르고 있었다. 초
당 주인인 윤단尹博, 1744~1821 손자들의 스승으로 다산을 소개했는지 다산
초옥으로 초대받았다. 3월 16일이었다.

큰 기대 없이 들렀다가 주변 경관을 보고 깜짝 놀랐다.

> 사는 곳 일정치 않아 안개 노을 따라다니는 몸
> 더구나 이 다산茶山이야 골짝마다 차나무로다.
> 하늘 멀리 물가 섬엔 수시로 돛이 뜨고
> 봄 깊은 울 안에는 여기저기 꽃이로다.
> 성성한 새우무침 병 앓은 자 입에 맞고
> 못과 누대 초초草草 해도 이만하면 살 만하다.
> 뜻에 맞는 새 환경이 내 분수에 넘치나 싶어
> 북인北人을 향해서는 자랑하지 말아야겠다.
>
> ― '3월 16일에 윤문거의 다산서옥에서 노닐며' 첫째 수 ―

이틀을 머물려다가 열흘을 머물렀다. 좋아하는 꽃들과 시선을 빼앗는
주변 풍광, 거기에다 음식까지 입맛에 맞아 이곳에 지내는 것만으로도 건
강해질 것 같았다. 베개 아래 샘물 흐르는 소리까지 이삼일이 지나자 귀

귤동을 걸어 올라가면 초옥 입구가 나온다. 다산은 처음 이곳을 방문할 때 입구부터가 느낌이 달랐을 것이다. 올라보니 술 없이도 시가 읊어질 곳이었다. 욕심만 내서는 안된다. 행동으로 옮겨야 기회이다. 이 입구도 지금은 달라졌다.

에 익어 자는 데 방해가 되지 않았다. 이곳에 머물 수 있다면 유배객 분수에 넘치는 곳이라 한양 사람들에게는 자랑하지 않아야겠다고까지 했다.

풍광만 아름다운 게 아니라 친구 윤서유尹書有 집이 고개 하나만 넘으면 지척으로 가까웠고 백련사가 곁에 있어 혜장선사惠藏禪師와도 한달음에 만날 수 있을 듯했다. 양반 자제를 가르치면서 저술에도 속도가 붙을 것이다. 더 마음에 든 것은 초당이 산속에 떨어져 있어 주인 아닌 주인으로 살 수 있겠다는 생각에 마음이 설렜다.

욕심이 났다. '열흘 넘게 다산초옥에서 묵었고 갈수록 점점 이렇게 일생을 마쳤으면 하는 생각이 들었다. 그래서 위 시를 공윤에게 보였다'라고 아예 속마음까지 내보였다. 그랬다, 붙잡아야 기회다.

제자 황상의 전언에 따르면 이 시기 다산은 박식하기로 강진에서 소문이 났다. 막힌 곳이 있으면 다산에게 물으면 바로 뚫렸다. 이런 다산이라 윤단과 아들 윤규로尹奎魯. 1769~1837도 다산을 마음에 들어했다. 그래서 바로 3월 말경에 다산초옥으로 이사했다. 날개를 달 기회를 붙잡은 것이다.

다산은 자신이 후세에 어떤 사람으로 불릴 것인가를 고뇌하다가 저술로써 자신의 진가를 밝히고, 그것이 100년 후에 알려지려면 자식들이 학자로 성장해야 했다. 이 두 가지 목표를 달성하고자 8년 동안 끝없이 노력하며 가능한 환경을 찾아왔다. 드디어 다산초옥을 만났다. 비밀리에 제자들을 모으며 다산학단 구성에 들어가고, 둘째 아들 학유를 불러 내렸다. 두 가지 목표를 향해 달려가는 길만 남았다.

6. 밤 한 톨에도 통곡이 있다
귤동 / 1810년

다산이 강진에 유배 와서 10년이 흘렀고 다산초당으로 옮긴 지 3년째였다. 생활은 안정을 찾고 저술에 속도감이 붙었지만, 초기 설레임은 많이 사라졌다. 처음 기대와는 달리 과거 합격자가 없자 제자가 줄어들기 시작했고, 다산과는 달리 제자들의 열기 또한 시들어가기 시작한 때였다. 과거시험만을 위한 학문은 학문이 아니다. 진정한 학문을 하여야 한다는 다산의 설득은 소귀에 경 읽기였다. 그들의 목표는 오직 과문을 익혀 과거시험에 합격하는 것이었다. 목표가 다른 제자들로 다산의 시름이 깊어갈 때였다.

저녁 무렵 숲 주변을 산책하고 있었다. 우연히 한 어린아이가 다급한 목소리로 울부짖으며 참새처럼 수없이 팔짝팔짝 뛰는 것을 보았다. 마치 많은 송곳으로 창자가 찔리고, 절굿공이로 마구 가슴을 짓찧는 것 같았다. 아주 참혹하고 절박해서 곧 죽을 것 같았다. 왜 그러느냐고 물어봤더니, 나무 밑에서 밤 한 톨을 주웠는데 다른 사람이 빼앗아갔다는 것이다.

아아! 천하에 이 아이가 우는 것처럼 울지 않는 사람이 몇이나 되겠는가? 벼슬을 잃고 세력이 꺾인 자나, 재물을 손해 보고 돈을 다 써버린 자, 그리고 자식을 잃고 슬퍼 실성한 지경이 된 사람도 달관한 사람의 입장에서 본다면 모두 밤 한 톨의 종류일 뿐이다.

— '두 아들에게 보여주는 가계' 중에서 —

다산은 저녁 무렵 귤동의 한 숲길을 산책하고 있었다. 귤동은 다산초당 주인이 사는 초당 아랫마을이다. 우연히 한 어린아이가 골목길에서 곧 죽을 것처럼 울부짖고 있었다. 다가가서 그 연유를 알아보았다. 나무 밑에서 밤 한 톨을 주웠는데 다른 사람에게 빼앗겨 몸부림치며 곧 숨 넘어갈듯이 울고 있었다. 자신이 노력한 결과도 아니고 우연히 나무 밑에서 밤 한 톨을 주워 기뻐하고 있는데 힘센 놈이 와서 빼앗아 가버린 것이다.

다산은 그 연유를 알자 많은 생각이 스쳐 갔다. 우연히 주운 밤 한 톨 가지고도 곧 죽을 것처럼 울고불고 난리인데 죽도록 노력해서 얻은 결과가 하루아침에 무너졌을 때는 하늘이 무너지고 목숨마저 지탱하지 못할 것 같았다. 솟아날 구멍도 보이지 않고 주변의 싸늘한 눈초리와 배반자들의 목소리에 분노가 들끓어도 눈물 이외에는 해결책이 보이지 않았었다. 지금 와서는 모두 밤 한 톨을 잃고 울부짖는 어린아이와 같은 종류의 사람들일 뿐이다. 자신 또한 울부짖는 어린아이와 같은 부류였다.

◀ 귤동의 숲길을 거닐다가 숨넘어갈 듯이 울부짖는 어린애를 만났다. 깜짝 놀라 묻고 그가 우는 연유를 알고서 위로할 말을 잃고 자신의 현재를 깨달았다. 자신 또한 울부짖는 어린애와 같은 부류였는가.

7. 하지 않아야 할 일을 알다
약원/ 1810년

    다산의 큰아들 정학연丁學淵. 1783~1859은 아버지 유배가 길어지자. 몇 년 동안 창덕궁 약원을 드나들고 약원 소속 의원들을 도우며 순조 행차 정보를 수집했다. 1810년 9월 21일 과거시험을 위해 순조가 행차한 것을 알고는 격쟁, 즉 꽹과리를 쳐서 아버지 억울함을 호소했다. 이에 순조가 해배를 허락해 고향으로 돌아가도록 했으나 28일 교리 홍명주洪命周가 다산 해배 반대를 청했고 순조가 거절했다. 그러나 이기경과 김재찬金載瓚 등이 다시 반대하여 결국 무산되었다.

    다산은 10월에야 이 소식을 듣고 제자들과 은봉스님 등에게 축하와 함께 선물까지 받았고 진불암에서 송별연까지 열었다. 다음 해 4월까지 철석같이 믿었던 해배는 끝내 이루어지지 않았다. 다시 1814년 4월 사헌부 장령 조장한趙章漢이 정계停啓, 즉 해배 조치를 취하도록 했다. 그는 다산에게 호의적이었다. 부사직 강준흠姜浚欽의 상소로 취소되었고 조장한은 벼슬에서 물러나야 했다. 허수아비 임금의 명령은 허공에 흩어졌을 뿐이다. 다산은 해배에 대한 기대를 거의 접은 상태로 저술에만 몰두했다.

    그런데 아들 학연이 아버지에게 편지로 호소했다. 처남 홍의호洪義浩와 강준흠, 이기경에게 편지를 써서 호소하면 해배될 것이라고, 그들이 그렇게 제안했다고 했다. 다산은 아들 학연에게 편지를 썼다. '세상에는 두 가지 큰 기준이 있다. 하나는 옳고 그름의 기준이고, 다른 하나는 이롭고 해로움에 관한 기준이다'라고 한 뒤 '그 기준에서 네 가지 큰 등급이 나온다. 무릇 옳음을 지키고 이익을 얻는 것이 제일 높은 단계이고, 옳음을 지키고도 해를 당하는 경우가 둘째 단계이다. 그름을 붙좇고도 이익을 얻는 것이 세 번째요, 그름을 붙좇고 해를 당하는 경우가 마지막 네 번째이다' 라고 차분하게 서두를 꺼낸 뒤 격앙되어 이어갔다.

지금 너는 내가 홍의호에게 편지를 보내어 항복을 빌고, 또 강준흠과 이기경에게 꼬리치며 애걸해보라는 이야기를 했다. 이것은 앞서 말한 세 번째 등급을 하란 이야기이다. 그러나 마침내는 네 번째 등급으로 떨어지고 말 것인데 무엇 때문에 내가 그 짓을 해야겠느냐.

그들은 내게 이미 화살을 쏘아버린 사람들인데 갑자기 마음이 변해서 동정한다는 것은 술수일 뿐이다. 그들이 다시 세력을 잡으면 반드시 나를 죽이려고 할 것이고 나는 어떻게 할 수 없이 받아들여야 할 것이다. 하물며 해배를 막는 잗다란 일을 가지고 문득 절조를 잊어버려서야 되겠느냐고, 네가 무엇 때문에 그들의 장단에 맞추어 춤추려 하느냐고 꾸짖었다.

> 내가 귀양이 풀려 돌아가느냐, 못 돌아가느냐의 일은 참으로 큰일은 큰일이나 죽고 사는 일에 비하면 극히 잗다란 일이다. 사람이란 때론 물고기를 좋은 것을 택함 버리고 웅장을 취하는 경우도 있다. 그 잗다란 일에 문득 다른 사람에게 꼬리를 흔들며 애걸하고 산다는 것은 할 짓이 못 된다.(……)
>
> 내가 살아서 고향 땅을 밟는 것도 운명이고, 고향 땅을 밟지 못하는 것도 운명일 것이다. 그러나 사람이 해야 할 일을 다 하지 않고 천명만 기다리는 것도 또한 이치에 합당하지 않다. 너는 사람이 해야 할 일을 이미 다 했으니, 이러고도 내가 끝내 돌아가지 못한다면 이것 또한 운명일 뿐이다.
>
> – '학연에게 답한다' 중에서 –

성정각 입구다. 임금이 정사를 보거나 과거시험을 보던 곳이기도 하다. 입구에 들어서면 누각과 함께 뒤편에 관물헌이
눈에 들어온다. 오른편 쪽으로 입구와 붙어서 약원이 있었다.

다산은 5월 3일 쓴 편지로도 부족해 다시 한 달 후 아들 학연에게 편지를 썼다.

> 너희는 마음속에 사대부 취향은 하나도 없고, 늘 서까래 끝이 두어 자 나오고 사치한 것만 보며 부럽게 침을 흘리면서 마음 가득히 흠모하고 있다. 이 애비는 다시 돌아보고 아낄 것이 없는 사람이라 여기고 위협하며 나로 하여금 무슨 짓이든 하게 하려고 하니, 이게 무슨 꼴이냐.
>
> 다른 사람이 네 애비를 개나 염소처럼 막보는데도 너희는 부끄러운 줄도 모르고 이렇게 일을 성사시키려고 독촉하고 있다. 더구나 저들의 비웃고 쌀쌀맞게 한 말을 너희가 감히 아비에게 그대로 전한단 말이냐. 가령 저들의 권력으로 꺼진 불을 다시 일으키고 공격해서 나를 추자도楸子島나 흑산도黑山島로 보낸다고 할지라도 나는 머리카락 하나 끄떡하지 않겠다.
>
> ― '두 아들에게 답한다' 중에서 ―

다산은 첫머리에서 말했듯이 뜻이 굳건하고 흔들림이 없는 사람이었다. 아들들이 등골이 오싹하지 않았을까. '네 애비를 개나 염소처럼 막보는데도 부끄러운 줄 모르고 그들의 말에 혹해서 그대로 전한단 말이냐'라는 말, 아들들 가슴에 천둥 벼락이 내리쳤을 것이다. 다산 또한 자신이 그런 기미라도 주지 않았나 자신을 되돌아보았을 것이다. 깨달음이 많은 사람은 무엇인가 달라도 아주 달랐다.

8. 어떤 어려움에도 꽃이 보였다
작약 동산/ 1813년

　마음의 여유가 없는 사람은 꽃이 보이지 않는다. 오직 마음의 여유가
있는 사람만 꽃이 보이고 아름다움을 느낀다. '백 가지 꽃 다 꺾어보아도,
우리 집에 핀 꽃만 못하다'라고, 다산은 장기 유배지의 절망적인 상황에
서도 꽃을 보았다. 다산이 다산서옥을 보고 홀딱 반한 건 꽃을 보고나서
였으리라 생각된다. 남쪽은 양력으로 4월이면 온갖 꽃이 만발할 때이다.
초당으로 옮기고서 얼마 지나지 않아 「다산에 핀 꽃을 읊다」 20수를 지
은 것을 보면 그렇게 생각이 들 수밖에 없다. 물론 주변환경 또한 그가 반
하게 한 요소이기도 했다.

　　　붉은 작약 싹이 성내듯 불끈 솟아올라
　　　죽순보다 뾰족하여 주옥처럼 붉다.
　　　산옹山翁, 다산은 몸소 새싹을 돌보고 지키며
　　　아이들이 그 곁으로 못 다니게 단속한다.
　　　　　　　　　　　　- '다산에 핀 꽃을 읊다' 20수 중 8번째 수 -

　다산초당은 만덕산 중턱 경사진 곳의 자투리땅에 자리 잡아 아주 비
좁았다. 그 곳에도 온갖 꽃이 만발해 있었다. 그중 작약은 다산이 아주 좋
아하는 꽃 중 하나이다. 그 붉은 싹을 아이들이 뛰어다니다 밟을까 보아
손수 못 다니게 지킨, 작약을 아낀 내용을 노래한 시다. 이 작약 밭에 5년

후에는 100포기를 심어 작약 동산을 만들었다. 피고 지는 작약꽃을 바라보며 자신의 지나온 삶을 생각했다.

새싹이 성난 듯 올라올 때는 기운이 펄펄 넘쳐서 내가 한림원翰林院 직각直閣, 예문관 검열 벼슬 벼슬을 지닐 때와 같다. 잎이 피어나고 가지들이 수북하게 솟아올라 부들부들하고 어여뻐진다. 이때는 내가 옥당玉堂, 홍문관 벼슬과 은대銀臺, 승정원 벼슬 시절이다. 마침내 꽃망울이 맺히고 꽃봉오리에 개미들이 진액을 빨아대나 나비들은 아직 향기를 맡지 않는다. 멀리서 바라보면 독이 있는 것 같고 만져보면 사나워서 가까이 하기가 어렵다.

이것은 직제학直提學, 규장각의 벼슬 과 도승지都承旨, 임금의 비서실장 시절이다. 그러다가 꽃이 활짝 피어 불타는 듯 환하고 향기는 짙어 그 어여쁨을 부러워하고, 온갖 꽃이 제 모습을 부끄러워한다. 절정기 모습이다. 대제학과 이조판서 시절이라 하겠다.

> 이때를 지나면 내가 차마 말하지 못하겠다. 날이 갈수록 쇠락한 모습이 드러나고 지저분하고 추한 자태가 드러나서 마치 어깨를 축 늘어뜨리고 날개를 움츠린 화살에 맞은 새와 같다. 해진 치마와 찢어진 저고리는 집에서 쫓겨난 가난한 아낙네의 옷차림이다. 경포鏡浦, 동해 끝 장기 유배지와 신주薪洲, 신지도에 쫓겨나 앞길이 마침내 막히고 말았다. 이것은 세상살이의 당연한 이치이다.
>
> – 작약에 대한 글, 중에서 –

꽃이 진 이후는 차마 자신의 입으로 말하지 못하겠다고 했다. 자신은 꽃이 피기도 전에 죽을 고비를 넘기고 바닷가에 귀양살이 와서 붓이나 빨고 있다. 자신을 정조가 재상감이라고 했다. 작약처럼 활짝 피어 재상이 될 줄 알았는데 잊힌 이름이 되었고, 그나마 이름을 기억하는 자들은

다산이 작약을 좋아한 이유가 무엇이었을까? 깨끗하고 아름다운 꽃. 당연하다. 실용적인 한약재로 쓸 수 있어서 더 좋아했고 작약 동산도 만들었다. 꽃도 보고 돈도 되고, 의술에 뛰어난 그에게는 작약만큼 아름다운 꽃이 없었을 것이다. 다산초당에 100그루 작약 동산이 흔적도 없어서 창덕궁 작약 동산을 찍었다. 다산도 이곳을 보지 않았을까.

자신을 죽이라고 지금도 상소하고 있다.

그들도 얼마 지나면 쫓겨난 아낙네와 같이 지고 난 작약처럼 잊힐 것이다. 다산은 자신이 만든 작약 동산作약단, 芍藥壇을 바라보며 자신의 삶을 돌아보고, 꽃이 활짝 핀 것처럼 인생의 절정기는 순간이고 세상살이의 당연한 이치임을 깨달았다. 마음의 여유가 없는 상태에서도 꽃이 보이는 이유이기도 하다.

9. 유생들까지 도둑이 되다
남당포 / 1814년

　　다산이 유배생활하면서 백성의 비참한 생활을 목격한 것은 1809년과 1814년이다. 이 두 해에 흉년이 들었다. 다산은 1810년 흉년 든 비참한 전경을 「전간기사田間紀事 6편」으로 엮었다.

　　기사년1809에 나는 다산초당에 머물고 있었다. 이 해에 크게 가물어 지난해 겨울부터 이듬해 봄을 거쳐 입추에 이르기까지 들에는 푸른 풀 한 포기 없어 그야말로 붉은 땅 천지였다. 6월 초가 되자 유랑민들이 길을 메우기 시작했는데 마음이 아프고 보기에 처참하여 살고 싶은 의욕이 없을 정도였다. 죄를 짓고 귀양살이 온 몸으로서는 사람 축에 끼지도 못하기에 오매초烏昧草, 고사리로 굶주림을 뜻함에 관하여 아뢸 길이 없고 은대銀臺, 신선이 사는 곳으로 굶주림의 뜻의 그림도 바칠 길이 없었다.

　　그래서 그때그때 본 것들을 시가詩歌로 엮어 보았는데, 그것은 처량한 쓰르라미나 귀뚜라미가 풀밭에서 슬피 우는 것과 같은 시들이지만, 그들과 함께 울면서 올바른 이성과 감정으로 천지의 화기和氣를 잃지 않기 위해서였다. 오래 써 모은 것이 몇 편 되어 이름하여 전간기사田間紀事라고 하였다.

- '전간기사' 6편 중 설명문 -

　　오죽 비참했으면 살고 싶은 의욕이 없다고까지 했을까. 황량한 벌판에 먼지만 날리고 6월부터는 굶주린 유랑민들이 떠돌기 시작했고 어린애들은 길에 버려졌다. 그들의 울부짖으며 헐벗고 굶주린 모습을 다산은 차마 눈뜨고 볼 수 없었다고 했다. 그들은 살아날 가망이 없는데도 관리들은 손 놓고서 백성들을 구휼하기는커녕 오히려 부역을 늘리고 돈 앞에 눈을 부라릴 뿐이었다. 혼란은 가중되었다. 양민들이 때 지어 강도로 변했고 그들은 종이로 가면을 만들어 쓰고 밤에 부유한 집을 털었다.

　주민들이 두려움에 떨었고 개구멍처럼 다닥다닥 붙은 남당포 400여 호가 매일 8, 9호씩 불에 타 열흘도 못 되어 포구 전체가 잿더미로 변했다. 분노한 난민들의 분풀이로 남쪽에서 가장 큰 포구의 영광이 사라졌다. 사찰 또한 남아나지 않았다. 식량이 털리는 것은 기본이고 범종을 비롯해 가마솥까지 돈 되는 것은 모두 털어갔다. 양민들뿐 아니라 관리들까지 구휼을 빌미로 앞장섰다. 하다못해 병든 세상을 바로 이끌어야 할 유생들까지 도적질로 나섰다. 다산은 이 일들을 목격하고도 가슴을 치는 일 이외에 어찌할 수 없었다.

> 백성이 굶주려도 날 원망은 하지 않을 것이고
> 백성들 무지해도 나로서는 모르는 일이다.
> 후세에 나를 두고 논평하는 자들이
> 뜻대로 되었다면 무언가 이루었다고 하리.
> 　　　　　　　　 - '걱정을 보내다' 12수 중 마지막 수 -

　다산은 무기력함을 한탄하면서도 자신이 할 수 있는 일이 있음을 깨달았다. 흉년이 들면 굶주려서 면역력이 약해지고 굶어 죽는 사람들을 처리하지 못해 전염병이 돌기 마련이다. 지금도 전염병에는 거리 두기부터 하지만 치료가 어려운 조선시대에는 호흡기로 전염되는 병이 많아 바람 앞에 서 있지 말라는 등 피하는 게 상책이었다.

남당포 앞 새벽 철새들의 비상 풍경이다. 지금은 남당포가 있었던 곳에서 농지조성으로 뚝이 가로막아 멀어져 있다. 남당
포는 조선시대 제주로 가는 가장 큰 포구였다. 1814년 흉년으로 남당포 400호가 모두 불탔다. 성난 백성들의 화풀이였다.

그 병을 치료하려고 발 벗고 나섰다. 다산은 의서를 저술하는 등 의술로서도 이름나 있었다. '나는 전해 오는 방법대로 약을 써서 많은 사람의 생명을 구했고 그 수를 헤아릴 수 없다. 어떤 때는 포부자泡附子, 오두의 자근을 가공한 한약재를 써도 효과가 없어 생부자生附子, 오두의 자근을 가공하지 않은 한약재를 쓰면 신기하게도 효과가 있었다'라고 하였다. 이렇게 병든 사람들을 구하면서 죽고 싶은 마음을 다스렸다.

10. 병 들어도 해야 한다
동암/ 1815년

> 늙은이는 병근病根이 말라 약의 힘이 이르지 못해서 침상 사이에 뒹굴
> 고 있네. 다만 철여의를 하인으로 삼아, 몇 자만 떨어지면 비록 진귀한
> 고기가 눈앞에 있어도 찍어서 가져올 길이 없네. 이것을 어찌 견딜 수
> 있겠는가? 서첩書帖도 이 때문에 마치지 못했으니 용서하게나.
>
> ─ '1815년 9월 14일 호의시오에게 쓴 답장' 중에서 ─

호의시오는 다산보다 17년 아래로 대둔사 스님이다. 다산은 『대둔사
지』 편찬을 부탁받고 기존 저술과 함께 그 편찬 작업을 하며 편지가 오가
고 있었다. 1814년 8월의 편지 답장에서도 '이렇듯 풍증으로 마비가 와서
붓을 잡을 수도 없으니 어찌하겠는가? 마침 과거 볼 때가 되어 제자들이
사방으로 흩어졌으니 만약 한두 사람 운승이 있거든 이곳에 와서 편집한
다면 초당 한자리를 빌려 주겠네'라고 한 것을 보면 1810년 이후부터 제
자들이 떠나기 시작해 읍성 제자와 초의 등을 빼면 제자도 없었다. 저술
의 열기로 북적이던 초당 모습이 불과 엊그제였는데 하나둘 떠나가고 병
든 다산만 남았다. 밤을 밝히는 불빛까지도 쓸쓸했다.

내가 지금 풍증으로 마비가 와서 오래 살지는 못할 것 같다. 다만 몸
조심하며 잘 먹고 해치는 일만 없게 하면 시간을 조금 늦출 수 있을 게다.
하지만 천하의 일은 미리 정해두는 것보다 좋은 것은 없다. 이제 말하겠

동암은 다산이 다산초당에서 기거하던 곳이다. 이곳에서 어린 딸의 재롱을 보기도 하고 병든 몸을 추스르며 묵상에 젖어
저술을 기획하기도 했었다.

다. 옛 예법에 병란에 죽은 자는 선산에 들이지 않는다고 했다. 몸을 삼가지 못했기 때문이다.

　순자는 죄인의 장례 치르는 법을 따로 마련했는데, 욕됨을 보여 이를 경계하기 위해서였다. 내가 만약 이곳에서 죽는다면 마땅히 이곳에다 매장해야 한다. 나라에서 죄명을 씻어주기를 기다렸다가 그제야 고향에 묻으면 된다. 너희가 예법을 잘 알지 못해 내 명을 어긴다면 어찌 효라 하겠느냐?

- '학연에게 주는 가계' 중에서 -

다산초당에서 2년여 만에 둘째 아들 학유가 고향 두릉으로 떠났다. 학유 발길이 더듬거렸다. 1810년 2월 둘째 아들 편에 장남 학연에게 보낸 편지이다. 숙연한 감마저 든다. 이때 이미 다산은 풍증을 앓고 있었다. 『시경강의』 저술 내용도 제자 이청으로 하여금 받아쓰게 하여 마무리 지을 정도였다. 다산초당 초기에 저술로 몸을 무리한 결과였다.

1813년 여름에는 무더위로 문을 열고 자다가 풍증이 더해져 불쌍한 모습이 되었다고 했다. 갈 길은 멀고 몸은 병들어 말을 듣지 않는다. 정신 집중도 혼미해서 힘들다. 건강이 좋지 않으면 만사가 귀찮다. 몸이 정신을 삼켜가며 굳은 의지도 꺾어버린다. 그렇다고 계속 누우면 세상의 끝으로 줄달음친다. 동암에서 철여의에 의지해 누웠다가 일어섰다가를 반복하며 고민했다. 어찌해야 할 것인가.

누워서는 안된다. 홍임모의 사랑스러운 만류와 딸의 재롱도 물리쳐야 한다. 저술을 계속해야 한다. 잘 먹고 더 열심히 움직여야 한다. 그것만이 목숨을 늘이는 길이라는 것을 깨달았다. 가물가물한 정신을 집중해서 저술에 매진했다. 그렇게 짧지 않은 20년 세월을 늘렸다.

다섯째,
친구에게서 깨달음

05

1. 오로지 즐기기만 해야 한다
월파정 / 1787년 여름

　다산과 이기경李基慶, 1756~1819은 과거시험 공부를 같이하는 친구였다. 처음에는 이기경도 천주교 서적을 빌려 보기도 하고 천주교에 관심이 지대했다. 이승훈과 다산, 이기경은 함께 어울려 다니는 단짝이었다. 그러다 이기경은 천주교를 믿으면 제사를 지낼 수 없다는 교리에 등을 돌리게 된다.

　원래 남인 성호 이익은 남인 실학자를 대표하는 인물로 주자학은 물론이고 양명학과 서학 등에도 조예가 깊었다. 천주교에도 깊은 관심을 기울여 『천주실의』를 읽고 「발천주실의跋天主實義」라는 글을 남기기도 했다. 성호 이익의 제자 중에 천주교를 믿는 이병휴, 권철신 형제, 이가환, 이벽, 정약용 형제 등이 대표적 신서파서양 종교를 믿는 파였다.

　반면 천주교 책을 읽은 성호 이익의 제자 중에는 스승처럼 천주교를 황당무계 한 종교라고 결론 지은 제자들도 있었다. 이들 안정복, 신후담, 이기경, 홍낙안 등은 공서파천주교를 공격하는 파였다. 이렇게 이익의 제자들은 신서파와 공서파로 갈려서 서로 함께할 수는 없었다.

　정미년1787년 정조11 여름에 다산은 이기경의 용산 강가 정자에서 그와 함께 변려문騈儷文. 과문(科文)의 일종을 공부하고 있었다. 이때만 해도 이기경과는 친하게 어울렸다. 권영석權永錫과 정필동鄭弼東 등이 와서 함께 모였다. 비가 조금 뿌리다가 어느덧 개어 하늘은 호수처럼 맑았다.

이기경이 말했다.

"세상에 사는 날이 얼마나 된다고 답답하게 글 짓는 것을 노고스럽게 할 것인가. 집에서 빚은 소주火酒도 마침 내어왔고 좋은 오이도 가져왔으니, 술을 싣고 오이를 띄우면서 월파정月波亭에서 놀지 않겠는가."

모두 좋다고 찬성했다. 이에 조그마한 배를 타고 용산에서부터 물결을 거슬러 올라가, 중류에서 한가롭게 동쪽으로는 동작나루를 바라보고 서쪽으로는 파릉巴陵 입구를 바라보니, 내 낀 강은 넓고도 아득한데 물결이 한결같이 푸르렀다. 월파정에 도착하자 해가 졌다. 서로 난간에 기대어 술을 가져오라고 하고 달이 떠오르기를 기다렸다. 조금 있으려니 물에 낀 내가 비스듬히 걷혀가고 잔잔한 물결이 점점 밝아졌다. 이기경이 말했다.

"달이 떠오른다."

마침내 우리는 다시 배에 올라 달을 맞으니, 오로지 만 길이나 되는 황금빛 줄기가 수면에 내리 쬐더니, 잠깐 돌아보는 동안에도 천태백상千態百狀으로 순간순간 광경이 바뀌었다. 수면이 움직일 때는 부서지는 모습이 구슬이 땅에 흩어지는 듯하고, 조용할 때는 평활平滑하기가 유리가 빛을 내는 것과 같았다. 달을 잡고 물놀이를 하는 등 서로 돌아보며 매우 즐거웠다. 시를 짓자고 말하는 사람이 있어서 나는 말했다.

"오늘은 글 짓는 것을 피하자고 여기 왔네. 그런데 다시 눈살을 찌푸리고 수염을 비비 꼬면서 어려운 글자로 좋은 글을 짓느라 이 월파정의 풍경을 헛되이 버려서야 되겠는가. 마시지 않는다면 이 정자의 이름에 걸맞지 않아."

마침내 각자 실컷 마시고 돌아왔다.

— '월파정에서 밤에 놀다' 중에서 —

사람들은 순간적으로 깨달을 때가 있다. 대화 중에나 산책 중에 퍼뜩 떠오르는 생각들이거나 무심코 말을 했는데 그것이 동료들에게 공감을

월파정의 현 모습이다. 63빌딩이 마주 보이는 곳, 조선시대에는 이곳까지 강물이 들어왔고 아름다운 곳이었다. 나는 몇 번인가 이곳에 들러 변화하는 과정을 살펴보았지만 크게 변하지 않았다. 오히려 크게 황폐해진 모습이다. 노량진 수산시장이 진통 끝에 새로이 정비되었으므로 월파정이 복원되지 않을까, 기대해 본다.

일으키는 말들이 그것이다. 다산 또한 배 위에서 시를 짓자고 하자 그냥 말했을 것이다. 그게 동료들의 공감을 얻었다. 즐기자고 왔으면 오로지 즐기자는 말, 곳곳에서 그의 행동으로 나타난다. 다산은 어느 때 어느 장소에서건 '지금 여기서'를 집중해서 즐긴 사람이었다.

2. 선배 구하려 거짓말도 했다
매동/ 1795년 봄

다산은 오석충吳錫忠, 1742?~1806을 자신의 입으로 가장 친한 친구라고 말했다. 그가 1742년생이라고 한다면 스무살 위다. 그러면 친구가 아니라 선배다. 다산은 매달 월급을 받으면 매동梅洞, 지금의 통의동 집으로 가난한 그를 위해 곡식 두 말을 보냈고, 장마철이나 한겨울에는 나무 한 짐씩 사서 보냈다. 크게 여유롭지 않을 때라 보통 존경하지 않고서는 할 수 없는 일이다.

가난했던 강진 유배시절 오석충이 유배하던 임자도까지 돈 두 궤미를 보냈을 정도였다. 다산이 돈을 보냈을 때는 그가 죽은 지 한 달 후였다. 아마도 1806년에 보내지 않았을까. 그때는 굶주림에서 겨우 벗어나 제자 이학래 집으로 옮겼을 때였다. 금곡사의 자갈밭을 구입해 집을 짓고 채소밭을 가꾸는 게 꿈이었는데 돈이 없어 한탄하던 시절이었다. 2냥이면 큰돈은 아니었으나 당시 다산의 형편으로는 큰돈이었다. 강진에서 서해안 임자도까지 멀고 험난한 길에 그가 돈 두 궤미를 보냈다는 것은 대단한 성의였다. 돈을 가장 잘 저축하고 잘 쓰는 방법은 베푸는 것이라는 깨달음의 실천이었다.

신유사옥1801년 2월 때 다산은 저승사자였다. 자신이 살아야 했기에 배교하지 않을 골수 천주교 신자가 그의 입을 통해 이름이 불렸고 끌려와 죽음을 맞아야 했다. 위관들에게 자진해서 협조하고 천주교인들을 체포하거나 심문하는 방법까지 알려주었다.

그런 그가 유일하게 두둔한 사람은 형 정약전과 오석충이었다. "오석충은 이가환의 호법신護法神이요, 흉악한 놈 홍낙임洪樂任과 결탁하여 그들을 원군으로 삼고 있다"라고 목만중과 홍낙안 등이 대사간 신봉조申鳳朝를 통해 계啓를 올렸다. 반대파들이 천주교 신자도 아닌 그를 죽이려 한 것이다.

> "오석충은 나와 가장 친하다. 내가 군직軍職으로 받은 녹봉 가운데 쌀 두 말은 반드시 매동의 오석충에게 나누어주었다. 또 오랜 장마나 한겨울에 땔감 파는 장사가 끊기면 땔감 한 짐을 반드시 매동 오석충에게 보냈다. 오석충이 흉악한 놈과 결탁한 사실이 있다면 다른 사람은 몰라도 나는 반드시 알았을 것이다. 오석충은 그들과 결탁한 사실이 없다."
> 옥관이 물었다.
> "이가환이 말하기를 '목만중에게 물어보면 오석충이 결탁한 사실을 알 수 있다' 하였는데, 이 말은 어찌된 것인가?"
> 약용이 말했다.
> "그것은 이가환이 거짓으로 말한 것이다. 내가 오석충과 가장 친하고 이가환은 다음으로 친하다. 목만중으로 말하면 오석충과 원수지간이다. 만약 결탁한 사실이 있다면 내가 제일 먼저 알고 다음에 이가환이 알고 그다음에 모든 사람이 다 알게 된 다음에야 목만중이 알게 될 것이다. 결탁이란 비밀리에 하는 일이다. 친한 사람도 모르는데 원수가 어찌 먼저 알 수 있겠는가."
> 옥관이 납득하고 이때부터 매를 때려 신문하지 않았다.
> – '매장 오석충 묘지명' 중에서 –

다산의 말이 설득력이 있다. 오석충이 가장 친한 선배가 아니라 친구라고 했다. 이가환도 나이가 많아 선배였다. 오석충을 도운 이야기부터 시작해 가장 친한 사이임을 강조하여 신뢰를 얻었다. 이렇게 조리 있는 이야기에 설득당하지 않을 사람이 있겠는가. 도왔지만 오석충은 간악한 무리의 잔꾀, 즉 천주교 서적을 몰래 소지한 것처럼 꾸며져서 결국 임자도로 유배갔다.

오석충은 선비로서 사림士林에 명망이 높았다. '공은 자질이 뛰어나고 뜻이 커서 오래된 명문가의 기풍이 있었다. 신장은 9척 남짓이었고 체격이 준수하여 음성이 우렁찼다. 비록 가난에 시달려 춥고 굶주렸지만 기개는 높아 조금도 굽힘이 없었다'라고 하며, '공은 목소리가 커서 평소 아무리 심각한 논의를 하더라도 소곤대거나 귓속말로 하는 법이 없었다. 오직 의리義理의 옳고 그름을 헤아릴 뿐이고 이해와 성패成敗는 전혀 헤아리지 않았다'라는 다산의 칭찬을 보면 다산이 존경할 만한 사람이었다. 다산은 오석충을 위해 다른 거짓말도 했다. 딸이 둘이었는데 하나라고 거짓말을 했고, 딸은 권철신의 아들 권상문權相問의 아내가 되어 아들 둘을 낳았다고 했다. 둘째 딸은 이경도의 아내가 되었는데 신유사옥 때 배교를 거부해 순교했다. 그 이유로 지워버린 것이다. 다산은 자신의 문집에서 다른 내용의 신뢰성까지 영향을 미칠 정도로 천주교에 관한 내용을 전부 지워버렸다.

통의동 시장 골목은 내가 가끔 들리는 곳이다. 도심에서 옛 살가움을 느낄 수 있는 곳이기에다. 이곳 어디쯤에 오석충 집이 있었을까. 그의 성격으로 볼 때 매화가 만발한 집이었을 텐데 알 수 없다. 그래도 좋다. 나이를 떠나 다산과 가장 친한 친구였으니까.

3. 한잔 술에 그르쳤을 뿐이다
금정역 / 1795년

인백仁伯 강이원姜履元은 성균관 시절 다산의 친구다. 그의 인적사항은
알려진 게 없다. 1785년 진사로 있을 때 이승훈李承勳과 먼저 사귀며 천주
학을 접한 것으로 보아 다산보다 나이가 많았던 것 같다. 1787년 정미반
회사건丁未泮會事件, 반촌 김석태 집에서 이승훈 정약용과 함께 천주교리를 강습하던 중 이기경에게 들킨 일이
일어나자 이기경에게 크게 반발해 숨기지 않고 자신이 한 행위의 정당성
을 외쳤다. 이로 인해 커다란 물의가 일어나고 일 년 후에는 전국 천주교
서적을 모두 소각하는 일이 일어나게 된다.

다산은 1795년 금정찰방 시절 봉곡사강학회를 두고 내포 지방의 성
호 우파 선비들에게 자주 헐뜯음을 당했다. '자신의 몸 하나도 간수하지
못하는 주제에 설친다'라는 소리까지 들었다. 그중에 좌명左明 윤기환尹箕
煥도 있었다. '윤기환이란 자가 누구인지도 모르는데 그가 심히 헐뜯는다
하니, 참으로 그 낯짝을 한번 보고 그 통달함을 달리 대우하고 싶습니다'
라며 북계北溪 윤취협尹就協에게 편지를 쓸 정도였다.

그는 한양에서도 크게 술취한 상태에서 남에게 모욕을 받자 소리지르
고 주먹을 휘두르며 난동을 피웠고 당한 이가 여럿이었다. 이 소문도 다
산은 듣고 있었다. 그래서 그를 자세히 살펴보았다.

다산은 5개월간 금정찰방을 지냈다. 정치적으로도 중요한 시기여서 짧은 기간 동안 많은 일을 했다. 그중 충청도 남인 우파 선비들의 지지를 얻는데 많은 노력을 했다. 윤기환을 도우려 한 것도 그중 하나였을 것이다. 다산의 많은 행적이 살아있는 곳, 언제쯤 복원될 수 있을까.

이곳에 온 뒤 이 고을 향당鄕黨에서의 그의 행동을 천천히 살펴보았습니다. 문식文識이 단아하고 넉넉하여 아름다운 선비로 불리며 높고 큰 산봉우리같이 존경을 받았고, 의리義理·부월斧鉞에 매우 엄격하여 항상 남의 모범으로 섭섭해하는 자가 없었습니다.

그 까닭으로 이 고장 사람들은 그를 가련하고 애석하게 여겨 한결같이 그를 두둔하고 있습니다. 그런데 지금 한때의 술주정을 가지고 철안鐵案, 확고한 의견으로 삼아 그의 평생을 결단한다면 공평무사의 도가 무너지지 않겠습니까?

윤기환이 마지못해서 과거시험에 응시하였고, 돌아온 뒤에는 두문불출杜門不出하며 세상과 교제를 끊고 자신을 다스리고 있으므로 나도 아직 만나보지 못했습니다. 그의 사정을 알고 보니 억울한 점이 없지 않음으로 그를 위해 그의 마음을 선비들 사이에 드러내 주고자 합니다. 그러나 지금 나에 대한 비방도 세상에 가득하여 『시경詩經』에 이른바 "내 몸도 용납하지 못한다"하는 처지인데, 남을 위해 입을 연다면 반드시 윤기환에게 누만 더해 줄 것입니다.

가만히 생각해보니, 안목이 더 넓으신 형께서는 반드시 생각을 모아 차근차근 구명할 수 있을 것입니다. 만일 분명히 이해되시거든 친지들에게 고하여 다시는 윤기환에게 이러니저러니 말게 하십시오.

- '인백 강이원에게 보냅니다' 중에서 -

덧붙이는 글에서 '윤기환은 일찍 부모를 여의고 형제도 없으며 다만 칠십 노인인 조부모만 있을 뿐으로 명맥만 간신히 보존하는 집안입니다. 꽃다운 나이에 벼슬에 올라 쇠한 가문을 일으키려 하였다가 불행하게도 한 잔 술에 그르쳐 앞으로 지인들에게 버림받는다면 또한 슬프지 않겠습니까'라며 한 번 더 강조하고 있다.

다산은 그를 면밀히 살펴보며 깨달았을 것이다. 한 번의 실수로 창창한 인생이 잘못될 수도 있겠구나 하고 말이다. 그래서 발 벗고 나섰다. 강인백 또한 신앙심이 깊고 믿음직한 사람이니 틀림없이 해낼 수 있으리라는 믿음도 작용했다. 다산, 참 깨달음이 넓은 사람이다.

4. 군자 같은 벗이어야 한다
용진 / 1799년

1799년은 다산에게 특별한 해였다. 채제공이 1월 18일 타계했다. 3년 곡산부사 임기를 마치고 5월 5일 한양으로 돌아와서 다음 날 형조참의에 임명되었다. 반대파들로 인해 7월 26일 형조참의에서 물러났다. 불과 3개월여 조상진趙尙鎭 형조판서를 대신해 형조를 다스렸다. 다산은 일을 할 만하면 반대파들이 들고일어나거나 불리한 일이 터졌다.

벼슬살이 12년 동안 끊임없이 연영문에서 임금에게 충성을 맹세해야 했다. 8월 1일에는 작은형 정약전이 낙향했다. 동행했다가 4일 경에 한양으로 돌아왔다. 이후 한가한 시기에 많은 저술을 했다. 이해 겨울에 부친과 한광전韓光傳 사이에 오간 시집의 서문을 지었다. 벗에 관한 글이다.

사람은 누구나 벗이 있다고 했다. 벗을 사귀는 데에 있어서 문예文藝로 사귀면 때로 글솜씨와 글재주를 다투어서 한 글자, 한 글귀의 잘하고 잘못함에 사이가 벌어져 관계를 유지하지 못한다.

명예와 절개로 사귄 벗은 때로 과격함을 서로 높여서 오르고 침몰하고 굽히고 펴는 즈음에 의견이 갈려 좋은 관계를 유지하지 못한다.

도학道學으로 사귄 벗은 경서의 뜻에 갑론을박하거나 혹은 예론禮論에 대한 견해가 서로 맞지 않아서 분분하게 모여 다투다가 끝내 원수가 된 사람이 이루 셀 수 없을 정도라고 했다. 평생지기 벗을 사귄다는 것은 정말 어렵다. 그렇다면 어떻게 어떤 벗을 사귀어야 할까.

그런데 오직 덕행德行으로 사귄 벗은 처음에는 서로 감동하고 사모하고 오래되면 완전히 동화가 되며, 마침내는 금석金石의 소리처럼 어울리고 아교와 옻칠처럼 딱 붙어서 떨어질 수가 없다. 그러므로 벗으로 사귀기가 지극히 어려우나 벗이 된 뒤에는 변함이 없다. 이를 군자의 벗이라고 이를 수 있다.

옛날 선친이 외로이 고향에 거처할 때에 벗과 사귀는 것을 좋아하지 않아서 나이 40에 가깝도록 변변한 벗이 없었다. 그러다가 남거南居 한 공韓公을 만난 뒤에야 기뻐하며 집에 돌아와 아우들에게 말하기를 '이 사람은 나의 벗이니 나는 이제야 벗 한 사람을 얻었다'라고 하였다. 한 공이 자신의 친지들에게 말씀한 것 역시 이와 같았다.

- '남하창수집서南荷唱酬集序' 중에서 -

이렇게 사귄 후 질병이나 근심거리가 있으면 언제나 서로 돕고 가여운 마음을 가져 친형제와 같았다. 같이 돌아다니고 담론하며 편지나 선물을 보내 한 몸처럼 나 너 구분 없이 지내기를 30년이었다. 선친이 먼저

두릉 인근 양수리 용늪은 참 아름다운 수향이다. 이곳 어딘가에 지금처럼 윤필병과 오대익 별장이 있었다. 다산 아버지 친구들이다. 이곳에서 함께 모여 밤 연회를 즐기면 마음까지도 선하게 취할 것이다. 친구 사이도 선하게 되지 않을까.

별세하였다. 그러자 한공은 숙부들과 형제간처럼 지냈고, 우리 형제들을 자식과 조카처럼 어루만져 주신 지 4~5년이었다.

다산은 아버지와 절친인 한공을 극진히 모시며 세 수의 시를 남기기도 했다. 1783년 다산이 생원진사시에 합격했을 때도 달려와 함께 축하하며 장령 윤필병과 승지 오대익의 용진 별장에서 밤 연회를 즐기고 시를 남기기도 했다. 그런 한공이 별세하자 부친을 잃은 것처럼 슬퍼했다.

벗 사이가 이와 같다는 것, 아버지와 한공의 사귐을 보고 다산은 깨달았다. 다산이 궂은 일을 당했을 때 그를 배반한 친구도 많았다. 자신의 위험을 무릅쓰고 도운 친구 또한 여럿이었다. 어깨를 툭툭치며 농을 건 친구 중에는 어려울 때 도운 친구가 별로 없었다. 그렇다, 진정 덕행으로 사귄 벗이어야 변함이 없다. '한 나라의 선善한 선비여야 한 나라의 선한 선비와 벗할 수 있다'라고 한 맹자의 말처럼 한공 같은 분은 한 나라의 선한 선비라고 이를 만하다.

5. 이 마음 아는 이는 둘이다
청파동 / 1799년 겨울

남고南皐 윤지범尹持範. 1752~1821은 다산과 외사촌 간뿐 아니라 평생지기였다. 열 살이나 위인 데다 문장과 인품이 남달라 또래 남인들의 사백詞伯이자 주맹主盟이었다. 그는 증광동당시增廣東堂試에 장원하고 26세에 과거에 합격했다. 윤선도의 후손으로 태어난 것이 불행이었다.

조정에 벼슬한 45년 동안에 눌리고 막히고 침체되어 끝내 불우한 채 떨치지 못하여도 하늘을 원망하고 사람을 탓하는 말은 입에 낸 적이 없었다. 과거 합격 후 12년 동안 벼슬다운 벼슬을 하지 못해 찢어지도록 가난했지만 도움의 손길은 멈추지 않았다.

그런 그를 다산은 죽란시사竹欄詩社의 주맹으로 모시고 얼굴을 보지 않으면 그리워했다. 특히 봄비가 촉촉하게 내리는 날은 남고 생각에 홀로 시를 짓곤 했다. '쓸쓸해 하던 옛 분들을 이상하게 여겼더니만, 고독을 겪고 나서야 그 속을 알았다'라며 '언제나 비만 오면 너무나도 애달픈데, 답답한 이 마음을 아는 이는 우리 둘이지'라고 '비가 내리기에 남고를 생각하다'라는 시에서 읊고 있다.

한 사람은 윤선도 후손이라는 굴레로, 다른 한 사람은 천주교를 빌미로 반대파들에 앞길이 막히고 침체되었다. 두 사람은 모두 정조의 비호를 받았다. 적극적인 성격에 행동파인 데다 처갓집이 부유한 다산의 형편이 조금 나았다. 성실성과 강직함이나 기개도, 세상을 보는 눈도 같았다. 그래서 다산은 자신의 마음을 다 털어놓은 사이였다.

청파동은 지금 서울역처럼 조선시대 역이 있던 곳이다. 파발마를 기르느라 초지와 하천이 있던 곳인데 지금은 흔적도 없다. 서성거리며 옛 조선시대 가난한 선비 초가집을 찾는다는 것은 봉사 문고리 잡는 것보다 어렵다. 아예 감도 잡히지 않는다.

하루는 남고南皐가 책 한 권을 가지고 와서 울먹이며 나에게 말했다.

"이는 우리 아버지 범재泛齋의 시이다. 그대가 서문을 써주게."

나는 삼가 손을 씻고 읽어보았다. 놀라고 눈이 휘둥그레져서 답하였다.

"이는 소주蘇州·항주杭州·천촉川蜀 사이의 명공재사名工才士, 기술과 재능이 뛰어난 선비들이나 할 수 있는 것이지 우리 동방의 글솜씨가 아니다. 이는 학문이 뛰어난 노사숙유老士宿儒, 학식과 덕망이 깊은 나이 많은 선비나 할 수 있는 것이지 꽃다운 나이, 화려한 재사의 솜씨가 아니다. 아, 나만이 문필가와 종유하면서 내 일생 때를 씻고 적막한 이 나라를 진작시키지 못한단 말인가."

시를 짓는 데에는 두 가지 어려움이 있다. 글자 맞추고 구절 다듬기를 정밀하게 하는 것이 어려움이 아니며, 사물事物을 체득하고 정감 그리기를 미묘하게 하는 것이 어려움이 아니라, 오직 자연스럽게 하는 것이 첫째 어려움이고, 청명清明하여 여운이 있게 하는 것이 둘째 어려움이다.

지금 이 책은 이 두 가지에 여유가 있으니, 나머지야 무슨 말을 할 것이 있겠는가. 남고도 시로 한세상에 뛰어났으나, 글씨를 가지고 그 차이를 비유하자면 아버지 왕희지王羲之에 대해 아들 왕헌지王獻之에 해당하겠다.

— '범재집서泛齋集序' 중에서 —

남고의 아버지 범재 윤위尹偉는 어려서부터 문장으로 이름을 날렸다. 덕행 또한 남달랐다. 남고가 아버지를 똑 빼닮았다. 그런 아버지는 남고가 다섯 살 때 돌아가셨다. 이때부터 남고는 가난하게 살아서 가난 또한 두려워하지 않게 되었다. 그런 남고가 하루는 다산에게 찾아와 아버지 범재의 시를 보여주며 서문 써주기를 부탁했다.

다산은 읽고 나서 놀라움을 금치 못했다. 그리고 자책했다. 나는 문필가와 학덕이 높은 사람과 어울리면서도 나의 때를 씻고 침체된 나라를 떨쳐 일으키지 못한단 말인가 하며 그를 기렸다. 그의 시 또한 음률이 자연스럽고 뜻이 청명하여 여운 있게 한, 두 가지 여유가 있음을 볼 때 다른 무슨 말이 필요하겠느냐며 얼굴빛이 변하고 눈이 휘둥그레졌다.

시를 접한 후 다산의 자책과 깨달음이 깊고 넓음에 감탄하게 된다. 지금 효창동의 남고가 태어나 어린 시절을 보낸 집은 흔적도 없다.

6. 공감이 친구의 첫 조건이다
어의동/ 1800년

다산이 처음 초정楚亭 박제가朴齊家, 1750~1805를 만난 것은 1796년 11월 16일 규장각 교서로 임명된 때였다. 『사기영선史記英選』 교정작업을 함께한 것이다. 다음해 다산은 실직 상태로 있다가 정조가 동부승지에 임명했다. 반대파들의 웅성거림과 처남관계인 홍인호가 좌부승지로 있다는 이유로 '변방사동부승지소辨謗辭同副承旨疏'를 올려 동부승지를 사양한다는 내용과 함께 천주교도가 아님을 밝혔다.

다시 실직 상태가 되었다. 반대파의 뒷다리잡기에 결국 승복한 셈이다. 이런 때에 어우동에 있는 초정 박제가 집을 찾았다. 6월 25일 한여름이었다. 1776년 처음 연경에 다녀오고서 쓴 『북학의北學議』를 보기 위해서였다. 『북학의』 내용에 대한 언급은 없으나 개혁적인 다산에게 큰 충격을 준 것만은 사실이다.

1800년 봄에 초정이 명례방 다산 집을 방문했다. 다산이 소유하고 있는 두 장짜리 「종두방種痘方」 내용을 보고 매우 기뻐하였다. 두 사람은 어린아이가 걸리면 대부분 죽는 병인 천연두에 관심이 많았다. 해결 방법을 찾기 위해서이다.

"우리집에도 이 처방이 있네. 일찍이 「내각장서內閣藏書」 중에서 보고 초록하여 둔 것인데 너무 간략하여 시행해볼 수가 없었네. 이제 이 책 내용과 합해보면 아마 요령을 얻을 것 같구려."

그는 집에 돌아가자마자 책을 보내왔다. 그것 역시 두어 쪽뿐이었다.

다산은 이 두 책을 합하여 이해하기 어려운 것은 주해를 달기도 하고 올바르지 못한 설說은 삭제했다. 완성된 책을 초정에게 보내주었더니 다시 그가 방문했다. 서로 의견을 교환한 뒤 헤어졌고 초정은 영평현감으로 발령되어 부임했다. 그후 수십 일 만에 다시 와서 초정이 기뻐하며 말했다.

"두종이 완성되었네."
"어떻게 된 것이오?"
"내가 영평현에 부임하여 이 일을 관리들에게 이야기하였더니 이방吏房이란 자가 잘된 것 하나를 구입하여 먼저 자기 아이에게 접종하였다네. 그랬더니 종핵은 작았으나 종두는 잘 되었다더구려."

다시 그는 두 번째로 관노官奴 아이에게 접종하고 세 번째로 초정의 조카에게 접종했더니 종핵도 점점 커지고 종두도 더욱 훌륭하였다. 그제야 의사 이씨李氏를 불러 처방을 주며 두종을 가지고 경성京城 이북 지방으로 들어가게 하였고 선비 집안에서 많이들 접종하였다 한다.

이 해 6월에 정조가 승하했다. 다음 해 봄에 나는 장기長鬐로 귀양 가고 초정은 경원慶源으로 귀양 갔다. 그런데 간사한 놈이 의사 이씨를 모함하여 신유사옥에 연루된 것으로 무고하였다. 그는 고문받아 거의 죽게 되고 두종도 단절되었다.

그로부터 7년이 지난 정묘년에 내가 강진에 있으면서 듣건대, '상주尙州에 있는 의사가 종두를 접종하는데 100명이 접종하여 모두 완치되어 큰 이익을 얻었다' 한다. 아마도 그 처방이 영남에서 다시 유행했던 모양이다. 내가 편집한 본방本方은 옥사의 난리 통에 잃어버렸으므로 전말을 기록하여 아이들에게 보인다.

                                                    - '종두설' 중에서 -

박제가 집은 대학로에 있다. 반송 수십 그루가 심어진 아름다운 곳으로 정조가 방문했던 곳이기도 하다. 다산은 이곳에 들러 『북학의』를 읽었다. 왼쪽 사진은 천이 있던 곳을 복원한 것이고 길 건너편에 있었다. 어우동 팻말이 오른쪽 사진 왼쪽 아래에 보인다. 정확한 위치는 남이장군 집터 팻말이 있는 곳이다.

두 사람의 천연두로부터 어린이를 구하고자 하는 노력이 대단하다. 초정은 다산보다 13세 위이다. 친구보다는 선배에 가까웠다. 다산이 나이를 가리지 않고 친구를 사귀었듯이 나이를 떠나 서로 공감하는 부분이 많으면 친구가 될 수 있다. 가볍게 어깨를 치고 농을 거는 친구가 있는가 하면 술친구도 있고 학문을 논하는 친구도 있다.

나는 어떤 친구든 서로 공감하는 데서부터 관계가 시작된다고 본다. 어려울 때 서로 공감하며 돕는 친구가 진정한 친구라는 말에도 공감한다. 프랑스어 공감sympathic의 어원은 '함께 고통을 겪다'라는 뜻이다. 공감의 어원에 공감이 가는 이유다. 초정은 나라의 앞날을 걱정하며 깨달음을 지나 행동으로 옮긴 사람이다. 다산은 그에게서 행동하는 선비의 참모습을 보고 자신이 부족한 점을 깨달았다.

7. 담배로 시름을 버리다
장기/ 1801년

긴 담뱃대가 다산에게는 어울리지 않을 것 같은데 그는 담배를 즐겼다. 고독과 시름을 달래주는 죽마고우 같은 친구였다. 특히 유배지에서 줄담배를 피우는 골초였다고 한다. 침묵을 읽고 생각을 꺼내는 도구였는지 모른다. 그래서인지 아들들에게 술을 끊으라 하면서도 담배를 끊으라는 이야기는 없다.

술과 담배는 팔짱 낀 몸이다. 글과 담배도 한 몸된 애인 같다. 만나면 권하는 친구와 담배도 깍지 낀 손 같다. 술잔을 앞에 두고 연신 떠들면서도 담배를 두 배나 더 피고 글을 쓰면서 생각이 막히면 뚫으려고 담배를 더 문다. 화가 나도 피고 즐거워도 피고 걱정이 와도 피고 심심해도 피고 친구가 와도 피고……, 핑계가 없어져도 핀다. 틈만 나면 저절로 담배 물이 든 손이 간다. 치아가 검어져도 괘념치 않는다. 기침이나 가래도 친구처럼 여긴다.

> 육우陸羽가 남긴 다경茶經도 좋고
> 유령劉伶의 술을 노래함도 특이하다.
> 담배가 요즈음 새롭게 나와서
> 귀양살이하는 사람에게 제일이다.
> 가늘게 빨아들이면 향기 물씬하고
> 길게 내뿜으면 실처럼 간들하다.

다산이 장기에서 기거하던 성선봉 집은 초등학교 뒤 어린이 동산이 되었다. 할 일이 없어진 그는 대문 앞에 물끄러미 기대
서서 담배를 피워 물고 지나가는 종놈 물음에 답하거나 고행 생각을 꺼냈다.

유배살이 잠자리가 늘 편치 못하여
긴 봄날이 지루하기만하다.

- 담배 -

차에 관한 신이라 일컫는 육유의 차에 관한 책 『다경』과 애주가인 유
령의 술노래도 특이해서 좋다고 서두를 꺼낸 뒤 담배에 대한 칭찬이 이
어진다. 지루한 봄날에 책도 없어 글을 읽지 못하고 바둑을 배우지 않아
후회도 한다. 초라한 군교 집이라 잠자리까지 불편하여 몸까지 편하지 못
하다.

'병 낫고 나니 봄바람은 가버렸고, 시름 많아 여름밤은 길구나. 잠깐
잠자리에 들었다가, 금방 고향을 그린다네'라며 장기에 도착해서는 병을
앓았는데 지금은 고향 생각만 간절하다고, 그래서 담배만 즐긴다. 특히
유배지에서 담배는 다산에게 시름을 버리는 벗이었다.

산에 칡넝쿨 푸르고 대추 잎 돋아나는
장기성 바깥은 바로 이로운 큰 바다다.
바위로 눌러도 시름은 다시 일고
꿈은 담배 연기처럼 언제나 희미하다.
늦게 많이 먹는 밥은 맛있어서가 아니고
봄옷 도착하면 몸이 한결 가벼워지겠지.
생각에 생각 모두가 부질없는 생각이라
하늘이 왜 나에게 칠정七情을 주셨을까.

- 시름 -

8. 촌스런 무궁화를 사랑하다
두릉원 / 1825년경

다산은 나이 들어서 집 주변에 채화정을 짓고 온갖 꽃을 심고 살았다. 그에게 꽃은 소외와 고독을 함께 하는 동료였고 희망이었다. 1년 중 겨울은 물론이고 여름에도 꽃이 귀하다. 그래서 다산은 겨울밤 사각사각 눈 쌓이는 소리에 감탄사를 연발했고 밤잠을 설치면서 편지를 썼다. 눈 내리고 눈꽃이 피는 것을 그리도 좋아했고, 여름에는 내내 피는 무궁화로 울타리를 삼았다.

무궁화는 잡관목이어서 넓은 땅이 필요 없어 한 그루씩 심기보다는 죽 이어서 울타리로 심는 것이 더 어울림을 알았다. 무궁화를 보다가 친구 윤영희에게 시를 지어 보냈다. 아마도 그가 벼슬에서 물러나 송파나루 인근에 은자로 지낼 때인 1824년 이후였을 것이다.

> 온갖 꽃 유월이면 다 범목凡木이 돼버리고
> 무궁화만 스스로 나뿐이라 말하고 있다.
> 외로운 향기가 꽃 없는 때를 잇기 때문이요
> 심히 고와서도, 세속 초월함은 더욱 아니다.
> 아름답고 화려함을 도리桃李와 겨루게 한다면
> 천박하고 활기 없어 빈 골짝에 버려지리라.
> (……)
> 아침에 피었다가 저녁에 짐을 어찌 아파하랴
> 동쪽엔 지고 서쪽에 핌이 절로 만족이거늘.
> 　　 - '꽃 없는 6월에 핀 무궁화를 보고서 송옹에게 부치다' 중에서 -

복원된 다산 생가는 돌담으로 둘려있다. 어느 정도인지는 알 수 없으나 다산은 무궁화로 담을 삼았다. 여름꽃이 귀하기에 여름에도 계속 이어 피는 꽃을 보기 위해서이다. 친구 윤영희의 말대로 촌스러운 아낙네 같은 꽃이라 울타리에 어울려서 였는지도 모른다. 꽃을 좋아한 다산, 겨울에도 눈꽃을 보고 감탄사를 연발한 사람이었다. 국회의사당에 있는 무궁화이다.

다산도 무궁화가 복숭아꽃이나 이화처럼 아름답지 않다는 것을 알았다. 연꽃이 지기 시작한 뒤에 피고 매화보다 먼저 피는 무궁화는 화려함을 겨루거나 세속을 초월한 꽃이 아니라고 했다. 여름이면 온갖 꽃이 시들어 내년을 기약하거나 다 나무가 되어버리기에 그 향기가 꽃 없는 때를 잇기 때문이라도 했다.

꽃이 귀할 때는 천박한 자질이어도 더 호화롭고 냉잇국처럼 고깃국보다 맛있는 법이라고, 평범해서 아침에 피었다가 저녁에 꽃 전체가 져버려도 그러려니 하며 크게 가슴 아파할 것도 없는 꽃이라고 했다.

두릉원斗陵園에 있는 천 그루 나무들은
곧게 서서 그윽함을 자랑하지 않고
온갖 초목 무성한 그늘 짙은 유월에
너무도 촌스러운 무궁화만 피었구나.
낮은 자질로 좁은 땅 의탁함도 다행이지만
어찌 아름다운 꽃이 빈 골짝에 핀 것만 하랴.
울타리에 둘러선 것이 제격에 알맞지
화려함이 고명한 집엔 어울리지 않는다오.
비유컨대 서투른 화가가 미인을 그려 놓으매
자태는 볼 것 없고 살만 뚱뚱한 것 같네그려.
                    - '열수의 무궁화를 읊은 시에 화답하다' 중에서 -

　윤영희는 다산이 사는 두릉정원의 많은 나무는 곧게 우뚝 솟아 그윽함을 자랑하지 않는다고, 녹음 짙은 유월에 너무도 촌스러운 무궁화만 피었다고 했다. 자질이 낮아 넓은 땅이 필요 없고 빈 골짝에 핀 것 같은 아름다운 꽃이 아니라서 울타리에 어울리는 꽃이라 화려함이 소문난 집에 어울리지 않는다고 했다.

　그저 촌스러워서 살만 뚱뚱하게 찐 아낙네 같은 꽃이다. 두 사람은 서로 죽을 때까지 우정을 이어가서 이심전심으로 서로를 알았다. 다산이 무궁화를 보고 깨달은 것을 윤영희는 한술 더 떠서 깨달았다.

9. 백성의 재물을 거둘 수 없다
송파나루/ 1828년

누군가 친구는 자신을 비춰보는 거울이라 했다. 다산의 진정한 친구 중에 늙어서까지 자신을 거울에 비추어 보고 깨닫게 해주는 친구가 한 명 있었다. 바로 외심畏心 윤영희尹永僖, 1761~1828였다. 그는 다산보다 한 살 위지만 3년1786년 먼저 과거에 합격했고 따라서 벼슬도 먼저 시작했다.

정승 채제공의 종조카로 집안도 다산보다 좋았다. 정조의 총애를 받아 홍문관 부교리로 벼슬을 시작했고 초개문신 시절 시험평가 때마다 1등을 도맡아 하는 등 실력도 출중했다. 예리한 통찰력으로 뼈 있는 농담도 잘 하는 등 언변과 사교술도 뛰어난 데다 체격까지도 남자답게 잘생긴 우람 한 인물이었다.

정조가 아낄 만한 인물이었고 후에 정승 감으로 생각했는지 모른다. 어느 모로 보나 다산보다 뛰어났고 앞서간 인물이었다. 이런 그를 집권당 노론은 가만두지 않았다. 견제 정도가 아니라 그에게 벼슬이 내리면 벌떼 처럼 일어나 상소가 끊이지 않았다.

1791년 정조가 윤영희를 정언으로 임명하자 해당 주서가 초패招牌를 쓰지 않으며 임금의 명령을 거역할 정도였다. 승지로 추천할 때도 마찬가 지였다. 탄핵을 받아 두 번이나 하옥되었고 정조의 배려로 풀려나기도 했 다. 결국 젊어서 실직 상태에 있거나 말직을 전전하며 당상관에도 오르지 못했다.

윤영희 집은 송파나루 인근에 있었다. 한강이 돌아흐르는 강가였다. 지금 석촌호수가 남아 있는 흔적이다. 동호 서편에 나루터 팻말이 있다. 정치적 상처를 안고 살아온 두 사람은 그 상처로 소통했다. 두 사람의 우정은 '한 번 서로 축하하고 한 번 서로 쳐다보고, 하늘이 둘을 위해 특별히 선심 썼다'고 외칠만했다.

나의 벗 윤외심尹畏心의 아우가 해남 수령으로 있을 때 공채公債, 해남현이 진 부채가 많았는데도 형에게 제수祭需, 제사에 쓰는 여러 가지 재료를 보내왔다. 윤외심은 보내온 제수를 받지 않고 물리치며 '아래로 백성의 재물을 빼앗아다가 조상의 제사를 모시는 일은 내가 차마 할 수 없다'라고 하였다. 이는 격언이다. 제사도 이러한데 하물며 다른 경우는 어떠했겠는가.

- '목민심서' 중에서 -

다산의 이 글은 윤영희에 대한 노론의 공격이 얼마나 잘못되었는지 말해준다. 이런 격언을 하는 사람이 어찌 부정을 저지르고 청렴하지 않은 일을 하겠는가. 오히려 매우 맑고 곧은 데다 소통능력까지 뛰어나 반대파들에게 싹이 잘리는 공격을 받은 결과였다.

다산 또한 천주교를 빌미로 수없이 노론의 공격을 받아 일할 만하면 물러나야 했다. 치사해서 물러나고 화가 나서 물러나고 관습에 따르느라 임금의 명을 거역하며 물러났다. 그러나 다산은 자신의 장점을 잘 활용해 당상관에 오르고 형조참의까지 지닐 수 있었다. 윤영희가 지리멸렬해지자 공격 대상에서 벗어났고, 다산은 요주의 인물이 되어 결국 후반생을 유배와 소외 속에서 지내야 했다.

다산이 해배되어 고향에 돌아오자마자 송파로 윤영희를 찾았다. 버선발로 뛰어나온 윤영희와 다산은 요즈음 BTS처럼 얼싸안고 뛰었다. 한 번 보고 열 번 보다 얼굴이 닳을 지경이었다. 둘의 술잔 부딪치는 소리가 송파나루 저잣거리의 소음까지 죽였다. 술독인 윤영희의 배가 더 불어날 곳이 없었다. 두 사람은 만나도 시들지 않았다. 휘황한 세상이 주먹을 쥐게 했다.

유배 떠나기 전 신유사옥 때 도움을 받은 일과 1805년 천 리 길을 멀다 않고 유배지로 찾아준 그의 고마움까지 안고서 이틀 동안 젊은 시절로 돌아갔다가 돌아왔다. 그들의 회한이 이틀로 끊나지 않아 죽을 때까지 계속되었다. 1828년 윤영희가 죽자 다산은 말을 잃고 침묵으로 대신했다.

여섯째,
명승지에서 깨달음

06

1. 스님의 즐거움을 찾았다
동림사 / 1778년 겨울

화순군 화순읍에 있던 동림사는 지금 흔적도 없다. 다산이 절에서 생활하는 동안 그 즐거움을 깨닫도록 불경을 설법한 스님들도, 불상들도 다흩어지고 없다. 길섶에 누군가가 세운 비석이 없다면 잡초만 무성한, 그럴듯한 바윗 덩어리 하나 없는 볼품없는 불모지이다. 답사 초기처럼 이제는 그에 대한 실망도, 무거운 발걸음도 사라졌다. 그저 세월의 무서움을 깨닫게 해줄 뿐이다. 다산은 이곳 동림사東林寺에서 40일간 작은형 약전과 함께 글을 읽었다. 스님들과 한솥밥을 먹으면서다.

내가 말하기를 "스님들이 스님 노릇 하는 이유를 나는 이제야 알았습니다. 저 부모·형제·처자와 함께 지내는 즐거움도 없고, 술을 마시고 고기를 먹으며 음탕한 노래와 아름다운 여색女色의 즐거움이 없는데, 저들은 어찌하여 고통스럽게도 스님 노릇을 합니까. 정말로 그러한 재미와 바꿀 수 있는 즐거움이 없기 때문입니다. 우리 형제가 이곳저곳으로 다니며 글을 읽는 것이 이미 여러 해 되었는데, 전에도 동림사에서 맛본 것과 같은 즐거움이 또 있었습니까?"라고 하였다.

그랬더니 둘째 형님도 "그렇다. 그것이 저들을 스님이 되게 한 까닭일 것이다."라고 말하였다.

— '동림사 독서기' 중에서 —

화순읍에서 만년사 가기 전에 있는 동림사 터는 지금 흔적도 없다. 스님이 스님 노릇 하는 이유를 깨달은 곳인데 그 즐거움은 간 곳이 없다. 그저 비석만 덩그러니 서 있을 뿐이다. 나는 세 번이나 들렀어도 그 즐거움을 깨닫지 못했다.

다산이 동림사에 올 때는 첫눈이 가루처럼 뿌리고 산골 물이 얼은 것처럼 찼으며 산 나무와 대나무의 빛깔도 추워서 움츠리는 때였다. 이곳에서 새벽이나 저녁에 거니노라면 정신이 맑고 숙연했다. 자고 일어나 곧바로 계곡으로 달려가서 이를 닦고 얼굴을 씻고, 식사 때를 알리는 종이 울리면 여러 스님과 함께 죽 늘어앉아서 아침밥을 먹었다.

날이 저물어 별이 뜨면 언덕에 올라 휘파람 불고 시를 읊조리며, 밤중이면 스님들이 외는 게송偈頌과 불경佛經을 읽는 소리를 듣다가 다시 책을 읽었다. 이렇게 40일간 한솥밥을 먹으며 생활했다.

글을 읽다가 머리가 아프면 은하수를 건너며 다산은 곰곰이 생각해보았다. 전에 여러 곳을 다니며 공부했는데 동림사에서 맛본 것과 같은 즐거움을 다른 곳에서는 맛보지 못했다. 왜 그랬을까? 그가 느낀 즐거움은 곧 스님들이 세속을 떠난 이유이자 즐거움이었다.

40일간 수행자들에게 젖어서 스님의 즐거움을 깨달은 것이다. 작은형 또한 같은 생각이었다. 말초적인 세속의 즐거움보다 더 높은 경지의 깨달음으로 얻은 즐거움, 그것이 스님이 되는 이유였음을 깨달았다.

그런 깨달음을 얻은 사람들은 다 어디로 갔을까? 서까래와 불상은 마모되어 사라졌더라도 깨달은 자의 흔적들은 남아 있어야 하는 것 아닌가. 그 흔적도 부질없다는 깨우침일까. 나는 세 번이나 그곳을 찾았지만, 아직도 크게 깨닫지 못하고 있다. 다산의 초롱초롱한 눈초리만 눈앞에 어른거린다.

2. 꺼림직해도 없는 것은 없다
반학정 / 1780년 봄

다산은 어려서부터 아버지 임지를 따라다니며 자랐다. 아버지가 서울
에서 근무할 때는 명례방에서, 9세 무렵 연천에서 근무할 때는 연천 관사
에서, 실직했을 때는 고향에서, 17세 무렵부터는 화순에 이어 예천 관사
에서 가족과 함께 생활했다. 이렇게 아버지가 고을을 다스리는 모습을 보
며 다산은 많은 것을, 그중에는 자신과 같은 처지에 있는 고을 수령 자식
들의 폐해에 대해 많은 것을 깨달았다. 고을 수령들의 자제子弟들은 술·고
기·유흥·여자 등에 빠져들지 않으면, 반드시 관아의 장부와 문서나 법령
으로 단속하는 일에 관계하며, 심한 경우에는 차꼬형구의 일종를 채우고 채
찍과 몽둥이질하는 것으로 귀와 눈을 즐기면서 세월을 보낸다고 했다.

그래서 세상에서 말하기를 지방관이 된 사람은 세 가지를 망쳐버린다
고 했다. '첫째는 가옥을 망치고, 둘째는 종들을 망치고, 셋째는 자식들마
저 망치는 것이니, 매우 탄식할 만한 일이다'라고 했다.

다산은 예천 관사에 도착하자마자 관사 이곳저곳을 살펴보고 조용히
지낼 만한 장소를 찾았다. 그러다 동헌東軒 동쪽에 폐허가 되어버린 정자
가 있다는 것을 알았다.

> 정자 뒤에는 큰 대나무와 높이 솟은 나무가 많았다. 방의 창들은 모두
> 붉은색과 푸른색으로 칠해져 있으나 사용하지 않고 내버려둔 지가 여
> 러 해가 되었다. 그 까닭을 물어보았더니 "정자에는 귀신이 있어서 사람

예천 현청은 지금 흔적도 없고 조선시대 쓰던 맷돌 몇 개만 놓여있다. 지금은 현청이 있던 예천 군청도 옮겼다. 팔각정 아래 산기슭이었을까. 달빛이 물에 비치고 꽃향기가 코를 찔렀다는, 다산이 글을 읽던 반학정도, 암행어사 출두로 어수선한 현청 마당도 없어졌다. 대나무 숲도 없어져 나그네 가슴이 삭막하다.

이 거처하게 되면 혹 병을 얻거나 그렇지 않으면 놀라고 두려워서 잠을 이루지 못하기 때문에 비워두게 되었습니다"라고 하였다.

내가 말하기를 "귀신이라는 것은 오로지 사람이 부르는 것이니, 참으로 내 마음에 귀신이 없으면 귀신이 어찌 스스로 올 수 있겠는가"라고 하였다.

그 다음 날 나는 아버지를 뵙고 말씀드리길 "반학정伴鶴亭은 그윽하고 조용하여 독서하고 시를 지을 만한 곳입니다. 동헌과의 거리도 좀 떨어져 있고 빙 둘러 담장으로 막혀 있어서 시끄럽게 다투는 소리도 들리지 않으니 참으로 거처할 만한 곳입니다. 오늘 닦아내고 쓸어낸 뒤에 침상과 이불을 옮기려고 합니다"라고 하니, 아버지께서 "좋다, 네가 하고 싶은 대로 하라"라고 하셨다.

－ '반학정기' 중에서 －

다산은 귀신이 없다는 것을 이미 알고 있었다. 그러나 대부분의 사람은 불길한 장소나 좋지 않은 이야기를 듣는 곳은 가기를 꺼린다. 더구나 그곳에서 생활하는 것은 더하다. 그러나 다산은 그런 이야기에는 전혀 신경 쓰지 않았다. 오히려 그 이야기를 지어낸 사람이 문제라고 생각했다. 반학정도 다산이 보기에는 세속 이야기를 듣지 않고 공부하고 조용히 지내기에는 아주 장점이 많은 곳이었다.

'내가 이 정자에 살면서 글씨를 쓰고 여가에는 책을 읽는 데에만 뜻을 두었더니, 이른바 귀신이 대들보에서 읊조리고 계단을 걸어 다니기는커녕 고요할 정도로 다시는 소리나 흔적이 없었다'라고 했다.

'늘 밝은 달이 물에 비쳐 그윽한 달빛이 창문으로 들어오고 나무 그림자가 너울너울 움직이며 꽃향기가 코를 찔렀다'라고, 저포놀이나 장기, 노래하는 아이나 춤추는 계집과 같이 사람의 마음과 눈을 어지럽히는 것은 작은 문 안으로 한 발자국도 들이지 못하게 하였더니 부모님 근심을 없애고 스스로 마음을 즐기게 되었다고 했다. 다산은 귀신이 없다고 확신했다. 꺼림직한 것도 마음에 두지 않았다. 뜻이 굳은 사람의 마음과 행동이다.

3. 원칙주의자가 성공한다
선봉대 / 1780년

다산은 예천에 와서도 과거 공부를 하는 틈틈이 쉬지 않고 예천의 절경이나 유적지 등을 유람했다. 아버지가 다산과 함께하기를 바라서 더했다. 아버지는 다산에게 크게 기대하고 있었다. 큰형 약현은 30세가 되었어도 생원진사시에도 합격하지 못했고, 작은형 약전은 호방해서 게으르고 욕심이 없으며, 22세인 셋째형 약종은 아예 과거시험에는 관심도 없었다.

1780년 봄이었을 것이다. 다산은 아버지를 모시고 선봉대로 향했다. 가는 도중 내성천을 따라 내려가다가 정탁鄭琢, 1526~1605이 만년을 지내려고 1601년 지은 읍청정挹淸亭과 후손이 세운 도정서원道正書院을 들렀을 것이다.

이제 이모李模 이순신는 사형을 받을 중죄를 지었으므로 죄명조차 극히 엄중함은 진실로 성상의 말씀과 같습니다. 이모도 또한 공론이 지극히 엄중하고 형벌 또한 무서워 생명을 보전할 가망이 없는 것을 알고 있을 것입니다. 바라옵건대 은혜로운 하명으로써 문초를 덜어주셔서 그가 공로를 세워 스스로 보람 있게 하시면, 성상의 은혜를 천지 부모와 같이 받들어 목숨을 걸고 갚으려는 마음이 반드시 저 명실 장군 못지않을 것입니다.

성상 앞에서 나라를 다시 일으켜 공신각에 초상이 걸릴 만한 일을 하는 신하들이 어찌 죄수 속에서 일어나지 않으리라고 하겠습니까. 그러므로 성상께서 장수를 거느리고 인재를 쓰는 길과 공로와 재능을 헤아

려보는 법제와 허물을 고쳐 스스로 새로워지는 길을 열어 주심이 한꺼
번에 이루어진다면, 성상의 난리를 평정하는 정치에 도움됨이 어찌 옅
다고만 하겠습니까.

– '신구차伸救, 죄가 없음을 밝혀 구함箚' 중에서 –

　　선조는 이순신을 처음부터 싫어했다. 당시 임금의 분노로 보아 이순신
은 죽을 처지였다. 이순신을 천거한 유성룡도 선조 편을 들어야 했을 정
도였다. 72세의 노 재상답게 이순신이 1차로 고신을 받아 임금의 분노가
어느 정도 달래진 순간을 이용해 신구차를 올렸고, 이순신이 죄가 없다고
주장하는 게 아니라 어떻게든 목숨을 살려 다시 전장으로 내보내는 것이
목표였다.

　　그의 전략은 적중했다. 결국 이순신이 살아 조선의 위기를 구했다. 이
때 이순신 구명에 함께 노력한 중신은 이원익, 권율, 비슷한 실수를 겪었
던 김명원 정도밖에 없었다.

　　약포는 원칙과 대의명분에는 목숨을 내걸고 직언했다. 이순신을 살린
것도 목숨을 건 직언이었다. 강직한 원칙주의자는 대부분 도량이 좁다.
약포는 달랐다. 대범한 성품에 넓은 도량을 지닌 그는 42년간 관직에 있
으면서 사색당파의 혼탁한 세상에서도 천수를 누릴 수 있었다.

　　다산은 약포가 대쪽 같은 강직한 원칙주의자이면서도 대범함과 넓은
도량을 갖춘 보기 드문 재상임을 알았다. 작은형 약전이 다산을 평하며
'오직 도량이 좁은 것이 흠'이라 평했듯이 자신보다 반쪽이 더 있는 분이
었다. 성격은 깨달았다고 해서 고쳐지긴 어렵다. 깨달은 자는 스스로 알
아서 고치기보다는 개선해나간다.

　　다산은 아버지를 모시고 퇴계 이황이 꿈에 나타났다는 선몽대에 도착

다산은 아버지와 함께 선몽대에 가면서 예천의 인물인 정탁이 세운 읍청정을 들렀을 텐데 기록은 없다. 퇴계의 꿈에 나타났다는 선몽대는 수많은 조선 선비들의 발걸음이 멈춘 곳이다. 강물에 모래가 날아다니고 물이 투명해 모래가 하늘로 솟아오를 것 같은 곳이다.

했다. 강물에 모래가 날아다니고 퇴계를 비롯한 약포, 서애, 학봉, 청음, 한음의 시판詩板이 걸려 있는 곳이다. 절경에 약포와 퇴계의 혼이 살아있는 곳, 그곳을 찾은 것은 다산을 향한 아버지의 따뜻한 배려가 아니었을까.

선몽대는 퇴계의 종손이자 제자인 우암遇巖 이열도李閱道. 1538~1591가 1563년에 세운 정자이다. 이곳에서 200년 전 다산의 9대조인 경상도 관찰사 정응두丁應斗. 1508~1572를 만나기도 한다.

4. 벌써 시들어버렸다
촉석루 / 1791년

다산은 1790년 10월 초 사헌부 지평에서 체직되어 한가했다. 다음해 2월 28일경 진주로 향했다. 진주목사로 근무하는 아버지를 뵈려는 것이었다. 가는 길에 광한루에 오르고 3월 2일경 황산을 지나며 황산대첩비를 읽고 시를 지었다. 하동을 거쳐 진주에 도착했다. 그 이틀 후 진주성 촉석루에 갔다.

10년 전인 1780년 봄에도 촉석루를 찾은 적이 있다. 장인 홍화보가 병마절도사로 근무할 때 아내와 함께 이곳을 방문했다. 마침 논개사당 의기사義妓祠를 중수하고 낙성식이 있었다. 장인은 다산 부부 환대를 겸하여 성대한 잔치를 열었다.

전후좌우 휘둘러도 칼끝 서로 닿지 않고
치고 찌르고 뛰고 굴러 소름이 쫙 끼친다.
회오리바람 소나기가 차가운 산에 몰아치듯
붉은 번개 푸른 서리가 빈 골짝에서 다투는 듯하다.
놀란 기러기가 높이 날아 안 돌아올 듯하다가
성난 새매가 내리 덮쳐도 쫓아가지 못할 것 같다.
쨍그링 칼 던지고 사뿐히 돌아서니
호리호리한 허리는 처음 모습 그대로이다.
(……)
너 이제 젊은 나이로 기에 절묘하니

옛날에 말하던 여중호걸 오늘에야 보았다.
얼마나 많은 사람이 너로 인해 애간장 녹았을까
거센 바람 장막 안에 몰아친 것 이제야 알만하다.
- '칼춤 시를 지어 미인에게 주다' 중에서 -

떠들썩한 잔치 자리에서 다산의 시 짓는 솜씨는 단연 빛났다. 눈앞에서 보듯 생생하다. 그때를 생각하고 옛날 춤추던 기녀妓女와 연주하던 악공樂工을 불러 술상을 차렸다. 그들의 지난 생애를 묻고 살폈다.

살펴본즉 옛날에 요염하기가 꽃봉오리 같던 사람들이 지금은 피부색이 누렇게 되고 주름이 잡혔으며, 옛날에 놀란 기러기와 날아가는 제비처럼 춤추던 사람들이 지금은 매우 굼뜨고 절름거리며 제대로 걷지도 못하였고, 나의 귀밑머리도 희끗희끗해졌다.
이때 한 늙은 기생이 나를 위해 칼을 뽑아 들고 일어나 춤을 추었다. 춤이 끝나자 칼을 던지고 술을 부어 내 앞에 꿇어앉아 권하며 말했다.
"인생의 환락이 그 얼마나 되겠습니까. 공께서는 술을 맛있게 드십시오. 그다음 여러 기생을 위하여 시를 지어 오늘 이 자리를 빛나게 하여 주십시오."
이때 오재징吳載徵 절도사가 다시 기생들에게 시 약간 수를 지어줄 것을 나에게 청하고, 노래 잘하는 자에게 명하여 그 시를 노래하도록 하였다.
- '촉석루에서 두 번째 노닐은 기' 중에서 -

불과 10년 만이다. 다시 만난 기녀들은 요염한 꽃봉오리에서 찌들고 시들어 있었다. 세월이 이렇게 무섭단 말인가. 인생의 환락이 잠시였다. 늙은 기녀와 절도사가 다산에게 시를 지어달라고 부탁한 것을 보면 다산

십 년이면 강산도 변한다고 했던가. 다산이 두 번째 촉석루에 들렀을 때는 처음 보았던 요염한 꽃봉오리들이 찌들고 시들어있었다. 아름다운 촉석루는 더디 늙고 사람은 빨리 늙을 뿐 세월 앞에 장사는 없었다. 아버님 또한 세월만큼 늙어있었다. 눈물을 감추며 상경했더니 의금부 감옥이 입을 벌리고 있었다. 효를 행하기도 참 어렵다.

의 시 짓는 솜씨가 널리 알려진 것 같다. 세월 무상을 새삼 깨달으며 진주에서 시간을 보낸 후 다산은 30일경 한양으로 돌아왔다.

기다렸다는 듯이 의금부가 입을 벌리고 있었다. 정조가 3월 13일에 규장각 허락을 받지 않고 도성을 떠난 죄로 붙잡아 오라는 명을 내렸기 때문이었다. 하마터면 곤장 50대를 맞을 뻔했으나 정조의 배려로 4월 6일에 풀려났다. 깨달음을 얻은 대가가 컸다.

5. 기이해야 선명하게 드러난다
영보정 / 1795년 8월

금정찰방金井察訪으로 근무하던 다산은 관찰사 유강과 수군 절도사 유심원柳心源이 기다리는 수군영을 향했다. 다산이 해미에서 귀양살이할 때 구경하고 싶었으나 가보지 못한 곳이었다. 내포지방 수군영 내에 있는 영보정永保亭이 호수를 끼고 있는 누대 정자로 이름나 있었기 때문이다.

수군영에 도착한 날 절도사와 함께 영보정에 올랐다. 다음 날인 8월 13일 관찰사 유강을 만나 업무를 상의하고, 이어 진사 신종수와 달밤에 배를 타고 고마호를 건너 한산사寒山寺를 구경했다. 누대에 올라 아름다운 음악을 들으면서다.

나는 그때 기이한 것을 좋아함으로 인해 금정찰방으로 좌천되었다. 그러나 천하의 사물이 기이하지 않으면 드러날 수 없다는 것을 영보정을 보자 알 수 있었다. 산은 깎아 세운 듯 뾰족하고 잘라 놓은 듯 우뚝하지 않으면 이름이 날 수 없다. 그런데 갑자기 물 가운데로 들어가 섬처럼 되어 있으면 작은 언덕처럼 조그맣게 솟아오른 것이라도 기이하게 보인다.

물이 강 아래에서부터 바다로 흐르는 것은 당연하므로 깊은 물이 넘실넘실 흘러가더라도 칭찬하기에 부족하다. 갑자기 바다에서 산속으로 들어가 호수가 되면, 그 물결치는 흥취는 기대할 수 없지만 그것이 기이한 것임을 알 수 있다.

고마산姑麻山이 서쪽으로 몇십 리를 내달아 꿈틀거리며 바다 가운데에 다다랐고, 마치 학鶴이 목을 길게 빼고 물을 마시는 것과 같다. 이것이

내포지방에 있는 영보정은 수군영 내에 있다. 호수를 끼고 있는 누대로 최근에 복원되었다. 진휼청과 함께 있는 이곳은 많은 사람들이 누대에 앉아 연회를 즐길 수 있는 큰 정자이다. 좌천으로 답답했던 다산은 확 트인 이곳에 서서 가슴을 폈을 것이다. 기이해야 이름난다는 것을 깨달으면서다.

이른바 갑자기 물 가운데로 들어가 섬처럼 된 것이요, 고마호姑麻湖는 동쪽으로 돌아서 수십 리를 흘러가 여러 산으로 둘러싸여 있다. 마치 용龍이 머리를 들고 여의주如意珠를 희롱하는 것과 같다. 이것이 이른바 물이 갑자기 산속으로 들어가 호수가 된 것이다.

영보정은 이 산에 의지하고, 이 호수에 임해 있기 때문에 이 지방의 으뜸이 된다. 그러므로 앞에서 말한 '사물事物은 기이하지 않으면 이름을 드러낼 수 없다'라는 것이 아니겠는가.

- '영보정 연유기' 중에서 -

다산은 기이한 것을 좋아해서, 즉 서양의 신문물과 천주학을 좋아해서 금정찰방으로 좌천되었다고 했다. 그는 어려서부터 호기심 천재였다. 처음 본 기이한 물건이나 고적, 아름다운 경치는 지나치지 못하는 성격이기도 했다. 해미 유배시에 오르지 못한 영보정을 오르고나서 영보정이 이름난 이유를 깨달았다. 짧은 시간 내 영보정이 있는 주변 경치를 살펴보고 영보정의 진가를 파악했다. 고마호가 생성된 연유와 영보정이 산과 호수에 의지해 있어 널리 이름날 수 있었고 기이함이 더해진 것을 알았다. 사물은 기이해야 한다. 그렇지 않으면 이름날 수 없다는 것을 영보정에 올라 새삼 깨달았다.

6. 고대사의 황당함에 탄식하다
조룡대 / 1795년 9월

다산이 금정찰방으로 있을 때 부여현감 한원례韓元禮가 여러 차례 편지를 보내 백제의 고적을 함께 구경하자고 권했다. 마침내 공주감영을 향해 출발, 계전점을 거쳐 부여에 당도했다. 13일이었다. 14일 북계로 진사 윤취협尹就協을 만나 담소하고 정림사定林寺를 방문하여 정림사 오층석탑평백제탑을 둘러보았다. 탑에 새겨진 탑문을 읽으려 하였으나 마모가 심해 실패했다.

이어 홍생원洪生員 댁을 방문하고 저녁에 부여 현감과 함께 정씨 형제를 만나 함께 고란사 등 백제 고적을 두루 감상했다. 15일, 고란사 밑에서 배를 타고 조룡대釣龍臺로 올라가서 바라보았다. 그리고 서울 어느 집 벽에 걸린 그림을 회상했다.

용맹스러운 한 장수가 황금 투구에 무쇠 갑옷을 입고 팔에는 무쇠로 된 끈 한 가닥을 감고 물 가운데 있는 바위 위에 서서 용龍을 낚으려고 하며, 용은 입을 크게 벌린 채 하늘을 향하여 머리를 들고 발로는 돌을 버티어 위로 끌려 올라가지 않으려 하는데, 그 장수와 용이 서로 안간힘을 쓰면서 혈전을 벌이는 그림이었다. 다산은 그림을 보고 물었다.

"저것이 무엇을 그린 그림이오?"

그림 주인이 대답하였다.

"옛날 소정방蘇定方이 백제를 칠 때, 백마강白馬江에 이르니 신령스러운 용이 짙은 안개와 괴상한 바람을 일으켜서 배를 탄 군사들이 강을 건널 수 없었습니다. 이에 소정방이 크게 화가 나서 백마白馬를 미끼 삼아 그

작고 초라한 곳에 황당한 전설을 만들어 낸 부여 조어대를 보지 못한 사람은 없을 것이다. 다산은 그답게 조목조목 따져서 그 잘못을 지적했고 더불어 삼국시대 역사가 이러하니 당나라 이전과 고려 이전의 역사야 말할 나위가 없다고 한탄했다.

용을 낚아 죽여버렸습니다. 그제야 안개가 걷히고 바람이 자서 군사들이 강을 건널 수 있었다고 하는데, 이것이 바로 그것을 그린 그림이오."

다산은 그 말을 듣고 생각하며 말했다.

"그 말이 이상하오."

아아, 우리나라 사람들이 황당한 것을 좋아함이 어찌 이다지도 심한 가. 조룡대는 백마강 남쪽에 있는데 참으로 소정방이 이 대에 올라왔다 면 군사는 이미 이 강을 건넌 것이니, 어찌 눈을 부릅뜨고 안간힘을 써 가면서 용을 낚을 필요가 있었겠는가.

또 이 대는 백제성百濟城 북쪽에 있으니, 참으로 소정방이 이 조룡대를 올라왔다면 백제성은 이미 함락된 것이다. 배를 탄 군사들이 바다 어귀 로 들어와서 백제성 남쪽에 이르렀으면 의당 상륙하였을 것인데, 어찌 하여 강을 수십 리나 거슬러 올라가 이 조룡대 아래에 이르렀겠는가.

– '조룡대기' 중에서 –

다산은 조룡대에 올라서서 주변을 둘러보았다. 그는 곧 그 그림이 황 당함과 함께 우리 고대 역사도 황당함을 깨달았다. 다산은 낙화암에서 3 천 궁녀가 몸을 던진 것은 과장되기는 했어도 가능성이 있는 전설로 여 겼다. 그러나 조룡대 전설은 주변 상황과 전혀 맞지 않고 가능성이 없는 황당한 전설일 뿐이라고 판단했다.

신라의 시조 박혁거세가 황금 알에서 나왔다는 탄생설화는 한漢나라 선 제宣帝 때의 일인데 기록된 고적이 너무도 황당하여 정도에 어그러지고, 백 제가 망한 시기도 당唐 고종高宗 때인데, 용을 낚았다는 설說이 이처럼 잘못 되었다. 하물며 한나라와 당나라 이전의 사실이야 말할 나위가 있겠느냐 고, 고려 이전의 일은 어디에도 물어볼 수가 없다고 탄식했다. 정말 그렇다.

7. 성인의 찌꺼기다
백련사/ 1803년경

다산이 유배지 강진에 온 지 3년째였다. 아전의 자식들을 가르치며 겨우 굶주림에서 벗어났지만, 잠자리가 열악하여 고생하던 때였다. '이제야 겨를을 얻었구나!'하고 스스로 위로하며 저술에 매달리고, 두 아들에게 열심히 공부하도록 채근하던 때이기도 했다. 아직 혜장선사惠藏禪師를 만나기 전으로 불승들의 도움을 받기 전이다.

다산은 우리나라 지리를 보는 눈이 하늘에서 보는 것처럼 명쾌하다. 전체를 꿰뚫어 보는 데다 그 땅에 사는 사람들이 그럴 수밖에 없는 이유까지도 설득력이 있다. 그는 장백산맥長白山脈이 남쪽으로 뻗어내려 호남쪽으로는 지리산이 바다를 만나 멈추고, 산맥이 멈출 즈음에는 솟아오르고 나는 듯하며 움츠러들고 분노하는 듯한 기상이 더 심하다고 했다. 그러므로 그 정기精氣가 모이게 되어 기이하고 걸출한 선비가 많다.

그중에는 불우한 자가 나와서 이따금 부처에 귀의함으로써 스스로를 고상하게 여기는 일이 있기 마련이다. 그러므로 지리산 주변에 고승이 많고 그 지형으로 보아 당연하다고 했다. 예리한 눈이다.

> 승려 해일海鎰은 강진 사람이다. 젊었을 때 독서를 좋아했다. 얼마 뒤에 깨달았다.
> "이는 성인의 찌꺼기다."
> 그 얼마 뒤에 『수능엄경首楞嚴經』을 얻어 읽고서는 다시 깨달았다.

"여기에 안착할 만하다."

드디어 머리를 깎고 불가에 귀의했다. 주변의 군자들은 그를 애석하게 여겼다. 가경 계해년순조3, 1803년 단월전檀越錢, 보시로 내놓은 돈 15만∼16만 전을 얻어서 다 백련사白蓮寺에 시주했다. 백련사는 낡고 헐어서 불사佛事가 많이 폐기되었는데, 그제야 다시 일어났다.

백련사의 중수를 마친 뒤에 지리산의 동쪽 지방을 유람하면서 이른바 아름다운 산수를 두루 구경하는 동시에 고승들과 노닐고자 하였다. 그가 떠날 때 나의 증언贈言을 청하였다. 나는 졸렬하여 증언하지 못하고 다음과 같이 고사古事 하나를 적어서 그에 부응했다.

옛날에 약심蘂甚이란 중이 불경을 보는 자에게 말했다.

"당신이 보는 책은 모두 글이고, 내가 보는 책은 모두 선禪이요."

주자朱子가 대답했다.

"그가 삼약삼보리심三若三菩提心, 부처가 깨달은 지혜을 발하였구나."

나는 그대가 관람하는 산천과 인물이 모두 선禪임을 알았으니, 내가 또 무슨 말을 하겠는가.

– '영남으로 유람가는 승려 해일을 전송하는 서' 중에서 –

'독서는 성인이 하던 찌꺼기다'라는 말은 유명한 고사이다. 제 환공齊桓公이 대청에서 글을 읽는데, 윤편輪扁, 수레바퀴 만드는 공인이 대청 아래서 환공에게 묻기를 "임금께서 읽는 책은 무슨 책입니까?" 하자, 환공이 "성인의 글이다" 하였다. 그는 "그분은 어디에 있습니까?"라고 묻자, "이미 죽었노라"고 했다. 그는 "이는 성인의 찌꺼기일 뿐입니다" 하였다는 고사가 전한다.

그 고사를 인용해 해일이 문득 깨달았고 중이 되었다. 그는 뛰어난 선비였는데 중이 된 것을 주변 사람들이 애석하게 여겼다. 그가 백련사를 중수하고 유람을 떠나면서 다산에게 증언을 부탁했다. 다산은 자신의 증

언을 하지 못하고 고사를 인용해 선을 깨달은 사람에게 무슨 말을 하겠는가 하고 스스로 고상하게 여기는 해일에게 말하였다.

당시 다산은 아침부터 밤까지 제자를 가르치고 성인의 책을 읽으며 글을 쓰고 있었다. 성인이 남긴 책을 읽는 것은 쓸데없는 짓이라는 해일의 말에 그런 의견도 있을 수 있다는 듯이 고사를 이용해 대수롭지 않게 대답한 것이다. 그런 말에 자신이 하던 일을 멈출 다산은 아니었다. 해일은 해일이고 자신은 자신이다. 자신은 자기 일을 할 뿐이었다.

◀ 백련사는 다산초당 바로 곁에 있는 절이다. 다산초당과 백련사 사이에 오솔길이 날 정도로 다산과 혜장선사가 자주 오갔다. 1808년 다산으로 옮긴 후부터는 매년 가을이면 백련사에서 다산초당 주인 가족과 함께 가을 단풍놀이를 했다. 백련사는 다산 유배생활에서 빼놓을 수 없는 곳이다.

8. 잠깐 사이 먼지가 되다
만일암 / 1809년

　만일암은 대둔사 경내에 있는 암자이다. 불가에선 백제 중후기인 서기 426년에, 다산은 백제 말기인 634년 이후에 지어졌다고 주장하는, 대둔산에 지은 최초의 절이다. 다산의 주장대로 계산하면 백제가 망하기 30여 년 전에 지어진 유서 깊은 절이다.

　지금은 천 년 된 느티나무와 병풍바위 곁에 외로이 서 있는 탑 하나와 주춧돌 몇 개가 흩어져 있을 뿐이다. 1,500여 년 동안 많은 사람의 발자국은 찾을 길 없고 비교적 최근의 고산 윤선도가 마셨던 우물도 말라버렸다. 다산이 은봉을 기리던 다비축문茶毘祝文. 시체를 불살라 장사지내면서 읽는 축문 소리도, 유산 정학연이 가련봉을 다녀와서 휴식하던 자리도, 초의가 스승을 찾아 달려오던 발자국도 없다. 흘려야 할 땀이 역사를 이긴 결과이기도 하지만 그 땀 때문에 폐허가 된 곳이기도 하다.

　　열흘 만에 버리는 것은 누에고치이고, 여섯 달 만에 버리는 것은 제비의 둥지이다. 일 년 만에 버리는 것은 까치둥지이다. 하지만 이를 지을 때에는 혹 창자를 뽑아 실을 만들고, 진흙을 뱉어 진흙을 이기며, 애를 써서 쓴바귀를 물어와 쌓느라 입이 헐고 꽁지가 모지라져도 피곤한 줄 모른다.
　　이를 보는 사람은 그 지혜를 얕게 여기고 그 삶을 슬퍼하지 않는 이가 없다. 그러나 붉은 정자와 푸른 누각도 손가락 튀기는 사이에 티끌로 돌아가, 사람이 집을 짓는 계획도 이와 다를 것이 없다.(……) 승려이면서도 집을 고치는 자는 자신을 위해 하는 일이 아니라는 것을 알 수 있다.
　　　　　　　　　　　　　　　　　　　　　　　- '중수만일암기' 중에서 -

백제 후기(634년 이후)에 창건된 만일암. 우뚝 솟은 천년 수 느티나무는 공기 좋고 뛰어난 풍광 속에 자라서 인지 상처하
나 없이 깨끗하다. 마치 부처님 얼굴처럼 피부가 매끄럽다. 둥둥 울리는 복고 소리가 음악이 되고 바람이 운동기구가 되어
서였는지도 모른다.

대둔사 최초의 절인 만일암 터를 서성거리면 왜 더 쓸쓸해질까. 하루가 지는 것을 안타까워해 울리는 복고 소리가 가슴을 두드리고, 다산이 지은 절창 '다비축문'이 들리는데도 홀로 내동댕이친 것 같다. 다산의 깨우침이 가슴을 울려서일까.

대둔사 은봉두운隱峰斗云 스님은 다산과 연배가 비슷하다. 1809년 여름 만일암挽日庵 중건을 주도하고 다산초당으로 다산을 찾아와 『중수만일암기重修挽日庵記』를 부탁했다. "이 지방에 있는 절만 해도 바둑판에 바둑알 벌려 놓은 것과 같아 종과 북소리가 여기저기서 들려 가는 곳마다 내 집이 아닌 것이 없습니다. 그리고 내 머리도 이미 빠져 늙은이가 되었는데, 내가 비록 어리석으나 어찌 이런 일을 하겠습니까. 다만 잘 보수하여 후인들에게 남겨주려고 하는 것입니다"라고 하였다. 자신이 어리석지만 자신을 위해 하는 일이 아니라고, 후일을 기약하고자 하는 일이라고 했다.

그런데 그 후일이 진실로 손가락 튀기는 순간이었다. 다시 주춧돌이 뒹구는 폐허가 되었다. 천 년 수인 느티나무와 고독을 나누는 탑이 서 있을 뿐이다. 발을 옮길 때마다 발자국을 삼키려는 북소리가 들린다.

"근일에도 북을 우레처럼 치시는지요?"

어디선가 다산의 목소리가 들렸다. 순간 남다른 재능이 있는 은봉의 법고法鼓 소리가 병풍바위를 울리고 천 년 수를 흔들었다. 땀을 식히고 귀를 씻고서 떠나렸더니 다산이 은봉에게 준 '다비축문'이 무상無常의 가르침처럼 들린다.

> 순수하고 고운 모습, 버리고 떠나셨네, 아!
> 정밀하고 툭 터진 집, 버리고 떠나셨네, 아!
> 둘러 앉은 산들도, 버리고 떠나셨네, 아!
> 북소리 적막해라, 다시는 울지 않네, 아!
> 목탁 소리 쓸쓸해라, 다시는 울지 않네, 아!
> 연화세계는 어디에 있는가? 아!

일곱째,
관료 생활에서 깨달음

1. 의협심으로 존재를 알리다
죽령 / 1789년 8월

우리는 가끔 자신의 몸을 던져 목숨이 경각에 달린 사람을 구하는 용감한 사람들을 보고 손뼉을 친다. 특별한 답을 바라는 기자의 질문에 그들 대부분은 '우선 목숨을 구해야 한다'라는 생각뿐이었다고 말한다. 그게 사실일지 모르나 평소 용기와 의로운 기백이 없고서는 보통 사람들이 쉽게 할 수 있는 일은 아니다.

다산 또한 자신을 평하면서 곧고 불같은 성격으로 앞뒤 가리지 않고 행동해서 적을 많이 만들었다고 했다. 그런 그의 의로운 성격과 행동이 죽음에 처한 선비를 구했다. 그 결과 그는 신참 관리로 정계에 이름을 알렸고 평생 영남 남인들의 지지를 받았다.

다산은 1789년 봄 승정원 가주서假注書로 근무하다 6월 23일 체직되었다. 아침부터 밤 늦게까지 분주히 근무하다 규장각을 오가며 잠시 한가해졌다.

다산은 막내로 효자였다. 추석 명절이 다가오자 울산부사로 근무하는 아버지를 찾아뵙기로 했다. 간신히 승정원의 허락을 얻어 8월 11일 늦은 시각에 서울에서 출발했다. 14일 경주에서 하룻밤을 묵은 후 울산에 도착해 늙은 아버지와 함께 추석 명절을 보냈다. 주름살투성이인 아버지 얼굴을 보며 눈물이 맺히던 다산은 그마저도 며칠 함께 보내지 못했다.

조정에서 임금의 귀경 명령이 내려와 있었기 때문이었다. 이미 약속된 경주부윤이 마련한 잔치에 참석하고 인근 은해사銀海寺에서 휴식을 취한 후 아버지와 헤어졌다. 가는 길에 안동 영호루에 올라 영남 선비들과 담소를 나누던 중 이진동李鎭東, 1732~1815에 관한 급박한 상황을 들었다.

다산은 분개했다. 이미 남인들 사이에서는 작년에 있었던 이진동사건을 알고 있었고 임금의 조치에 함께 승리를 축하하며 쾌재를 불렀었다. 그런데 그 주모자인 이진동을 살해하려 든 것은 임금에 대한 노론의 조직적 반항이었다. 다산은 바로 돕겠다고 나섰다.

1728년무신년 소론인 이인좌李麟佐와 정희량鄭希亮이 청주에서 반란을 일으켰다. 영남 선비들이 이를 지지했다는 이유로 반역한 지역으로 찍혔고, 그 결과 과거 응시가 금지될 정도로 억압을 받았다. 도산서원 훈감으로 있던 이진동은 여러 기록을 찾아내어 반란 진압에 앞장섰던 영남인들의 공을 모아『무신창의록戊申倡義錄』이란 책자를 만들었다. 이 책자와 영남 남인 조덕린趙德鄰과 황익재黃翼再의 원통한 사정을 토로하고, 이들의 신원을 요청하는 내용의 상소를 가지고 8월부터 한양으로 올라와 대궐 문 앞에 엎드려 상소문을 올렸다.

이들은 이인좌의 난에 영남 남인들 전부가 동조하지는 않았고 반란군과 맞서 싸운 사람도 많았다고 주장했다. 영남 전체가 반역한 지역이 된 것은 억울하다는 상소였다.

노론이 장악한 승정원은 이를 받아들이지 않았고 결국 이진동은 11월 5일 경희궁으로 거동하던 정조가 시전 상인들 의견을 듣고자 어가를 세운 틈을 타서 상소문을 올렸다. 이를 읽어본 정조는 노론의 반대에도 불구하고 이들을 불러 직접 교서를 써 주며 그 책을 간추려 간행하도록 명했다. 그들은 감동했고 승리감에 취해 돌아갔다.

그러나 노론은 이 책의 간행을 거부하고 거의 모든 노론 인사들이 들고일어났다. 그들은 이 사안의 중요성을 깨닫고 제2, 제3의 이진동을 막고자 했다. 정조도 물러서지 않았다. 결국 노론 정객인 영의정 김치인이

파면되고서야 수습되었다.

이에 노론은 이진동을 제거하기로 결정했다. 마침 1789년 홍대용의 부친인 홍억洪檍이 경상도 관찰사로 부임했다. 노론의 지시로 홍억은 이진동의 체포 명령을 내리고 한양으로 가는 길목을 차단했다. 이진동은 이 낌새를 알아차리고 숨어버렸다.

다산은 영호루를 떠나 말을 달렸다. 공정과 청렴, 그의 벼슬살이 초심이었다. 거기에 정조를 군왕을 넘어 스승으로 모시는 다산이었다. 그 충성심이 그를 급히 달리게 했다.

저물녘에 120리를 달려 영주에 도착했다. 바쁜 와중에도 족부 정협丁協組와 정재종丁載鍾을 찾아뵙고 다시 50리를 더 달려 춘양春陽 호경虎峴, 지금의 경북 봉화군 봉화읍 덕적리 좌랑 김한동金翰東, 1740~1811 집에 이르렀다. 그곳에는 급하게 연락받은 계곡 권씨權氏를 비롯해 조카 김희주金熙周, 김희락金熙洛 과 이진동 등이 기다리고 있었다.

이진동은 김한동의 집 인근에 있는 청암정에 숨어 지내고 있었다. 함께 계책을 세우며 이별주를 마셨다. 지체할수록 비밀은 새나가기 마련, 급히 이진동을 태우고 말을 달렸다. 8월 18일 밤, 이지러지는 달이 두둥실 떠 있었다. 달을 등에 진 말이 구불구불한 죽령 고갯길을 밤새워 달렸다.

'죽령제1문竹嶺第一門'을 지키는 관리가 빨리 돌아오라는 내각 공문을 소지한 그를 막을 수는 없었다. 오히려 제일 튼튼하고 잘 달리는 말을 대령해야 했다.

그렇게 그는 죽령을 넘어 단양 운암雲巖 오엽吳琰의 집에 이진동을 숨어 지내게 했다. 영남 남인들이 이 일을 지켜보며 다산을 다시 보았다. 자칫 자신의 목숨이 걸려 있는 일, 쉽게 결정하고 민첩하게 행동할 수 없는 일이었다.

죽령 옛길 주막거리이다. 이 구불구불하고 깊은 산속을 달을 등에 지고 달렸을 다산을 그려본다. 참 대단하다는 생각이 든다. 그에게는 무서움이 없었다. 오직 앞으로 내달림만 있었다. 그래서 그는 항상 앞서 나아갔다. 깨달음이 많은 자의 행동이다.

다산은 의협심과 정치 감각이 뛰어난 사람이었다. 이 한 번의 기회를 살리면 남인들에게 자신을 각인시킬 뿐 아니라 영남 남인들의 지지를 얻을 수 있다는 계산도 했을 것이다. 그는 이 깨달음과 행동으로 벼슬을 시작하자마자 자신의 존재를 알렸다. 실제로 영남 남인들은 물론 서울 남인들도 다산의 호기로운 일 처리에 칭찬을 아끼지 않았다.

상경하자마자 처남 홍인호와 함께 정조에게 보고한 결과 격노한 정조는 홍억을 파직했다. 다산의 충성심과 의로운 행동은 임금도 놀라게 한 것이다.

다산은 이 일로 평생 영남 남인들의 지지를 얻었고 승지 김한동은 다산 지지자였을 뿐 아니라 강진 유배지로 다산을 찾기도 했다. 후에 영남 남인들로부터 저서 『여유당전서』 간행에 도움을 받기도 했다.

다산은 안동에서 호경, 다시 죽령으로, 단양에서 한양으로 사흘 동안 밤낮으로 달렸으나 지친 기색도 없었다. 체력이 국력이자 호기로움의 바탕이었다. 죽령을 넘어 단양으로 향하면서 지은 호기로운 시가 그의 당시 마음을 읽게 한다.

> 드높은 소백산에 고개가 트였고
> 이곳에 당도하자 흥이 일어 도도하다.
> 시냇물은 북쪽 황강에 모여 흐르고
> 산줄기는 동쪽으로 바다 가려 돌았다.
> 골짝 안의 연기에 절이 있나 의심되고
> 기러기 나는 가을 산하는 누대 오른 듯하다.
> 돌아가는 발길은 단양 고을을 향하는데
> 삼도의 노을에 물든 구름이 천천히 다가온다.
> — 죽령을 넘으며 —

2. 임금의 마음속으로 들어가다
온양 온천/ 1790년 3월

벼슬을 시작한 지 겨우 1년도 되지 않았다. 과거에 합격한 그해에 벼슬을 시작해 배다리 설계로 정조의 신임을 얻었으나 임금의 명령을 거역해 유배 조치 당했다. 정조는 다산을 곁에 두고자 하여 시험을 거쳐 김이교와 함께 예문관 검열에 임명했다. 노론은 장령 최경학을 시켜 예문관 검열 선발 법식이 잘못되었다고 탄핵했다. 탄핵되면 모두가 물러나는 게 관행이었다. 정조는 불같이 화를 내며 근무할 것을 명했으나 다산은 명을 거부하고 출근하지 않았다. 그로 인해 유배 조치 되었다. 그는 반대파의 야비한 반칙으로 잃은 영광에 연연하지 않았고 임금에게도 아부하지 않았다. 전체 조직생활에서 지켜야 할 기본을 지켰을 뿐으로 임금도 그것을 알고 있었다.

다산은 그것으로 끝나지 않았다. 불의를 지나치지 못하는 성격 탓도 있었지만 정조의 가슴을 들여다보고 있었다. 옴 치료는 흘러가는 말이었고 사도세자의 진면목을 밝혀서 정조의 서운함을 지우려고 그는 온양행궁을 찾았다.

3월 22일 해배解配. 예전에 귀양의 형벌에서 풀어 주는 일 명령이 전달되자 오후에 바로 해미를 떠났다. 오는 길에 덕산에 이르러 덕산현감 정후조를 만나 저녁을 함께하고 밤늦게 온양에 도착해 하룻밤을 묵었다. 온천장에서 옴을 치료하며 편히 쉬면될 걸 그는 그렇게 하지 않았다. 보통사람과 다른 점이었다. 아마도 어떻게 하면 짧은 해배의 고마움을 표하고 정조의 노여움

온양관광호텔 내에 있는 온양행궁이다. 다산은 이곳에 들러 사도세자의 실상을 파헤쳤다. 사도세자 이야기만 들어도 눈이
젖는 정조가 기뻐했음은 말할 나위도 없다. 정조가 내린 영괴대 이외에는 많은 것이 사라지고 없다. 다산의 정조에 대한
마음만은 살아있다.

을 풀어드릴 수 있을까 하며 고민했는지 모른다.

　그는 깨닫자 바로 행동했다. 다음날 사도세자의 흔적을 찾기 시작했
다. 사도세자가 방문했을 당시를 아는 노인을 찾아 그때 상황을 묻고, 사
도세자의 실체를 정적들이 미친 사람으로 몰아간 것은 잘못되었으며, 진정 백성을 사랑한 군주의 면모를 갖
춘 인물이었음 밝히고, 사도세자의 흔적 관리를 소홀히 한 행궁 관리들을 꾸짖
었다. 바로 다섯 발을 명중한 활터와 그가 심은 홰나무 등 그의 흔적을 정
리하도록 명했다.

　이 결과가 노론 사이에서 큰 파문을 일으키리라는 것은 잘 알았다. 그
렇다고 의로운 일에 망설일 그가 아니었다. 이 일로 인근 현의 현감은 정

조에게 칭찬을 받았고 아버지 사도세자 말만 들어도 눈물이 그렁그렁한 정조가 기뻐했음은 말할 필요조차 없다. 당쟁의 희생물이었던 아버지 사도세자의 진면목을 찾아낸, 노론의 금기어임을 무릅쓰고 의로움을 위해 앞장서고 당쟁으로 예문관 검열 자리를 박차야 했던 다산, 어쩌면 두 사람 다 당쟁의 피해자였다. 정조는 이것을 잘 알고 있었다. 정조는 영괴대靈槐臺란 이름을 내리고 비석을 세웠다.

경진년 사도세자 과거사를 뚜렷하게도
유민들이 지금까지도 이야기한다.
복을 내려주는 별이 세자 행차 따라왔는데
한밤중에 높고 맑은 노래 들렸다.
쌀 주어 망가진 수박밭 보상하였고
장마 피해 입은 농가에 조세 감면하였다.
내린 분부를 사신이 따르지 않아
울분에 찬 백성들의 마음이 보인다.

- 온천에서 느낌을 쓰다 -

그는 단시일에 해미 유배지를 다녀가면서도 그냥 지나치지 않았다. 다산의 진면목이다. 그는 서운해하는 정조의 마음을 돌리고 고맙게 여기도록 행동했다. 진실로 정조의 마음을 아는 사람이었다.

이 일로 다산은 정9품 예문관 검열에서 다섯 단계를 건너뛰어 종6품 용양위 부사과로 파격적인 승진을 했고 이어 사간원 정원과 시관試官을 맡아 승승장구했다. 그는 어디든 허투루 움직이지 않았다. 그에게 진정 배우고 싶은 일이다.

3. 예는 몸보다는 마음이다
수원 화성 / 1792년

　다산은 6월 초에 명례방으로 이사했다. 두릉 고향에서 탈상까지 여묘살이를 해야 하는 그였다. 1792년 4월 9일 아버지가 돌아가셨고 5월 10일경 충주 하담에 장사지냈다. 그후 여묘살이를 했다. 그러나 정조는 그를 고향에 머물게 하지 않았다. 자문을 위해 올라오도록 명했다. 그 까닭에 창덕궁을 드나들기 좋은 명례방으로 이사한 것이다.

　정조는 아버지 사도세자의 신원 복원 문제와 함께 화성 건설의 꿈을 꾸고 있었다. 다산은 초하루와 보름에 아버지 제사를 위해 고향 두릉을 오가야 했고 창덕궁을 드나들고 수원화성을 답사하며 화성 설계와 임금의 자문에 응해야 했다.

　시도 지을 수 없을 정도로 바빴다. 결국 효는 마음으로만 하는 수밖에 없었다. 상례에 엄격했던 조선시대에도 이를 보면 융통성이 있었다.

　겨울까지 「성설城說」과 「옹성도설甕城圖說」 등 화성 설계를 마치고 임금께 올렸다. 임금은 이를 보고 다시 화성 전체의 설계를 서둘러 올리라고 명했고, 하루가 멀다하고 독촉이 심했다. 1793년 4월 중순경에는 임금 앞에 나아가 임금이 묻는 화성 건설에 대한 20조문에 답변했다. 화성 설계와 건설 준비가 착착 진행되는 과정에서 노론의 반대 목소리가 커졌다. 사도세자의 혼령이 살아나고 있었기 때문이다.

수원화성의 아름다운 방화수류정이다. 수원 화성은 『여유당전서』와 함께 다산이 남긴 가장 큰 유산이다. 수원 화성을 기획, 설계하며 그는 많은 신기록을 세웠다. 특히 혁신적인 기기의 발명과 새로운 공법으로 공기를 단축하고 비용을 절감한 것은 다산만이 할 수 있는 일이다.

"화성을 일반 읍성으로 쌓아도 예산 낭비인데 그것을 난공불락의 왕성으로 쌓겠다니, 이 10년 대역사는 엄청난 국가 예산 낭비입니다. 멈춰야 합니다."

"죄인인 사도세자의 묘를 현릉원으로 옮긴 것으로도 부족해 거대한 성을 쌓아 국가 예산을 낭비하려 하다니 이는 그냥 지나칠 일이 아니오."

다산은 깨달았다. 정조가 자신에게 화성 설계를 맡긴 또 하나의 이유가 거대한 화성을 일반 읍성을 건설할 비용과 기간으로 건설하는 것이었다. 고심에 고심을 거듭해 축성 돌의 크기를 통일하고, 400근을 들어올리는 거중기를 비롯해 돌을 운반하는 수레를 개발하는 등 기기들을 새롭게 창안하여 만들고, 도급제를 최초로 도입하는 등의 노력으로 불과 2년 6개월 만에 40,000냥을 절약하며 완성했다.

다산은 이 공로로 7계급이 특진하는 등 잠시 기쁨을 누렸으나 집안에는 불행이 들이닥쳤다.

성품도 효순孝順하여 부모가 화나 다투면 애교 떨고 웃으며 풀어주었고 부모가 간혹 때가 되어도 밥을 먹지 않으면 애교스러운 말로 식사를 권했다. 그런 딸이 태어난 지 24개월 만에 천연두를 앓았는데 발진이 잘 안되고 검은 점이 나타나더니 하루 만에 숨이 끊어졌다.

그때가 갑인년1794년 정월 초하룻날 밤 사경四更, 새벽 2시~4시 사이였다. 용모가 단정하고 예뻤는데 병이 들자 초췌하여 검은 숯 같았다. 죽으려고 다시 열이 오르는데도 잠깐 애교스러운 웃음과 말을 보여주었다. 아, 가련하다.

- '유녀의 광지' 중에서 -

세 살 딸, 한참 귀여울 때이다. 1794년 새해가 되자마자 재롱둥이 딸을 잃었다. 좋은 조짐들이 몰려오고 있는데도 말이다.

다산이 설계한 화성 돌 뜨는 일이 1월 7일로 예정되어 있었고 정순왕후의 50세 맞이와 정조의 어머니 혜경궁 홍씨 60세를 맞아 축하 준비가 착착진행되고 있던 때였다. 불행을 잊고 좋은 날들만 생각해야 할 것인가.

4. 즐거운 낯빛은 입을 연다
부용정 / 1795년 3월

다산은 1795년 1월에 무려 7계급이나 특진하여 통정대부通政大夫에 오른다. 윤 2월 9일 병조참지로 을묘원행乙卯園行에 정조를 모시고 화성에서 출발해서 16일 창덕궁에 돌아왔다. 감시 회시 시관試官으로 부정하였다는 반대파들의 모략으로 의금부에 구금되기도 했지만, 정조의 배려로 3월 3일경 석방되어 의궤청儀軌廳 찬집문신纂輯文臣으로 근무하고 있었다.

글 쓰는 일의 노고를 인정한 임금의 특별명령으로 3월 10일 부용정연회芙蓉亭宴會에 참여하게 되었다. 대신大臣과 각신閣臣 10여 명에 포함된 대단히 영광스러운 자리였다. 정조는 신하들을 둘러보며 "내가 이곳에 온 것은 유희 삼아 즐겁게 놀려는 것이 아니다. 다만 경들과 함께 즐기면서 마음과 뜻을 서로 통하게 하여 천지의 조화調和에 응하려는 것이다"라고 하셨다.

정조는 술상을 물리고 여러 신하와 자리를 옮겨 동산 가운데 있는 여러 정자를 둘러보고 저녁 나절에 부용정芙蓉亭에 이르렀다. 임금과 여러 신하가 부용정 물가에 앉아 낚싯대를 드리웠다. 잡은 고기는 통 안에 넣었다가 모두 놓아주었다.

정조는 배를 띄우라고 명하고 배 안에서 시를 짓고 정해진 시간 안에 시를 짓지 못한 신하들에게는 연못 가운데 있는 조그만 섬에 가두었다가 바로 풀어주었다. 또 음식을 올리게 하여 취하고 배가 부르도록 먹었다. 임금이 내려주신 홍사초롱으로 불을 밝혀 규영부로 돌아왔다. 가만히 엎드려 오늘 일을 생각했다.

규장각이 있는 부용정 설경이다. 다산에게 1795년은 특별한 해였다. 7계급이나 특진하여 병조참지로 을묘원행을 다녀온 데 이어 가까운 왕족과 각료와 정승 10여 명만 참여하는 부용정 연회에 초대받은 것이다. 정조와 진실로 한 가족이 된 것으로 대단한 영광이었다.

임금과 신하의 관계는 높은 하늘과 낮은 땅의 사이와 같다고 하겠지만, 참으로 임금의 도가 너무 굳세기만 하고 마음과 뜻이 미쁘지 않다면, 온갖 정사가 잔달아지고 육기六氣 하늘과 땅 사이의 여섯 가지 기운(음陰·양陽·풍風·우雨·회晦·명明)을 말함가 어그러져서 재난과 이변이 일어날 것이다. 그러므로 하늘이 내려오고 땅이 올라간 것을 일러 태泰, 육십사괘(六十四卦)의 하나라고 하는데, 군자君子의 도는 생장하고 소인小人의 도는 소멸하게 되어 음양陰陽의 조화가 이루어지므로, 사특하고 부정한 기운이 일어날 수 없는 것이다.

우리 성스러운 임금께서는 평소의 뜻이 공손하고 검소하시어 말을 치달려 사냥하는 것을 즐기지 않으시며, 성색聲色을 즐기고 좋아하거나 가까이하지 않으시며, 환관宦官과 궁첩宮妾이라고 사사로운 정을 주지 않는다.

다만 진신대부搢紳大夫들 중에 문학文學과 경술經術이 있는 자를 좋아하여 그들과 함께 잔치를 베풀어 즐긴다. 비록 온갖 악기를 어지럽게 베풀어 놓고 즐긴 적은 없으나, 음식을 내려주고 즐거운 낯빛으로 대해 주어서 그 친근함이 마치 한 집안의 부자父子 사이와 같았으며, 엄하고 강한 위풍은 짓지 않았다. 그러므로 여러 신하가 각기 말하고자 하는 것을 숨김없이 모두 아뢰었다.

혹 백성의 고통과 답답한 사정을 모두 환하게 들을 수 있었으며, 경經을 말하고 시詩를 이야기하는 자도 의구疑懼하는 마음이 없어 그 질정하고 변석하는 데에 정성을 다할 수 있었다. 아, 이것이 이른바 군자의 도가 생장하고 소인의 도가 소멸하는 것이 아니겠는가.

- '부용정 시연기' 중에서 -

윗사람과 소통을 잘하려면 윗사람이 소통이 잘될 수 있도록 분위기를 끌어주어야 한다. 정조는 나라를 다스리는 능력과 학문과 시문 짓는 일도 아주 뛰어났다. 그러면 보통 자만하고 거만하기 쉬운데 그는 공손하고 검소했다. 음악과 여자를 가까이하지 않으며 모든 일에 공정했다. 거기에 품위를 잃지 않으면서 부자 사이같이 자상하고 친근했다.

다산은 이것이 상하 간의 소통의 근간이고 군자의 도가 생장하는 것임을 깨달았다. 정조의 위대한 점이다.

5. 스스로 신부를 구하다
계산동/ 1795년 봄

다산은 1789년 봄 대과에 합격하고 벼슬을 시작했다. 예문관 검열을 거쳐 승정원 가주서, 홍문관 부교리 등 청요직을 두루 거치며 정조의 두터운 신임을 받고 있었다. 매형 이승훈도 1790년 10월 아버지 이동욱이 채제공과 협의해 정5품 의금부 도사에 임명되었다. 그의 나이 35세 때였다. 6개월 후에는 서부 도사로 전직되었고 그 4개월 후에는 평택현감이 되었다. 두 사람은 천주교를 떠나지 않았으나 핵심 신부 활동에서 자연히 멀어졌다.

1791년 윤지충尹持忠이 일으킨 진산사건의 파장은 컸다. 그는 어머니가 돌아가시자 제사를 우상숭배로 생각하고 신주를 불태웠다. 이것은 유학의 근본 뿌리를 흔드는 사건이었다. 그는 다산과 외사촌 간으로 1783년 진사시에 합격한 이후 1786년 다산으로부터 천주학을 접했다. 1787년 이승훈에게 바오로라는 세례명으로 영세를 받았고 열성적인 신자가 되었다. 그는 이 사건으로 11월 13일 전주 남문 밖, 지금의 전주 전동성당 자리에서 참수되었다. 이후 많은 양반이 천주교를 떠났고 이승훈은 서학서를 조선에 처음 도입한 혐의로 소환되어 문초를 받고 평택현감에서 파직되었으며, 다산 또한 가슴 졸이며 이 사건에 연루될까봐 떨어야 했다.

주문모 신부는 1794년 11월 초 조선 국경을 넘었다. 중순경 한양에 입성했다. 은밀히 계산동桂山洞, 지금의 계동에 천주당을 마련하고 포교 활동을 했다. 이 사실이 진사 한영익韓永益에게 알려지고 그가 당시 국왕의 친위조

다산이 신부 주문모를 구하기 위해 발 빠르게 달려간 계산동 성당이 어디쯤일까? 지금의 계동을 걸어봐도 천주당이 있었던 곳은 찾을 길이 없다. 다산의 가쁜 숨소리만 들릴 뿐이다. 신부를 구하고서 기쁨에 젖었겠지만 바로 그 사실이 밝혀질까봐 노심초사하며 가슴을 졸여야 했다. 정조가 알고서 눈감아 준 덕분에 살아남았을 것이다.

직인 별군직別軍職에 있는 이석에게 알렸다. 이석은 바로 채제공에게 달려가 이 사실을 알렸다. 1795년 5월 11일이었다. 이석은 이벽의 동생으로 다산과 사돈관계였다. 한영익과 함께한 자리에 다산이 있었고 이 사실을 들은 후 바로 계산동 천주당으로 달려갔다.

> 4월에 소주蘇州 사람 주문모가 변복하고 몰래 들어와 북산 아래에 숨어서 서교西教를 널리 폈다. 진사 한영익이 이를 알고 이석에게 고하였는데, 나 또한 이를 들었다. 이석이 채제공에게 고하자 공은 비밀리에 임금께 보고하였다. 임금은 포도대장 조규진趙圭鎭에게 말하여 이들을 잡아오게 하였다.
>
> － '자찬묘지명' 중에서 －

다산은 진산사건 이후 배교했다고 했다. 그러나 이 사건을 보건대 배교하지 않고 계속 천주교를 믿고 있었다. 이진동사건처럼 누구의 부탁도 없었다. 이야기를 듣자마자 즉시 계산동 천주당으로 달려갔다. 스스로 즉시 행동했고 위험을 알리고 직접 신부를 구했다.

주문모 신부가 자수했을 때 이병모가 그를 취재하며 '그의 모습이 다산이 진술한 내용과 같다'라는 말로도 그를 직접 구한 이가 다산임이 분명하다. 임금의 지근거리에서 충실하게 관료 생활을 하면서이다. 그렇다면 벼슬이냐 신앙이냐의 사이에서 고민하고만 있었을 뿐 양립하며 생활했다는 이야기이다. 아마도 벼슬과 신앙을 병행하며 활동할 수 있다는 깨달음을 누구로부터 받은 건 아닐까?

6. 시를 읽자 죽음이 보였다
돈화문로/ 1798년

창덕궁 앞 돈화문로는 조선시대 전국 도로망의 기점이었고 왕이 백성을 만나러 가는 길이자 정조가 수원행궁을 나서는 등 원행길의 시발점이었다. 익선동과 인사동에는 아직도 낡은 기와집이 남아있는가 하면 쪽방촌도 존재하는 등 조선시대 체취를 느낄 수 있는 곳이다.

이곳 어딘가에 다산이 창덕궁에 근무하다가 늦거나 밤새워 근무하고 다시 출근해야 하는 때에 들러서 숙식하는 곳이 있었다. 윤계진尹季軫, 지익(持翼)의 집이다. 그는 다산의 외조부 맏형의 손자이다. 그와 인연을 맺은 건 그의 형인 윤욱경尹燠卿이 명례방 집으로 찾아왔기 때문이었다. 그의 특출한 외모와 학문의 깊이를 알고서 매우 기뻐하였다. 몇 년 후 그의 동생인 계진이 찾아와서 다산에게 말했다.

"내가 고향과 친인척을 떠나 천리 밖 객으로 찾아온 것은 공을 따르기 위함이니 공께서는 힘을 다하여 인도하여 주십시오."

그의 외모는 형보다도 더 아름답고 그가 지은 문장은 영롱하고 뛰어나 뛰고 움직여도 잡을 수 없는 경지였다. 그의 장인 이빈李彬이 창덕궁 남쪽에 작은 집을 마련해주고 학문에 힘쓰도록 했다. 그는 그 집을 받기는 하였으나 늘 다산에게 묵게 하고 그 아내로 하여금 조석으로 끼니를 나르게 하였다.

가끔 다산에게 질문하며 가르침을 받기도 하였지만 대부분 이미 알고 있는 내용이었다. 다산이 곡산谷山 부사로 부임할 때에 그가 술 한 잔을 따

돈화문로는 역사의 거리로 만들기위해 새롭게 단장하는 중이다. 내년부터 정조의 화성행차 행사가 더 의미있게 다가올 모양이다. 다산은 이곳 어딘가에 있는 윤계진의 집에서 생활하며 임금이 부르면 바로 달려갔다.

라서 권하였는데 그 안색이 참담하였다.

> 수개월이 지나 계진이 자기 소작의 절구絶句 30여 수를 학가學家. 큰아들에
> 게 부쳐서 나에게 보이는 것이었다. 내가 보고는 눈물을 흘리면서 말했다.
> "계진이 죽겠구나."
> 학가는 놀라서 물었다.
> "무엇 때문입니까?"
> 내가 말했다.
> "그 시사詩詞. 시의 문장가 처량하고 스산하며 그윽히 흐느낀다. 또 귀
> 어鬼語가 많고, 자획字劃이 삼엄하게 서서 진토塵土의 기미가 한 점도 없
> 으니, 세상에 오래 살 사람이 아니다."
> 수개월 뒤 부음訃音이 이르렀다. 그때 나이 28세이다. 아, 애석하도다.
>
> — '윤계진의 묘지명' 중에서 —

다산은 예지력이 있는 사람이었다. 곡산부사로 있을 때 전염병이 유행할
것을 미리 알고 대비해 피해를 줄인 일이라든가, 사람의 마음을 꿰뚫어 보
고 하는 행동 등을 볼 때 관찰력이나 예지력이 다른 사람에 비해 뛰어났다.

다산이 계진의 시를 읽어보고 그의 죽음을 예견한 것 또한 같다. 살아
있는 활력이 느껴지지 않고 처량하고 암울함이 느껴지는 문장은 글쓴이
의 심리나 건강 상태를 나타내기 때문이다. 죽음 이후가 장대하다고 믿는
사람은 죽음이 축복일 수도 있다. 흔히 명命은 하늘에 있다고 한다.

특히 다른 사람보다 아주 뛰어나거나 곱고 특출한 미색을 하늘이 내
려준 사람은 요절하는 사람이 많다. 죽음에 대한 생각이 다르기 때문이지
않을까. 그것도 다산은 계진에게서 느꼈을 것이다. 그의 요절은 다산이
애석해할 만하다.

7. 벼슬과 이익에 소탈한 이를 찾다
명례방/ 1799년 9월경

학사 겸선兼善 박종순朴鍾淳은 나의 고향 마을 친구이다. 내가 산관散
官. 업무가 없는 한가한 관리으로 한가롭게 지낸 뒤부터는 평소 친하여 어깨를
치며 왕래했던 동료와 친구들이 한 번도 나를 돌아보려 하지 않았다. 오
직 겸선만이 때때로 나를 찾아왔다. 내가 이 때문에 겸선이 벼슬에 관심
이 없다는 것을 알았다.

조정의 사대부로서 외국에 사신으로 가게 되는 사람을 일찍이 살펴보
았는데, 수레가 골목을 가득 메우고 역관譯官과 돈 많은 손님이 집에 가
득하였다. 그런데 겸선이 서장관書狀官이 되었는데도 문전과 집안이 평
상시처럼 조용하다. 내가 이 때문에 겸선이 이익에 소탈함을 알게 되었다.

대체로 벼슬에 관심이 없는 사람은 사물을 살피는 것이 분명하고, 이
익에 소탈한 사람은 부정을 다스리는 데에 엄격하다. 이미 분명하고 엄
격하다면 서장관의 직무를 수행함에 부족함이 없는 것이다. 내가 다시
무엇을 권면하겠는가.

초천苕川. 두릉은 겸선이 일찍이 나와 함께 노닐던 곳이다. 내가 이미
집 한 채를 사 두었다. 겸선이 돌아오기 전에 나는 이곳에 은둔할 것이
다. 겸선은 부디 충성스럽고 부지런하게 직무를 수행하여 좋은 때에 훌
륭한 일을 하기 바란다. 나는 은둔할 것이다. 이것을 서문으로 삼는다.

－연경에 가는 교리 박종순을 전송하는 서 －

이 서문을 지은 때는 다산이 1799년 7월 말경 형조참의에서 물러나 부
호군副護軍. 발령 대기 상태에 있을 때였다. 사신들이 연경으로 떠나기 전인 9월

조선 말기 명동 성당 가는 길인 진고개 거리이다. 멀리 명동성당이 보인다. 다산 명례방 집은 이런 명동 거리 코너에 있었다. 비교적 창덕궁과 가까운 거리라는 것을 보면 을지로 쪽에 가까운 명동이 아니었을까. 지금은 아무리 둘러보아도 위치를 추정하기도 어렵다.

말경 서울 어딘가에서 주었을 것이다. 집 근처이거나 창덕궁에서 주었을 수도 있다. 아니면 하인을 시켜 집으로 보냈을 수도 있다. 환송연 자리일 수도. 사신 이기양李基讓과 친구인 서장관 한치응韓致應 등과 함께 서문을 써주었다.

이기양에게는 문익점처럼 이용후생에 쓸 기기를 가져와 국가에 기여함이 어떻겠느냐고 권면하여 씨아를 들여와 조정에 바쳤고, 그가 다산에게는 수선화를 가져와 선물했다. 중국에 가게 되었다고 뽐내는 한치응에게는 농을 걸었다.

다산의 고향 친구 박종순은 이 글 이외에 알려진 게 없다. 아마도 벼슬에 관심이 없어서였을 것이다. 어깨를 치고 농을 걸던 친구들도 그가 힘이 없어지면 멀어지기 마련이다.

그것은 인정이라 탓할 것도 없다. 힘 있을 때 찾아오지 않던 친구가 한

가해지자 찾아오는 모습, 상상만으로도 가슴이 아리다. '담박한 사람, 박종순', 그를 보는 눈도 예리하다. 그런 그는 이후 어떻게 되었을까 궁금하다.

　다산은 자신의 생각대로 이듬해 봄에 초천으로 낙향했다. 고심 또 고심하면서 결심한 결과였다. 절친한 친구 무구无咎, 윤지눌도 곁에 있었다. 그와는 낙향하면서, 낙향하고서, 다시 상경하면서도 수많은 이야기를 나누었을 것이다. 그것도 잠시 정조가 알고 불러올렸다.

　정조의 부름에는 아무리 굳센 결심도, 그동안 깨달음도 소용없었다. 정조의 사후에는 진실로 낙향했으나 세상은 그를 수렁으로 밀어버렸다.

여덟째,
절망 속에서 깨달음, 3

1. 근심 걱정은 주역을 낳았다
회현방 담재 / 1785년

회현동 입구에 있는 은행나무이다. 조선시대
회현방이라 불리운 회현동은 아직도 좁은 골
목에 다닥다닥 붙은 옛집들이 있기는 하나
거의 새롭게 개발되어 다산이 살았던 담재를
어림잡기도 어렵다. 담재는 처갓집이다. 누
산정사가 다산이 구입한 집이다.

1785년 3월 명례방 역관譯官 김범우金範禹 집 앞을 포졸들이 지나가다가 우뚝 섰다. 사냥개처럼 무엇인가 수상쩍은 냄새에 눈동자를 굴렸다. "틀림없이 큰 노름판일 것이야!" 한 포졸이 속삭였다. 그들은 슬금슬금 안을 살폈다.

방 안 광경이 사뭇 기괴했다. 얼굴에 분을 바른 채 푸른 수건을 쓰고 이상한 행동을 하고 있었다. 그들은 천주교 미사 중이었다. 현장을 덮친 포졸들은 기괴한 기물이며 책자와 물품들을 압수했다. 형조판서 김화진金華鎭은 보고를 받고 놀랐으나 사건이 확대되는 것을 바라지 않았다. 양반들은 훈방되고 장소를 제공한 김범우만 체포되었다. 이른바 을사년 추조 적발사건이다.

이 사건이 알려지자 이벽과 이승훈, 정약용 집안이 발칵 뒤집혔다. 다산 아버지 정재원은 깜짝 놀랐다. 두릉 고향에 머물던 그는 바로 상경했다. 아들이 천주교에 빠진 것을 전혀 알지 못했었다. 이벽과 이승훈 가족의 난리법석은 이미 많이 알려졌다. 이승훈은 아버지 이동욱의 손에 모든 기물이 불살라지고 감금되어 문중에 반성해야 했고, 이벽은 가족들에게 배교를 강요당하며 죽음을 맞아야 했다.

다산은 이때 처갓집인 담재澹齋에 살고 있었다. 장인이 1784년 강계도호부사로 떠나면서 집이 비었기 때문이었다. 아버지 정재원은 다산 집에 붙어 앉아 감시에 들어갔다. 다산에게 주역 공부를 하게 했다.

> 하늘이 한 기운을 머금어서
> 바람 천둥 다 근원을 가졌다.
> 사상 팔괘辭上八卦, 복희씨가 지은 여덟 개의 획로 낳고 낳음 깨닫고
> 서로 자리를 바꾸며 뿌리가 되었다.

푸른 하늘 아득하여 끝이 없고

칠요七曜, 칠요일가 그 속에서 운행한다.

물정物情은 이미 서로 뒤섞여서

괘효卦爻, 괘와 효를 이루는 여섯 개 획 실체 어찌 논하겠는가.

성인聖人도 때로는 허물이 있기에

회린悔吝, 뉘우침과 인색함은 밝고 어두음에서 비롯된다.

우환에는 반드시 주역周易이 생기고

겸손으로 낮추면 더욱 높아진다.

이 깨달음은 오래 전부터 어두워져 왔고

천 년 세월에 빈말만 전해온다.

– 담재에서 부친을 모시고 주역을 강론하며 –

다산은 당혹했으나 효자였다. 아버지 조언에 순순히 따랐다. 물론 속마음과는 달랐다. 주역을 논하며 깨달은 내용을 쓰면서 반성도 했다. 생성과 소멸, 변화하는 세상에 사람이 우환, 즉 근심 걱정이 있으면 그것을 타개하고 예방할 방도를 찾기 마련이다. 그래서 장래를 점치는 『주역』이 생겼음을 알았다.

중국 신농神農과 황제黃帝가 역효易爻와 괘상卦象을 만들고 그 뒤에 문왕文王이 『주역』을 만들었다. 유리羑里 감옥에서 옥살이를 하면서다.

주역 겸괘謙卦에 "겸손한 군자는 몸을 낮추는 것으로 스스로를 기른다"라고 했듯이 겸손으로 자신을 낮추면 더욱 높아진다고 했다. 이들 깨달음은 오래 전부터 빈말처럼 어두워져왔다. 다산은 『주역』으로 깨달음을 얻으면서 회린, 즉 한때 천주교를 믿으며 잘못된 길을 갔으나 깊이 뉘우쳐 바른 길로 돌아오겠다는 약속을 아버지께 하였다. 아버지의 유일한 희망을 꺾지 않은 융통성 있고 효스런 일이었다.

2. 100잔 술에 절망을 날리다
성균관/ 1786년

지난 해^{1785년} 11월 3일 성균관 황감제에서 차석으로 합격했다. 성균관 생활 3년 6개월만에 처음이었다. 12월 2일에는 임금 앞에서 보는 성정각 시험에서 수석을 차지했다. 임금이 다산을 희정당으로 불러 "네가 지은 것이 실지로 장원보다 떨어지지 아니하나, 다만 아직 때가 이르지 못하였을 뿐이다"라고 하였다. 이제야 서서히 임금의 주시를 받게 되었다. 이후 12월 정시 문무과 시험에서 또 떨어졌으나 크게 실망하지 않았다.

1786년, 다산 나이 벌써 25세다. 연초부터 과거시험 공부에 힘이 붙었다. 2월에 있을 별시에 시험 볼 자격을 얻었기 때문이었다. 자격을 얻는 선비들이 시험을 치러 초시에 300명을 뽑도록 되어 있기에 기대가 컸다.

1월 9일에는 인일제를, 28일에는 성균관 모든 유생에게 시험을 보도록 임금이 명을 내려 시험을 치렀고, 2월 5일 춘도기 시험에까지 떨어졌어도 크게 개의치 않았다. 별시에 집중했다. 2월 7일 별시 초시에 거뜬히 합격했다. 18일에는 별시 복시를 보았다. 300명 중에 30명을 뽑는 10대 1의 경쟁이었다. 아뿔사, 또다시 떨어졌다.

> 세상살이는 술타령과 같거니
> 처음 마실 때는 한두 잔이다.
> 마신 뒤에 곧 취기가 돌고
> 취한 뒤에는 본디 마음 혼미해진다.

성균관 명륜당 앞 마당이다. 이곳에서 임금이 주관하는 과거시험이 자주있었다. 앞에 500년 된 은행나무 두 그루가 서있고 대성전 뒷모습이 보인다. 다산은 별시에서 또 떨어졌다.

몽롱한 정신으로 100잔을 기울이고
거친 숨 몰아쉬며 마시고 또 마신다.
저 넓은 산림에는 살 곳이 많기도 해서
슬기로운 자 일찍이 그곳을 찾아간다.
나는 생각만 간절할 뿐 찾아가지 못하고
헛되이 남산 기슭만 지키고 있다.

- '홍겨운 마음' 중 둘째 수 -

너무나 허탈했다. 임금 앞에서 보는 성정각 시험이나 춘도기 시험은 장원 한 사람만 합격해서 전시에 나아간다. 어렵게 자격을 얻은 별시는 30명이 합격해서 전시에 나아가므로 크게 기대했었다. 그 시험에서도 30명 내에 들지 못했다. 슬프거나 분노하지 않았다. 덤덤하게 술잔만 비웠다. 한 잔, 두 잔, 열 잔, 백 잔, 정신이 혼미해지니 오히려 흥겹다.

'과거 시험이 시행된 뒤로는, 겉치레 문장만이 날로 성해지고, 영욕榮辱이 한 글자로 결판이 난다. 의기 높은 선비는 아니 굽히고, 산야에 버려짐을 달게 여겼다.' 그렇게 읊조리면서도 자신은 그렇게 하지 못했다.

깨달았다. 임금의 말처럼 때가 아닌가? 용기를 내어 고향에 내려가자. 고향에 내려갔다가 다시 올라오기를 반복하며 천주교에 빠져들기 시작했다. 천주교만이 잘못된 세상을 바꿀 수 있을 것 같았다. 3년 동안이다.

3. 신앙이냐 출사냐
반촌/ 1787년 겨울

숙보萩甫 김석태金錫泰 집은 반촌泮村 반교泮橋 인근에 있었다. 성균관을 반궁泮宮이라 부르는 데서 그 이름이 유래한 반촌은 성균관 사역인들이 거주하던 성균관 동·남편에 있는 동네를 말한다. 성균관은 동서로 개천에 둘러싸여 남쪽에서 만나 흘러가는 별천지였다. 반교는 성균관을 출입하는 정문에 있었고 그 다리 중에서 가장 큰 다리였다.

김석태 집은 그 반교 인근에 있었다. 사역인들은 성균관에 필요한 모든 일, 즉 관리를 돕거나 성균관 제사에 필요한 도살업과 성균관생 식사제공 등을 담당하였고 이들을 반인泮人이나 관인館人이라고도 불렀다. 이들은 당연히 성균관에 소속된 노비나 중인 신분이었다.

김석태가 원래 반촌에서 어떤 일을 해왔는지 알려진 바는 없다. 다산이 천주교 핵심 인물로 활동할 당시 서울에는 두 곳의 비밀 천주교 본부가 있었다. 그중 한 곳이 김석태 집이었다. 성균관 대성전 바로 곁에 비밀 천주교 본부가 있었다는 이야기이다. 대성전은 유교의 성인 공자의 신주를 모시고 참배하는 신성한 곳이다.

이곳이 세상에 알려지게 된 것은 이기경으로부터였다. 1787년 11월 초쯤 이기경이 예고 없이 이곳에 왔고, 이승훈과 다산, 강이원姜履元이 천주교 교리를 연구하다 들켰는데 이것이 정미반회사건이다.

지극한 정성 하늘에 통하고
지극한 정은 땅을 뚫었네.
나를 위해 잠에서 깨고
나를 위해 잠들었었네.
가정에는 소홀하면서도
날 위해서는 치밀하였고,
세상일에는 느렸으나
나를 위해서는 빨랐네.
내 잘못을 남이 지적하면
칼 뽑아 크게 성내었고,
나를 좋아하는 사람에겐
그를 위해 몸을 바쳤네.
혼마저도 배회하며
아직 내 곁에 있네.
저승이 비록 멀다 하나
가서도 날 생각하리.

– 제숙보문祭菽甫文 –

　　김석태는 신부 다산의 집사 역할을 했던 사람이다. 그는 신앙심이 두
터웠고 다산을 위해서는 물불을 가리지 않고 도운 사람이었다. 그가 죽자
다산은 그를 위한 제문을 지었다. 이것을 통해서 두 가지 사실을 알 수 있다.
　　하나는 천주교 흔적을 대부분 지우면서도 이 시는 『여유당전서』에 남
길 정도로 두 사람 사이가 두터웠다는 것이고, 다른 하나는 다산의 신앙
심이나 천주교를 위해 헌신함은 그보다 더했다는 사실이다. 암울한 시기
의 젊은이들처럼 천주교라는 새로운 사상을 통해 낡은 나라를 바꿀 수
있다는 확신까지 가졌던 때였다.

성균관으로 들어가는 다리 중에서 가장 큰 다리가 성균관 정문 입구에 있는 다리로 반교라 불렀다. 6.25전란 때까지만 해도 반교와 개천이 있었다고 하나 지금은 흔적도 없다. 개천은 길로 변하고 다리는 사라졌다. 성균관 입구 반대편이 반촌이다. 원래 초가집 몇 채가 있었으나 지금은 알아보기 어려울 정도로 변했다. 김석태 집이 어디쯤이었는지는 알 수 없고 건너편에 있었다는 것만으로도 반갑다.

    다산은 계속해서 과거에 낙방하자 방황하고 있었다. 천주교와 출사 사이에서 오락가락한 세월이 5년째였다. 은둔을 결심하고 낙향했다가 돌아오기도 하고 다시 올라와 시험을 보고 떨어지면 은둔을 위해 내려가기를 반복했다.

    3년 동안 성균관 유생들 뒷 자리에서 박수만 치다가 서서히 상위권으로 올라왔어도 다시 시험성적이 곤두박질치기도 했다. 3월 7일 치른 반시에서 다산은 수석을 차지하고 회시에 응시할 자격을 얻었고, 다산의 마음을 읽은 임금이 희정당으로 불러 다산을 격려했다.

    '이날 은혜로운 말씀이 계셨으므로, 비로소 벼슬길에 나갈 결심을 했다'라고 했다. 방황을 접었다고 했으나 천주교를 버려야 한다는 깨달음은 아직 오지 않았다.

4. 10년 고난의 끝에 서다
춘당대 / 1789년

다산은 10년간 과거시험에 매달렸다. 영특한 그가 과거시험에 부채의 먼지처럼 떨어진 이유에 대해 의견이 분분하다. 혹자는 집권당 노론의 견제로 인해 매번 떨어졌다고 한다. 또 다른 이는 정조가 그를 발효액처럼 숙성시키려고 부러 합격을 늦추었다고 한다. 또는 천주교에 빠져서 그 중추적 역할을 하느라 공부를 게을리한 결과라고도 한다. 스스로는 자신의 문장이 세속에 맞지 않아서였다고 했다. 과문科文의 형식에서 벗어나 진취적이라는 뜻이다.

두루뭉술하게도 나는 다 틀리지 않다고 생각한다. 경중이 있을 뿐이지 다 맞는 말이다. 그렇다면 다산은 어떻게 합격했을까? 그가 과거시험에 매달린 기간에 쓴 시나 산문을 살펴보면 스스로 많이 흔들리고 방황했다. '인생은 먼 길 가는 나그네 같아, 평생을 갈림길에서 이리저리 헤맨다'라며 천주교와 은둔, 출사를 놓고 헤맸다. 젊어서 방황하지 않은 사람이 있을까마는 그는 심했다.

이벽의 도움을 받아 제출한 70항의 중용에 관한 답서 이외에는 성균관 시절 3년 6개월 동안 등수에 들지 못하고 뒷자리에서 박수나 치는 신세였다. 1785년 성균관 생활 4년째가 되었다. 점점 정조의 칭찬을 듣는 일이 많아졌어도 대과 합격의 길은 멀었다. 이 해까지 춘도기와 추도기 시험만 7번 떨어지기도 했고, 부정이 판을 쳐서 연소한 재상가宰相家 자녀들의 합격률이 태반인 경우도 있었다.

이런 상황에서도 1788년 처음으로 삼일제에서 홀로 수석을 차지해 초시를 보지 않고 회시를 치를 자격을 얻었다. 임금이 희정당으로 다산을 불렀다.

"게으른 제생이 많아 이번 시험에도 불참한 이가 많은데 너는 성실해서 매번 좋은 성적을 내니 그 부지런하고 성실함이 타인의 모범이라 대견하다. 모든 일에 성실히 임하는데 하늘이 가만있겠느냐!"

드디어 임금이 다산의 성실성을 인정했다. 그동안 임금의 눈에 드는 것만이 합격의 지름길임을 깨달아 최근 많은 노력을 기울였다. 쉽게 절망하거나 게으른 자는 하늘도 돕지 않는다는 말, 믿었다.

임금은 다산을 모범으로 삼일제에 불참한 제생들에게 다시 시험을 보도록 명할 정도였다. 이런 노력에도 대과 합격은 아직 멀리 있었다. 계속 시험에서 떨어졌다. 8월 20일부터 식년 감시가 시행되었고, 26일 추도기 시험에 친구 이기경이 직부 전시되었는데도 다산의 이름은 없었다.

11월 감제에서 홍낙민이 직부 전시되었고, 연말까지 몇 차례 시험에서도 계속 낙방이었다. 1789년이 밝았다. 1월 8일 성정각의 인일제에서 또 떨어져 임금에게 꾸지람을 들었다.

> 유생 김필선이 임금 앞에서 강연하여 수석하였고, 생원 심봉석沈鳳錫이 시문 짓기로 수석하였으나 봉합하는 봉투에 아버지 이름자를 쓰지 않아 바로 아래 차석인 정약용이 수석하였다. 하교하기를,
> "춘도기의 전강에서 수석한 김필선과 제술에서 수석한 생원 정약용은 직부 전시하게 하고, 이하 차석한 유생들은 직부 회시하게 하며 약을 받은 유생들은 각각 종이와 먹을 전례를 참고하여 시상하라" 하였다.
> – '정조 13년 1월 26일 일성록' 중에서 –

창덕궁 춘당대 시험장에는 긴장감이 돌았다. 시험관의 평가로는 환갑이 가까운 심봉석이 다산보다 점수가 높았다. 정조는 다산의 대과 합격이 늦어지자 초조해했다. 그래서 시험관인 좌의정 채제공에게 "나이 많은 유생의 답안지는 첫 번째이고, 젊고 나라에 쓸 만한 유생의 답안지는 두 번째이다"라며 다산을 장원으로 합격시키라 하였으나 채제공이 잘못 알아듣고 심봉석의 답안지를 장원으로 뽑았다. 다산은 다시 떨어져야 했다.

그런데 심봉석이 나이가 많아서인지 아버지 이름자를 쓰지않아 실격되었다. 겨우 다산은 장원으로 직부 전시될 수 있었다. 이 드라마틱한 사실을 다산은 어떻게 받아들였을까?

대과 합격 이후 3월 10일 석차를 매기는 전시에서는 정조가 다산의 손을 들어주지 않았다. 장원 다툼에서 서영보徐榮輔, 1759~1816가 장원이었고 다산은 차석이었다. 달성 서씨 집안은 정조가 가장 신세를 많이 진 집안으로 서영보에게 그 신세를 갚은 것이었다. 과거시험 10년 기간이 막을 내리는 순간이었고, 임금에게 성의를 다함을 보고 하늘이 도운 결과였다.

◀ 다산은 1월 26일 춘도기 전강에서 또 떨어질 운명이었다. 임금에게 성실성을 보이도록 노력을 다한 결과였을까. 임금이 밀었는데도 차석이 된 것이다. 그런데 장원인 심봉석이 아버지 이름자를 쓰지 않아 실격되었다. 하늘이 감격해서 다산의 합격을 도운 것이다. 장원에 정약용 이름자가 불리자 다산의 눈에 창덕궁 춘당대가 빛났고 연못의 물결이 춤을 추었다. 10년의 땀이 결실을 맺는 순간이었다.

5. 파직이 그를 맞았다
의금부/ 1794년

다산은 7월 23일 성균관 직강直講에 임명되고 사흘 후 국자감시國子監試 조흘강照訖講, 시험관으로 참여하게 되었다. 국자감시는 성균관의 생원진사를 뽑는 과거시험이고 조흘강은 과거시험에 응시하는 유생에 대해 성균관에서 먼저 그의 호적을 대조한 뒤에 『소학小學』 중에 한 곳을 지정하여 외우게 하는 시험이다. 이를 통과해야 다음 시험을 치를 수 있다.

이 조흘강 시험을 보는 이틀 동안 몹시 덥고 모기까지 물어댔다. 복장을 단정히 한 수험생이나 관복을 입은 시험관이나 몹시 괴로웠다. 『소학』은 송나라 유자징劉子澄이 아동에게 유학을 가르치기 위하여 편찬한 수양서로 유학의 필수교재이다.

시험관 중에 누군가가 이 책을 지은 저자를 비꼬고 농담을 하며 행동이 흐트러졌던 모양이다. 아니면 대답을 제대로 못하는 수험생에게 "어린애들이 배우는 『소학』도 모르면서 어찌 시험을 보러왔담!" 하며 농담을 하고 모욕을 주었을 수도 있다. 몹시 더웠고 모기까지 물어댔으니 농담까지 해가며 지루함을 떨치려 한 것인데 이 행동이 왕에게 고발되었다.

"근자에 들으니 조흘강의 시관들이 혹 글 뜻 이외에 물어서는 안될 일을 끄집어 내는가 하면 기타 조롱하는 말을 잡스럽게 하여 근엄한 뜻이 전혀 없었다고 합니다. 승정원으로 하여금 현고現告를 받게 하고 해부로 하여금 잡아다 심문하여 중하게 다스리도록 하소서."

비변사가 왕에게 고하였다. 이에 몇 사람의 시관이 의금부에 끌려가

종로 2가 로터리 청진동 입구에 있는 의금부 터다. 아래 팻말이 보인다. 다산은 이곳에 가끔 드나들었다. 한양 도성을 떠나며 허락을 받지 않은 때도, 반대파들의 모략이 의한 때도 있었다. 마지막은 반대파들이 남인 숙청을 위해 일으킨 1801년 신유사옥 때이다. 죽음을 느끼고 죽음에서 살아남기 위해 몸부림친 곳이다.

구속되어 심문을 받았다. 이때 다산은 고발되지 않았다.

8월 19일 의금부가 공초를 받아 임금께 아뢰자 판하하기를,

"이 역시 나라의 시험이니 체모의 존엄함이 어떤가. 당당한 횡사黌舍, 배움의 자리의 수많은 선비가 성인을 배우는 서적을 마주하고 앉아 있는 자리에서 현인을 모독하는 말을 지껄였다.

여러 가지 비루하고 못된 짓을 한 것에 대해 심문한 것과 관련, 그들이 한두 가지 자수한 일을 살펴보면 다른 것도 미루어 알 수 있다. 처음 서울에 올라와 저 먼 지방의 많은 선비가 조정의 이름 있는 선비들도 모두 이러할 것이라고 여길 것이니 명령을 욕되게 한 죄를 논하자면 어찌 중벌을 피할 수 있겠는가"라고 판결했다.

> "김희조金熙朝의 공초에 대해서는 나도 모르게 귀를 가렸고, 홍수만洪秀晩의 공술도 몹시 놀라웠으니, 박길원朴吉源이 애초에 사실을 자수하지 않은 것과 결국은 같다고 하겠다. 모두 시골로 내쳐 우선 『논어』・『맹자』・『중용』・『대학』부터 여가마다 부지런히 공부하여 반드시 강해지고 현명해지는 효과가 있기를 기약하게 하라.
>
> 정약용은 차율次律로써 임명장을 박탈한다. 희조의 패려궂은 말과 약용의 농지꺼리는 향안香案, 제사 때 향로를 올려놓은 상을 더럽혔으니, 의금부 당상관을 추고하라" 하였다.
>
> – '왕조실록 정조 18년 8월 19일' 중에서 –

다산은 억울했다. 자신은 더위와 모기와 싸우며 열심히 조흘강에 참여했고 분위기에 맞춰 어쩌다 더위를 잊고자 시원한 농을 했는데 반대파들이 자신까지 물고 늘어진 통에 고발당한 것이다. 까마귀 노는 곳에는 아예 어울리지 않아야 했는데 함께 호응한 꼴이 되고 말았다.

그는 시에서 당리당략과 자신의 눈앞의 이익만 추구하는 쥐새끼들 소행으로 원숭이처럼 기쁨을 누린다고, 그래서 고향에 가게 되었다고 했다. 결국 이날 의금부에 구금되었다. 일주일 후 풀려났으나 파직이 그를 맞았다.

6. 퇴계에게서 자신을 보다
금정역 / 1795년

퇴계退溪 이황李滉, 1501~1579과 노수신盧守慎, 1515~1590은 어깨를 나란히 하는 사림파 학자였다. 이황은 명종이 즉위하자 벼슬을 그만두고 고향에 돌아와 있었고, 1544년 노수신이 시강원사서侍講院司書, 세자 시강원의 도서관리나 열람을 맡은 관직가 되었다가 사가독서賜暇讀書, 장래가 유망한 젊은 문신에게 독서당에서 독서하도록 함하던 때였다. 두 사람 사이에 편지가 오갔다. 이황이 노수신에게 답하는 내용 중에 '불활즉체不活則滯', 즉 '살아있지 않으면 정체한다'라는 문구 대신에 "부재즉루不宰則累, 즉 '다스리지 않으면 따르지 않는다'로 개작하는 것이 어떠냐?" 하고 자신의 의견을 제시했었다.

은연중 자신의 문장력을 뽐냈는지도 모른다. 이에 스스로 부끄러움을 느꼈는지, 이후 그것이 매우 잘못되었음을 토로했고 지금 노수신의 말씀대로 따른다고 하였다. 15세나 연하인 노수신에게 깍듯이 예우한 것이었다.

> 이것이 비록 미세한 것이나 실로 선생의 커다란 근본 마음이 나타난 것이다. 큰 용기가 있지 않으면 이렇게 할 수가 없고, 사람의 욕심이 말끔히 없어지고 자연의 이치에 순응하는 경지가 아니면 이렇게 할 수 없을 것이다.
>
> 세상의 문인이나 학자들은 혹 한 글자 한 글귀라도 남에게 지적 당하면, 속마음으로는 그 잘못을 깨달으면서도 잘못과 그른 것을 그럴듯하게 꾸며내어 승복하고 굽히려 하지 않는다.

심지어는 발끈하여 그 노여움이 얼굴빛에 나타나고 꽁하게 마음에 품고 있다가 마침내 해치고 보복하는 사람까지 있기도 하다. 어찌 여기에서 보고 느끼지 못하는가. 어찌 전해내려오는 어려운 문구에서만 그러할 뿐이겠는가.

모든 말과 글, 행위 사이에도 이러한 문제가 많다. 마땅히 거듭 생각하고 살펴서 이런 병통을 없애기에 힘써야 할 것이다. 그래서 만일 그 잘못을 깨달으면 즉시 생각을 바꾸고 고쳐서 봄눈 녹듯이 선善을 좇아야만, 헛된 소인이 되지 않을 것이다.

12월 1일

다산은 금정찰방으로 있으면서 우연히 이웃집에게서 『퇴계집』 일부를 얻어 보고 많은 것을 깨달았다. 그 깨달음을 적은 것이 『도산사숙록陶山私淑錄』이고 위 내용은 그중 하나이다.

다산은 퇴계가 깨달아서 뒤늦게 자신이 제안한 글귀를 취소한 내용을 보고 자신을 돌아보았다. 자신의 경솔함을 깨달았다. 생각나는 대로 말을 쏟아내고 즉시 행동하여 얼마나 많은 적을 만들었는가. 문장 또한 구구절절 그 흠을 찾고 말마다 미리 의심하여 한군데라도 성한 곳이 없도록 해왔었다. 장점이자 단점이었다.

더 심사숙고하여 쓰고 행동해야 했다. 앞으로 자신의 편지가 길거리에 떨어져 다른 사람이 보아도 한 점의 꼬투리나 부끄러움이 없도록 해야겠다고 다짐한다. '대뜸 다른 의견을 만들어내거나 대뜸 지나간 일로 여기지도 말고 모름지기 자세히 연구하여 말하는 이의 본뜻을 알고자 힘쓰며 반복하여 증험하여야 한다'라고 쓰기도 했다.

또한 54세 때 퇴계가 이중구李仲久(이담李湛)에게 보낸 답서에 '사람들이 항상 말하되 "세상이 나를 알지 못한다"하는데, 나도 이러한 탄식이 있습니다. 그러나 사람들은 자기 포부를 알지 못함을 탄식하고, 나는 내 허술함을 알지 못함을 한탄합니다' 하였다는 글을 읽고 다산은 "실로 겸손으로 하신 말씀이다. 퇴계의 깊은 학문과 훌륭한 덕행, 포부를 당시 상당한 경지에 이른 제공諸公들도 오히려 알지 못함이 있었다"라는 말로 '선생은 오히려 허술함으로 자처하며 포부를 알아주지 않음을 한탄하지 않았으니, 겸손한 군자이다. 선생이 아니면 내 누구에게 의귀依歸, 의지하여 돌아옴하겠는가'라고 깨달았다.

명종 11년 56세 때 영천군수榮川郡守 안상安瑺에게 보내려고 한 편지 중에 '중문서원 유사로 있는 김중문金仲文이 비록 두 번 허물이 있었으나 능히 고치면 허물이 없는 사람과 같습니다' 하였다는 글을 읽고 "우리는 허물이 있는 자들이다. 힘써야 할 것 중에 급한 일은 오직 '허물을 고치는 것改過' 두 자일 뿐이다"라면서 "진실로 허물을 고치면 우리 퇴계옹도 또한 '아무는 허물이 없는 사람이다'할 것이다. 아 어떻게 해야 이를 얻을 수 있겠는가'라고 깨닫고 있다.

이 외에도 『도산사숙록』에는 영롱한 구슬 같은 깨달음이 넘쳐난다. 조건중曺楗仲에게 답하는 편지에 "'학자가 이름을 도둑질하여 세상을 속인다'는 논의는, 고명高明만이 근심하는 것이 아닙니다"라고 답한 내용이 있다. 이 글을 다산은 여러 번 되풀이하여 읽고서 자신도 모르게 기뻐서 뛰고 감탄하여 무릎을 치며 눈물이 났다는 내용이 있다. 나 또한 감동했다.

어디서든 조용히 손을 씻고 앉아서 글을 읽으며 깨닫는 다산이 위대해 보인다.

도산서원에 설 때마다 나는 이황이 나라를 위해 기여한 것은 물론 많은 제자들을 길러냈는데도 왜 조선은 부패하고 가난한
나라로 계속 줄달음쳤을까라는 의문을 가졌었다. 다산처럼 뛰어난 학자가 그의 글을 보고 많은 깨달음을 얻을 정도로
박식했는데도 말이다. 지금도 그것에 대한 대답을 속시원히 듣지 못했다.

7. 군주를 업신여기다
남구만 유허지 / 1790년 3월

영상이 공정하고 충성스러우며 청렴하고 정직함은 견줄 사람이 드물
다. 일생 동안 붕당을 깨끗이 없애어 국가의 형세를 만회하는 것을 자신
의 임무로 삼았으니, 그가 경연經筵의 자리에서 지성스럽게 아뢰고 장
주章奏에서 간절히 주장한 것은 실로 옛 사람에게 뒤지지 않는다.

오직 이와 같기 때문에 매번 당파가 다른 자들에게 헐뜯음을 당하는
것이니, 그를 헐뜯는 자들은 진실로 형편없는 사람들이다. 더구나 오늘
강민저姜敏著, 1651~1705의 상소는 바로 한 장의 변괴變怪의 글이라 할 것
이다. 그런데 이러한 모함을 감히 어진 정승에게 가하였으니, 실로 군주
를 무시하고 업신여긴 것이다.

- '약천연보' 중에서 -
1695년 숙종21 10월.

숙종은 말미에 당파 싸움의 혼란으로 나라가 망할 지경에 이르러 통
곡하였다고 했다. 허적, 김수항, 김수홍 등 사사되거나 유배된 영의정만
해도 10여 명에 이르니 그럴 수밖에 없었을 것이다. '공정, 충성, 청렴, 정
직에다 당파 싸움을 없애어 국가 형세를 만회하는 것을 자신의 임무로
삼았다'라는 숙종의 남구만南九萬, 1629~1711에 대한 칭찬은 다산의 칭찬보다
더 하다.

그는 3정승을 지내며 국가의 방치된 자원과 소외된 사람들을 위해 힘
쓴 사람이었다. 버려진 북방 4군의 활용이라든지 울릉도를 되찾는 것, 전
국을 돌며 흉년에 굶주린 백성들의 시체를 넘으며 구휼에 힘쓴 일 등이

그것이다. 특히 다산이 아주 통탄했던 당파 싸움을 없애려고 노력했다.

노론과 소론, 서인과 남인의 대립이 극단적인 양상을 보이고 있을 때 소론의 영수로 있으면서 정치적으로 패배한 반대파들을 포용하며 당파 싸움으로 인재들이 고갈되고 다양성이 없어지는 폐해를 꿰뚫어 보았다. 이런 그의 행실과 군주의 믿음이 남상국이 83세에 청절淸節로 이름을 온전히 하고 생을 마치게 하였다.

다산은 해미 유배지에 도착하자마자 다음 날1789년 3월 14일 남구만 선생 유허지를 찾았다. 존경을 넘어 사모하는 사람이었으니 당연했다. 다산은 자신이 존경하는 사람들의 흔적은 꼭 현장을 찾아 확인하고 마음을 다졌다. 다산은 '해미남상국사당기'에서 '공은 또 우리 집안의 외손이기 때문에 집에서 가정 일을 처리한 것 또한 부형이나 어른들에게 전해 들어 마음속으로 일찍부터 그를 사모하였다' 했다.

홍주가 고향이라 고향을 오고갈 때, 홍주성에서 10리를 지나 전려로 돌아갔는데 홍주 목사洪州牧使 이세화李世華와는 예부터 친하였으나 공은 방문하거나 편지를 보내지 않았다. 이공이 공의 서울 집에 음식을 전하게 하였는데 음식을 가지고 간 사람이 돌아와 말하기를, "남영감이 결성 고향으로 돌아간 지 이미 여러 달이 되었습니다" 하였다. 이공이 편지를 보내어 이르기를, "옛날에 비록 관청에는 드나들지 말라는 말이 있으나 나를 박대함이 이와 같은가?" 하고 자주 와서 만나 보았으나 공은 한 번도 답방하지 않았다.

노래하는 기생이 시중드는 것을 매우 싫어하였고 비록 아름다운 꽃과 기이한 돌이라도 그다지 마음에 두지 않았다. 한 번도 벽에 서화書畵를 붙여 두지 않았으며, "남을 해치지도 않고 재물을 탐하지도 않으면 어찌 선하지 않겠는가?" 하고 이 말을 항상 외워서 자손들을 경계시켰다.

– '약천연보' 중에서 –

다산은 유배지 해미읍성에 도착하자마자 남상국유허지를 찾았다. 우거터 뒤 사당에 참배하여 그의 의젓함을 보고 자신이 가야할 길을 깨달았다. 그런 유허지에는 오직 비석이라고 하기보다는 팻말에 가까운 작은 돌하나 서 있을 뿐이었다. 사진 왼쪽 끝 중앙에 비스듬이 서 있다.

다산은 남상국 우거터를 거닐다가 우거터 뒤 사당에 참배하며 그의 초상이 의젓하였다고 하였다. 그의 풍채를 보고 자신이 가야 할 길을 다시 한번 깨닫고 다짐했을 것이다. '불세출의 위인'인 그가 다산의 길을 안내하고 있었다.

현장에 서서 진정한 깨달음을 얻을 때 비로소 행동으로 옮길 수 있는 것, 있다는 것, 그리고 중심을 잃지 않는다는 것, 다산은 그것을 알고 있었다. 유배는 사람을 움츠러들게 한다. 다산은 달랐다. 그는 유배길에서도 깨달음을 얻었다.

사람들은 남상국에 대해 잘 모른다. 나 또한 마찬가지였다. 그러나 아래 시조를 읽어보면 '아! 그 사람' 하고 기억을 더듬게 된다.

> 동창이 밝았느냐 노고지리 우지진다
> 소치는 아이는 상기 아니 일었느냐
> 재 너머 사래 긴 밭을 언제 갈려 하느냐

8. 임금도 물러섰다
형조/ 1799년

다산이 형조참의로 근무할 때이다. 호조 아전 이창린과 김처신이 수리 계修理契의 종이를 훔쳐서 가난을 면해보자고 공모해 죄를 저질렀다. 내용을 살펴보니 이창린이 주도해서 모든 일을 저질렀고 초기에 김처신이 동조한 것만은 사실이나 그는 두렵고 겁이 나서 이창린의 진술처럼 모의한 일을 독촉하거나 위조하지 않았다고 했다.

호조 수리계 공인 신익정申益靖과 안재승安載承을 취조해 얻은 내용은 이창린이 "대내에 들이는 견양 초주지見樣草注紙 200권 중 100권을 먼저 대내에 들이는 식으로 내가 색중色中. 공물을 담당하는 사람들이 모두 모이는 곳에서 말할 것이다. 너는 다른 말 하지 말고 뒤따라 들어와서 한결같이 내가 말한 대로 여러 색色들에게 알리라"라고 하였다.

그는 거절할 위치에 있지 않아 그대로 시행했다고 했다. 안재승도 같았다. 정조는 전지傳旨니 교지教旨니 하교下教니 하는 말들을 혼용해서 쓰고 있고 조사 내용이 불확실하니 다시 조사하라고 명했다.

방금 호조의 회답을 받아 보니 이창린李昌麟이 바친 공초에는 "정말로 하교인 것처럼 속여서 거짓으로 알리기는 하였으나, 전지와 하교를 구별하지 못하여 이렇게 잘못 대답하였습니다"라고 하였고, 김처신金處信이 바친 공초에는 "대내에 들이려는 것처럼 꾸며서 훔치기로 공모하였으나 속여서 알린 내용은 모두 이창린이 한짓입니다. 저는 하교와 전지에 대해서는 참으로 알지 못합니다"라고 하였습니다. 무릇 전지라는 두 글자가 이창린이 처음 바친 공초에서 나오기는 했으나 "사알임금의 말을 전하는 아전의 말하는 것을 들었다⋯⋯"라고 하였으니, 그것이 전지가 아닌 것은 참으로 의심할 나위가 없습니다.

"그가 혹시 위조한 흔적이 있었다면 어찌 적발하여 붙잡지 않았겠습니까. 잘못 대답한 것에 따라 공초를 받으면서 애초에 조사하여 바로잡지 않은 것은 모두 본초가 흐리멍덩하고 허술하여 어리석은 탓입니다"라고 하였습니다.

– 일성록 5월 22일 –

전지傳旨는 임금의 명령을 승지가 간추려 주서注書에게 주면 주서가 글로 써서 내려보내는 것이고, 하교下敎는 신하들이 직접 명을 받들고 귀로 들은 것을 물러나와 행하는 것을 말한다.

형조의 아룀에 정조는 호조의 아전이 대궐 문을 밀치고 궐내에 들어올 수가 없으니 '하교'라고 한 말은 분명히 잘못된 것이고, 호조의 아전이 하교를 빙자하려 한들 해당 당상 이하 관원 중에서 믿고 들어줄 사람이 누가 있겠는가 하며 잘못 전했다 하더라도 이는 전례가 없는 일이어서 말이 되지 않는다고 했다.

더구나 견양초주지는 두꺼운 종이로 자신도 10권 이상을 쓴 적이 없다고 했다. 정조는 주모자인 이창린은 물론 이번 일에 관여된 모든 아전의 처벌을 바랐다. 두 사람은 공모자이고 다른 두 사람은 범죄 방조자임을 들었다.

다산의 의견은 달랐다. 이창린 이외의 다른 아전들이 처벌받는 것을 극구 반대했다. 법은 처벌을 위해서 있는 것은 아니라는 것이 다산의 신념이었다. 다산은 이창린으로 인해 다른 아전들이 억울하게 관여된 사건

형조청사가 있었던 광화문 세종문화회관과 그 주변이다. 다산은 형조참의로 불과 3개월 근무했다. 반대파들의 공격으로
일을 시작하자마자 물러나야했다. 3개월 동안 그는 명쾌하게 형조의 일을 해냈다.

이라고 판단했다. 다른 아전들을 중벌에 처하는 것은 관대하지 못하다고 판단해서 임금의 의견에 정면으로 맞선 것이다. 그는 재치 있게 임금에게 말했다.

"소식蘇軾의 말에 '요임금이 용서하라고 세 번 말했으나, 형벌을 맡은 고요는 죽여야 한다고 세 번 말했다' 합니다. 신이 진실로 고요에는 미치지 못하겠지만 전하께서야 어찌 요임금보다 못하시겠습니까?"

요임금이 세 번 용서하라고 한 말처럼 어찌 임금이 요임금에 미치지 못하겠느냐고 너그러운 임금이신데 주모자 이외의 아전들은 용서하시라고, 다산이 소식의 말을 빗대어 여쭈었다. 정조가 그 말을 듣고 웃으며 답했다.

"너는 경전經典의 뜻으로 옥사를 결단하려고 하는가?"

다산은 옳다고 생각하면 소신을 굽히지 않았고 현명한 정조는 이를 받아들였다.

9. 법을 아는 자가 살아남는다
숙장문 / 1801년

1801년 2월 9일 새벽에 다산은 급습한 포졸들에 의해 오랏줄에 묶였다. 순간 죽음이 엄습해왔다. 몇 번 드나든 감옥과는 달랐다. 얼마 전까지 형조참판을 대신하여 형조를 끌었었다. 정조 임금과 함께 많은 죄인의 목숨을 살리고 죄를 내렸었다. 그 경험으로 볼 때 지금 압송되어 끌려가는 의금부는 도살장이었다. 쫓기는 순간에도 이리저리 머리를 쥐어짰다. 거듭 생각해도 살아날 수 있는 방법은 위관재판관에게 최선을 다하는 것이다. 너무나 당연한 결론이었다.

10일에 심문이 시작되었다. 위관들은 임금을 속이고 부모의 은혜를 버리면서까지 천주교를 믿어야 했느냐고 힐난했다. 책롱에서 나온 편지 내용에서 다산을 거론한 내용을 두고 예리한 질문이 쏟아졌다. "위로는 임금을 속일 수 없고 아래로 형을 증거로 삼을 수 없습니다. 오직 죽음이 있을 뿐입니다"라고 대답했다.

"이 편지 속에 나오는 정약망丁若望이 누구냐?"

"저희 가족 중에 이런 이름은 없습니다."

정약망은 바로 다산 자신의 세례명요한의 한자였다. 거짓말을 했다. 아니 해야 했다. 다음 날도 심문은 계속되었다. 목숨이 경각에 달려 있었다.

"천주학을 하는 자는 제게 원수입니다. 제게 열흘의 기한을 주시고 영리한 포교를 붙여주시면 사학 무리들을 모조리 체포해 바치겠습니다."

그러나 내려온 것은 곤장 30대였다. 사실대로 말하지 않는다면서다.

창덕궁 숙장문 앞마당이다. 다산은 이곳에서 재판관들의 심문에 응했고 바른대로 말하라며 곤장 30대를 맞았다. 얼마전까지 형조를 다스리던 사람이었다. 그는 법을 알아서 자신이 살 수 있는 길을 깨닫고 성실히 행했다. 범법자를 고발하고 자진해서 재판관에게 적극 협조했다. 살아났다.

불난 엉덩이를 붙들고 실려 나갔다. 13일에 다시 끌려나왔다. 곤장 30대 효과가 나왔다.

"사학의 괴수로 최창현崔昌顯, 1754~1801이 있고 조카사위 황사영黃嗣永은 제 원수입니다."

위관들은 계속 다그쳤다.

"우두머리로는 김백순金伯醇과 홍교만洪敎萬이 있습니다. 은밀하게 드릴 말씀이 있습니다. 사람들을 물리쳐주십시오."

다산은 묻지도 않은 천주교도를 체포하는 방법과 신문하는 방법까지 구체적으로 알려주었다. 다산은 골수 천주교도들부터 고발했다. 어찌보면 그들은 국법을 어긴 자들로 정당한 고발이었다. 다산은 크게 죄책감을 느끼지 않는지도 모른다. 살기 위해서 매형인 이승훈도 고발했다.

"자신 집안이 너로부터 천주학에 빠지게 되었으니 너를 원수로 여긴다고 했고, 또 네가 1785년 이후 배교했다고 주장하나 그 이후에도 정약용이 너를 베드로로 부르며 교유했음을 인정했다. 그래도 거짓말을 하겠느냐?"

위관들의 심문에 이승훈은 대답했다. "지금 정약용이 저를 원수로 여긴다면 저 또한 그를 원수로 여길 것입니다."

두 사람은 이후 원수가 되었다. 죽음 앞에서의 골육상쟁이었다. 15일에도, 17일에도 심문은 계속되었다. 다산은 천주교인들에게 저승사자였다. 그의 입에서 이름이 불려지면 죽음이나 유배가 기다리고 있었다. 다산은 천주교에 대해 아는 정보는 모두 털어놨다. 천주교인들의 체포나 심문 방법까지 비밀 정보에서 핵심 인물까지 모두 털어놓고 자진해서 협조한 것이다.

심문의 대답 또한 매형 이승훈과 이치훈처럼 횡설수설하지 않고 일관

되고 조리가 있었다. 두 형에게 질문이 미치면 입을 다문 것처럼 하지 않아야 할 말은 정확히 끊었다.

　이 결과로 위관들에게 동정을 샀다. 그는 법을 알고 최선을 다한 결과 죽음에서 벗어날 수 있었고, 남은 생애 내내 후회로 점철된 삶을 살았다.

아홉째,
부정부패에서 깨달음

09

1. 해서는 안 될 짓을 하다
무장현/ 1800년

주신周臣 이유수李儒修, 1758~1822는 다산과는 죽마고우다. 죽란시사의 일
원이었고 매우 청렴하고 곧아서 뛰어난 능력에 걸맞지 않게 변방의 수령
을 전전하다 생을 마친 인물로 다산이 안타까워한 친구이다.

시기는 정확히 알 수 없으나 고장났거나 조난 당해서 무장 앞바다에
떠있던 표류선漂流船이 있었다. 수만 권의 책을 가득 싣고서다. 관리들이
이 배를 발견하고 난감해했다. 국법에는 무릇 표류선 안에 있는 문자는
그것이 인쇄본이거나 사본이거나를 막론하고 모두 초록抄錄, 필요한 부분만 가려
적음하여 이를 보고하도록 되어 있기 때문이었다.

"장차 이것을 모두 초록하여 보고하자면 정위조精衛鳥, 바닷가의 작은 새로 능력
이 미치지 못한다는 뜻가 나무와 돌을 물어다가 바다를 메우는 것과 같을 것이요,
만약 그 중 몇가지만 골라서 초록하면 반드시 엉뚱한 화를 당하게 될 것
이다" 하고는 기어이 모래사장을 파고 수만 권의 책을 묻어버렸다. 표류
인들도 원통해 하였지만 어쩔 수 없었다.

나의 친구 이유수가 그 뒤에 무장현감이 되어 모래밭 속에서 책 몇 질
을 얻었는데, 『삼례의소三禮義疏』주례, 의례 예기의 삼례를 주해한 178권의 책, 『십대
가문초十大家文鈔』중국 10대 문장가 등의 글을 모은 책와 같은 것들로서, 아직도 물
에 젖은 흔적이 있었다.

내가 강진에 도착하여 『연감유함淵鑑類函』중국 청나라 때 장영(張英) 등이 고사
성어를 모아 주석한 백과사전 450권의 책 한 권을 얻었는데, 이미 심하게 썩었기에

무장읍성의 객사 모습이다. 고창읍성보다 바닷가 가까이에 있는 무장읍성은 아담하고 아름다운 곳이었다. 특히 객사가 크고 객사 곁의 누각 또한 그림같았다. 중국을 오가는 사람들이 많아 객사가 클 수 밖에 없었을 것이다. 다시 보고픈 곳이다.

그 책 주인에게 물었다.

"이 책이 무장에서 온 책이냐?"

그가 깜짝 놀랐다.

무릇 세상일이란 본래 힘으로 할 수 없는 일은 죄가 안 되는 법이다. 산을 끼고 바다를 뛰어넘어 건너라 하였을 때, 신하로서 "할 수 없습니다" 하고 거절했다고 하여 죄를 주면 이것이 이치에 맞는 일이겠는가.

-'목민심서' 중에서-

다산은 소가 땀을 흘릴 정도로 책이 많아서 급하게 초록할 가망이 전혀 없으므로 책 이름만 기록하였다고 보고하면 될 일을 그 많은 보물을 함부로 버렸으니, 그들 외국인이 우리를 무엇으로 보겠는가 하며 한탄한다.

당시 국내산은 물론이고 수입한 책은 값이 엄청 비쌀 때였다. 값비싼 책이나 교역 물품들을 폐기하는 이런 일은 남서해안 섬 지역에서 수시로 일어나는 일이었다. 다산은 친구 이유수로부터 『십대가문초』 몇 권을 빌려다 보고 돌려주며 이 이야기를 들었고 다시 강진 유배시 확인한 것이었다.

섬사람들은 하층민이었다. 표류선으로 인해 관리들이 들이닥치면 접대와 필요한 물품의 요구로 인해 섬은 쑥대밭이 되어버렸다. 섬사람들이 사용하던 솥이나 항아리 등까지 남는 것이 없도록 만들어버린다.

그래서 섬사람들은 표류선이 떠오면 구해주기는커녕 죽일 기색으로 쫓아냈다. 간혹 태풍으로 인해 파선 직전에 있는 자들이 울부짖어도 살펴보기만 하고 버려둔다. 인류으로는 할 수 없는 짓을 하는 것이다. 배가 침몰하고 사람이 죽고 나면, 이웃끼리 비밀리에 모의하여 배와 화물을 불태워서 흔적을 없애버린다.

다산이 있는 동안 나주지방 여러 섬에서 이런 일이 자주 일어났고, 타버린 수만 벌의 염소 가죽과 감초 수만 곡斛. 근이 발견되기도 했으며 직접 물건을 보고 확인도 했다.

부패한 관리와 무지한 백성의 합작품임을 다산은 깨달았다. '나라가 썩지 않은 곳이 없다'라고 한 다산의 말에 '부패가 인류까지 저버리게 한다'라는 탄식까지 보태야 했다.

2. 확인 또 확인해야 한다
장기성 / 1801년

한 아전이 살인을 저질렀는데 아전들이 짜고서 간계를 부려 검장檢狀. 시체를 검사하여 그 전말을 기록한 문서를 온통 고쳐버렸다. 감영으로부터 회제回題. 지방수령의 문서에 감사가 판결을 써서 되돌려 보내는 것가 오자 현감이 깜짝 놀라고 의심하였으나 이해할 수가 없었고, 마침내 간계를 밝히지 못하고 살인범을 석방하고 말았다.

대개 현감이 보는 것은 서목書目. 중요한 내용만 뽑아 보고서에 덧붙인 면지뿐이니, 무릇 감영의 회제가 나의 보고서와 상반될 경우에는, 매양 감영에 가게되면 마땅히 급히 원장을 찾아보도록 할 것이요, 단지 의심만 품고 그대로 그쳐서는 안 될 것이다.

- '목민심서' 중에서 -

다산이 경상도 장기에 귀양살이할 때이다. 장기현감의 숨소리까지 들릴 정도로 가까운 거리에다 군교집에서 지낼 때이니 현에서 일어나는 모든 일이 들렸다. 아전이 주민을 살해했는데도 살인죄도 묻지 않고 무죄로 풀려난 이야기를 듣고 다산은 다시 깨달았다. 우선 담당 아전으로 하여금 사전에 일이 잘못되지 않도록 막는 것이 중요하다. 그래서 감영에 보낼 문서를 들고 "뒷날 내가 감영監營에 도착하면 꼭 원장原狀을 찾아서 다시 상세히 열람할 것이며, 만약 한마디의 말과 한 글자라도 잘못되었거나 빠진 글자가 있으면, 너는 죄를 받을 줄 알라" 하고 경고한다.

이것으로 끝나서도 안된다. 그냥 끝내면 아전들은 '현감은 말로만 엄

장기성 북문 전경이다. 장기성은 크지는 않으나 우뚝한 대머리에 동해를 바라보고 서 있는 요지이다. 멀리 외구의 침입이 한 눈에 보이는 곳이다. 누군가 동해 모서리에 잘 세웠다. 이 외진 곳에도 부정은 있었다. 다산의 눈이 날카롭다

포를 놓는다'하며 마음놓고 부정을 저지를 수 있다. 그래서 감영에 갈 때, 특히 의심이 드는 사건은 보낸 원장과 받은 판결문을 확인해야 한다. 확인한 행동이 알려지면 아전들이 중간에서 장난치지 못한다.

다산은 아전들의 부정을 막는 방법은 보고서뿐 아니라 현장 확인을 가장 중요시 했다. '재물은 백성들로부터 나오며 그것을 받아들이는 자는 수령이다. 아전의 부정을 잘 살피기만 하면 비록 수령이 너그러이 하더라도 폐해가 없지만, 아전의 부정을 잘 살피지 못하면 비록 엄하게 하더라도 아무런 이익이 없다'라고 했다.

또한 '위엄은 청렴한 데에서 생기고 정사政事는 부지런함에서 이루어진다'라고도 했다. 고인 물처럼 평생 한 곳에서만 근무하는 아전은 세습

된 능구렁이들이다. 잠깐 스쳐지나가는 현감은 그들의 간계를 깨닫기 어렵다. 결국 확인, 또 확인만이 부정을 막을 수 있는 길이다. 자신이 수고를 더하면 수많은 백성이 편안해질 수 있다. 다산은 정조에게서 배웠고 곡산에서 실행해 백성에게 칭송을 받았으며, 유배지에서 다시 그 깨달음을 확인한 것이다.

> 잡초 길은 소가 밟고 가고
> 뜬구름 속 송골매는 하늘에 묻힌다.
> 늙어가며 의지할 건 지팡이고
> 홀로 서서 흐르는 샘소리 듣는다.
> 모래 따스해 여기저기 그물질이고
> 숲 바람에 야생 덩굴 매달렸다.
> 맑고 살기 좋은 세상은 언제쯤일까
> 흐르는 세월에 서글퍼진다.
>
>   - 홀로 서서 -

3. 그만은 만나지 말아야 한다
동문안 밥집 / 1805년경

다산은 동문안 밥집에 기거하면서 유명한 사史(즉 서기, 書記)인 서객書客을 만났다. 서객은 아전들의 문서 작성을 돕는, 부패한 아전들의 모든 것을 아는 사람이다. 그는 동문안 밥집 주모의 아들이었다. 아들이 아니라는 의견도 있다. 호남의 유명한 서객인 김동검金東儉과 어깨를 나란히 하는 실력자였다. 그를 사의재 토방에서 만났을 것이다.

"전주全州에서 전후 수십 년 내의 호방비장戶房裨將, 호구·공부·전곡 담당 가운데 누가 가장 신령스럽고 사리에 밝아 아전들의 속임에 당하지 않았는가?"

다산의 물음에 그는 자신 있게 대답했다.

> "한 되 한 약龠, 분량 단위로 한 홉의 10분의 1이라도 끝내 속여 넘길 수 없는 자는 오직 김동검 한 사람뿐입니다. 그 나머지는 들어보지 못하였습니다." 대저 곡부穀簿, 곡식 장부의 어려움은, 첫째는 나누어주고 저장해 두는 것이 불법不法인 데에 원인이 있고, 둘째는 아문衙門, 관리가 일 보는 방법이 각각 다른 데에 원인이 있고, 셋째는 취모取耗, 거둬들이고 감소하는 것가 같지 않은 데에 원인이 있고, 넷째는 각곡各穀의 준절準折, 곡식 값이 변하는 것에 원인이 있습니다.
>
> 이렇게 이동하는 변천이 구름과 놀이 변하는 것 같아 달로 다르고 날로 바뀌니 진실로 마음을 정일精一하게 하고 눈은 밝게 하지 않으면 알아차릴 수 없는 것입니다.
>
> – '아우 횡에게 주는 말' 중에서 –

동문안 밥집 전경이다. 중앙에 사의재가 보인다. 아마 다산은 그 토방에 앉아 아전들의 비리에 대해 들었을 것이다. 물론 저술을 위한 목적도 있었겠으나 다산의 호기심은 대단했다. 무엇이든 궁금한 점은 알아내고야 마는 성격이었다. 굶주리면 서도 멈추지 않았다.

곡식도 살아 움직이고 사람도 마찬가지다. 곡식을 받고 저장한 사람마다 그 방법이 다르고, 곡식 또한 시간이 지남에 따라 부피가 달라지고 부패하거나 쥐로 인해 피해를 보게 된다. 이렇게 변하고 달라진 상황까지 정확히 읽지 않으면 부정을 알아차릴 수 없다.

오죽하면 호남지방의 아전들이 "흉년을 만날지언정 김동검은 만나지 말라"라고 했을까. 귀신 같은 눈썰미에 아전이나 부패한 현감들이 함부로 부정을 저지르지 못했을 것이다. 다산은 주모 아들의 이야기를 듣고 『목민심서』를 저술하는 데 많은 참고가 되었다.

무엇보다 "아전을 다스리는 근본은 스스로 처신을 올바르게 하는 데 있다"라고 전제하고 "아전들의 농간에는 대개 사⿰가 주모자가 된다. 그것을 막고자 한다면 그 사가 두려워하게 하고, 아전의 농간을 들추어내려면 그 사를 잡아내야 할 것이다"라고 했다. '사⿰'란 서기, 즉 서객을 말한다.

다산은 조선시대 부정의 근본 뿌리는 아전 제도에 있다고 보았다. 아전은 무급에다 세습제였다. 대대로 한 장소에서 지속적으로 업무를 본다는 것은 고인 물이 썩는 것과 마찬가지라고 보았다. 그래서 그 제도를 고쳐야 부정의 근본이 없어질 것이라고 주장했다.

다산의 가장 곤궁했던 동문안 밥집 기거 시절에 서객을 만나 큰 깨달음을 얻었다. 이때 얻은 깨달음이 『목민심서』 내용 중 여러 곳에 아전을 다스리는 법으로 쓰여 있다.

4. 기생에게도 말조심해야 한다
가우도 / 1805년

1805년 강진현감에게 사랑받는 기생이 있었다. 아마도 현감이 순진해서 베갯머리에서 그녀에게 속삭였는지 모른다.

"4월 8일 부처님 오신날 불을 밝히기 위해 성 안에서 점등행사를 하겠다. 가장 높은 장대 꼭대기에다 등불을 매단 자에게 상을 내리겠노라."

기생이 이 말을 귀를 쫑그리고 있던 군교에게 귀띔했다. 현감의 말은 아침이면 온 고을에 퍼진다. 군교는 급했다. 즉시 포구로 달려갔다. 배에 있는 돛대를 모두 빼앗았다. 먼 곳의 섬에 사는 어민들이 어장에 나갈 때면 포구에 잠시도 배를 정박할 수가 없었다. 돛대를 빼앗기면 배를 움직일 수가 없기 때문이다.

그래서 어민들은 돛대를 빼앗기지 않으려고 배 한 척당 200냥을 지불했고, 어민들의 원성이 자자했다. 기생에게 한 말 한마디가 어민들의 골수를 빼앗는 결과를 가져왔다. 현감은 절대로 기생을 가까이해서는 안 된다며 다산은 '군자는 집에 기거할 때도 말을 삼가야 하는데 하물며 벼슬살이할 때야 말할 것이 있겠는가'라고 『목민심서』에서 강조했다.

강진만에 있는 가우도는 옛날에도 강진 사람들의 명승지였다. 다산은 이곳에 들러 어촌을 둘러보았다. 그때 강진현감도 배를 타고 만덕사^{백련사}에 가서 잔치를 열었다. 다산은 어촌에 도착하여 가우도 어부의 말을 들었다.

강진만에 있는 가우도는 지금도 명승지이다. 조선시대나 지금이나 풍악이 끊이지 않는 곳이었다. 다산은 제자들과도, 마을 주민들과도, 병영성 우후 이중협과는 매년 가우도로 유람을 다녔다. 그 뿐아니라 주민들의 실상도 파악했다. 지금은 다리가 놓여 육지가 되었다. 섬이었을 때는 섬사람의 고난이 보였다.

바닷배가 항구에 들어오면 군교가 배 한 척당 200냥을 빼앗아가고 바닷가 수십 군데에 어홍漁滣, 통발이 있는데 조수潮水, 아침에 밀려들었다 나가는 바닷물나 석수汐水, 저녁때 밀려왔다 나가는 바닷물 때 잡은 물고기를 모두 빼앗아 갔다. 모두가 현감의 명령이라며 돈을 거두어가는데도 현감은 그 사실을 어떻게 알 수 있겠습니까 하고 한탄한다.

다산은 해가 질 무렵에야 깊고 넓은 갈대밭 사이를 노를 저어서 오는데 산허리에 있는 백련사 누각이 보였다. 그 누각에는 붉고 푸른 옷자락에 뒤섞여서 통소와 북소리가 요란하게 울렸다. 현감은 어촌에 사는 모든 백성이 두려워하고 원망하는 것도 모르고 풍악만 즐기고 있다. 슬프도다, 백성들의 윗자리에 있기가 어렵지 않은가.

– '다산필담' 중에서 –

현감의 말 한마디가 백성의 골수를 빼앗고 현감이 즐기는 동안에도 아전이나 군교들은 백성의 재물을 현감의 명이라며 착취한다. 다산은 『목민심서』 첫 머리에 '다른 벼슬은 구해도 좋으나 목민관牧民官, 고을의 수령만은 구해서는 안 된다'라고 했다. '수령은 만백성 위에 우뚝 서서 간사한 백성 3인향청 임원인 좌수·좌별감·우별감을 좌佐로 삼고, 간사한 아전 60, 70인을 보輔, 돕는자로 삼으며, 사나운 자 몇 명을 막료 빈객으로 삼고 패악한 무리수십 인을 종으로 삼는다. 이들은 서로 패거리를 지어 굳게 뭉쳐서 수령 1인의 총명을 가리고, 사기와 농간을 일삼아 만백성을 괴롭힌다'라고했다. 임기가 2년밖에 안되는 데다 이런 간사한 무리들이 들끓는 곳에서어떻게 고을을 다스리겠는가. 그래서 고을 수령만은 구해서는 안 된다고했다.

구할 게 아니라 객관적으로 능력이 인정된 사람을 임명해야 한다는것이다. '위엄은 청렴淸廉, 바르고 고결하여 탐욕이 없음한 데에서 생기고 바른 정치는부지런함에서 이루어진다'라고, 다산은 두 기본을 갖추지 않은 사람은 고을 수령이 되어서는 안 된다고 했다. 참으로 다산다운 깨달음이다.

5. 백성의 도탄, 서둘러야 합니다
남쪽 고을 / 1809년

다산은 원래 김이교金履喬. 1764~1832와 가까웠다. 다산처럼 1789년 식년시 대과에 합격하여 벼슬 초기 예문관 검열에 함께 뽑히기도 했으며, 1800년 노론 벽파의 탄압을 받아 함경북도 명천에 유배되고, 그의 동생 김이재金履載. 1767~1847는 강진 고금도에 안치되었다. 그가 1805년 고금도 유배에서 풀려나 상경할 때는 유배 중인 다산을 찾아보기도 했고, 다산 또한 그에게 이별의 시를 지어주기도 했다.

그들 형제는 노론의 명문가 출신으로 이후 형은 동부승지와 이조참의 등을 지내고, 마지막 조선통신사로 활약하며 영의정까지 올랐다. 동생 김이재는 23세에 대과에 합격, 유배 이후 대사간에 이어 이조참의에 있었다.

다산은 김이재에게 편지를 썼다. 1809년 강진·해남지역 수해로 인해 소나 말도 마실 물과 뜯을 풀이 없고, 6월 초순부터는 '유랑민이 사방으로 흩어져 울부짖는 소리가 곳곳에서 들리고, 길바닥에 버려진 어린아이가 수없이 많으니, 마음이 아프고 눈이 참담하여 차마 듣고 볼 수가 없습니다. 한여름인데도 이와 같으니, 가을을 알만 합니다. 겨울 이후는 말할 수도 없을 것입니다'라며 감사나 수령들은 대책을 세우기보다는 오히려 백성들의 부역을 늘이고 그들이 저장한 곡식을 수탈하고 장삿꾼의 물품을 빼앗는 실정이라고 써서 김이재에게 편지를 보냈다.

이어 어리석은 백성들은 내년 봄에 진제賑濟. 어려움을 구제함가 있을 것이라고 기대하고 있으나 곡식 장부만 있을 뿐 창고가 텅텅 비어 한 달도 넘길

다산초당이 있는 만덕산에서 동쪽을 바라본 강진만과 평야 일출 모습이다. 탐진강이 장흥 유치에서부터 흘러내려 강진만에 이른다. 강진만 양 옆 들은 조선시대에는 대부분 바다였다. 일제 강점기에 뚝을 쌓아 농지를 만들었다. 이 평야에 1809년 흉년이 들어 다산이 그 대책을 김이재에게 보낸 것이다.

수 없을 것이라고 했다. 두 번째 보낸 편지 내용에는 탐관오리의 횡포는 점점 더 심해지고 민란이 일어날 조짐까지 있다고 썼다. 서로 막역한 사이라 인사치레나 격식을 내던지고 바로 하고자 하는 말만 썼다.

> 겨울과 봄 사이에 진휼賑恤, 흉년에 곤궁한 백성을 도움 을 감독하는 어사御史가 수십 명이 내려온다 하더라도 장차 무슨 방법으로 갑자기 진휼곡을 마련할 수 있겠습니까. 나의 생각에는 추수하기 전에 급박하게 내려와서 계획을 세워 조처한 다음에야 오히려 만에 하나라도 살릴 희망이 있겠습니다.
> 그렇지 않으면 비록 급암汲黯과 엄연년嚴延年 이라도 아마 어찌할 수 없을 것입니다. 근래 쓸쓸한 마을에 물러나 지내면서 마음이 다치고 보기에 참담한 일들이 날로 새롭고 달로 보태지기에 이상과 같이 들어 보이기에 이르렀을 뿐입니다. 해적海賊과 화적火賊도 또한 다시 횡횡하고 있으니 어찌 작은 근심이겠습니까.
>
> – '공후 김이재에게 보냅니다' 중에서 네 번째 –

네 번째 김이재에게 보낸 마지막 편지에는 한 사람이라도 살릴 수 있는 대책까지 써서 보냈다. 그는 문제에 부딪치면 바로 깨닫고 해결 방법을 찾아냈다. 그래서 추수 전에 급박하게 어사를 내려보내 계획을 세우면 만에 하나라도 살릴 가능성이 있다고 했다. 그 후 어찌되었는지는 결과 글이 없다. 아마도 그가 힘썼지만 조정은 이미 부패할대로 부패했고 기강이 무너진 상황이었다. 김이재 혼자서는 어쩌지도 못했을 것이다.

다산은 가슴을 치고 눈물을 뿌리며 새벽별을 보았겠지만 속수무책이었다. 편지라도 써서 보내는 것이 부글부글 끓는 마음을 조금이나마 눙칠 수 있던 게 아니었을까.

6. 귀신까지도 울부짖었다
신지도/ 1809년 가을

　다산은 혼탁한 세상이라 맑은 것이 용납되지 않아 살아남은 것은 찌꺼기들일 뿐이다고 했다. 이 언급과 걸맞는 기사紀事가 있다. 인동부사仁同府使. 현 구미시 이갑회李甲會는 1800년 여름에 정조가 돌아가시고 아직 상복도 벗지 않았는데 그의 아버지 생일을 맞아 술자리를 마련하고 기녀를 불러 잔치를 열었다. 그 잔치에 장현경張玄慶 부자父子를 불렀다. 그들은 먼 친척이었다. 현경 아버지는 이방吏房의 아전衙吏에게 말했다.

　"국상이 있은지 얼마 되지 않았는데, 이렇게 잔치하고 술을 마시는가? 때를 보아서 하라."

　두 사람은 서로 오가며 다정하게 지낸 사이였다. 그런데 부사가 아전으로부터 이 말을 듣자 감영으로 달려가 현경이 터무니없는 말로 남을 속이고 임금 측근의 약한 사람을 제거하려는 반역의 기미가 있다고 고했다. 관찰사 신기申耆는 장현경을 잡아들이라고 명하였다. 부사가 밤에 잘 훈련된 장교와 군졸 200여 명에게 횃불을 들게 하고 현경의 집을 포위하자 불빛에 밤하늘이 환했다.

　현경은 갑자기 당한 일이라 영문도 모른 채 담장을 넘어 달아났고, 그 아우는 벼랑에 떨어져 죽었으며, 그 아버지만 잡았다. 군졸을 사방에 풀었으나 장현경은 쉽게 잡히지 않았다. 조정에서는 안핵사按覈使 이서구李書九를 보내어 그 사건을 다스리도록 하였다. 그러나 압수한 문서文書라고는 서지筮紙. 점친 종이 한 장뿐인데 그 점사占辭. 점괘에 나타난 말 에는 '건마乾馬가 서쪽으로 달아났다'라는 말뿐이었다.

누가 지은 것이고 무슨 뜻인지도 알 수 없었다. 붙잡힌 많은 사람을 평반平反. 억울한 옥사를 살펴 죄를 감면함하여 대부분 풀어주었으므로 영남 사람들이 칭송하였다. 현경은 잡히지도, 나타나지 않자 결국 그의 처와 아들딸을 강진현 신지도薪智島로 귀양 보냈다.

1809년 가을이었는데 큰딸은 22세, 작은딸은 14세, 아들은 겨우 10여 세였다. 하루는 진영鎭營. 군영. 수영 밑에 둔 지방대의 군졸 하나가 술에 취하여 돌아가다가 울타리 구멍으로 큰딸을 엿보고 유혹하는 말로 그녀를 꾀었다. 그 일은 계속되었고 그치지 않았다.

"네가 비록 거절한다 해도 끝내는 나의 처가 될 것이다."

이 말을 들은 큰딸은 너무나 비분한 나머지 남몰래 항구로 나아가 조수를 바라보다가 푸른 바다에 몸을 던졌다. 그 어머니가 재빨리 그녀를 뒤쫓았으나 미치지 못하자 또한 푸른 바다에 몸을 던졌는데, 7월 28일의 일이었다. 그때 작은딸이 따라 죽으려 하자 어머니가 "너는 돌아가 관가에 알려 원수를 갚고, 네 동생을 길러야 한다" 하자 뒤따르지 않았다.

돌아가서 보장堡將에게 알리니, 보장은 현縣에 그 말을 상신하였고, 현감縣監 이건식李健植은 검시檢屍. 시체를 검사함한 뒤에 관찰사에게 보고하였다. 이윽고 수일 후 해남수군사海南水軍使 권탁權卓이 장계狀啓를 올려 신지도薪智島 수장守將과 지방관인 강진 현감을 아울러 파출罷出. 파면하여 내보냄할 것을 청했는데, 이는 오랜 전례를 따른 것이다.

그런데 뜻밖에 파출 당하게 된 건식은 곧 아전과 의논하여 천냥千兩을 비장裨將. 감사나 병사. 수사 등을 돕는 무장에게 뇌물로 주었다. 그러자 관찰사가 검안檢案을 현에 되돌려주고 장계는 수영水營으로 되돌려보냈다. 그래서 관官은 무사하게 되었고 그 군졸의 죄도 불문에 부쳐졌다.

신지도 송곡리 포구이다. 이곳에 군영이 있었다. 그래서 이곳이 강진의 유명한 유배지가 되었다. 다산의 작은형 정약전도 이곳에서 7개월간 유배 살다가 흑산도로 옮겼다. 지금은 완도군이 새로 생기면서 완도군으로 편입되었고 다리가 놓여 섬에서 벗어났다.

이듬해 경오년^{1810, 순조10} 7월 28일 큰 바람이 남쪽에서 일어나 모래를 날리고 돌을 굴렸다. 바다에 이르자 파도가 은산銀山이나 설악雪嶽처럼 일었다. 물거품이 공중에 날아 소금비가 되어 산꼭대기까지 이르렀다. 해변의 곡식과 초목이 모두 소금에 젖어 말라 죽어서 농사가 크게 흉년이 들었다.

나는 다산에 있으면서 염우부鹽雨賦를 지어 그 일을 기록하였다. 또 이 듬해 그날도 바람의 재앙이 지난해와 같았다. 바닷가 백성들은 그 바람을 처녀풍處女風이라고 하였다. 그 뒤 암행어사 홍대호洪大浩도 그 사연을 들었지만 역시 묵인하고 가버렸다.

- '고금도 장씨張氏 딸에 대한 기사' 중에서 -

이것은 썩은 정도가 아니라 썩어 문드러진 것이다. 오죽하면 하늘까지 노해서 소금비를 뿌렸을까. 이 이야기를 들은 다산은 분개해서 잠을 설쳤을 것이다. 이런 부패한 나라를 어떻게 바로 잡을 것인가!

7. 섬 사람들도 사람이다
다도해 / 1816년경

다산은 조선에 섬이 1천여 개가 있다고 보았다. 큰 섬은 둘레가 100리나 되고 작은 것도 40~50리가 된다. 별이나 바둑알처럼 많은 데다 작고 큰 것이 서로 끼어 있다. 힘 있는 관이나 큰 고을은 많은 섬을 관할해 섬 사람들이 수백리 떨어진 곳을 왕래할 수 없어 아예 민원 등을 포기하고 만다.

그나마 대부분의 섬은 관리부서가 없는 사각지대에 있었다. 귀중한 국가자원이 버려진 상태에다 주민들 또한 관리의 수탈로 고통받고 있었다. 관리들의 토색질을 고을에 가서 호소하고자 해도 풍파가 심해서 가자면 열흘이나 걸리고 아전들이 막아서 포기하고 만다.

다산은 강진 바닷가에 오랫동안 유배살면서 섬사람들의 고통과 버려진 자원에 대해 잘 알았다. 한 번은 나주 섬에 사는 사람을 만나서 그 고통스러운 일을 물은 즉, 열두 섬에서 해마다 읍 주인에게 증여하는 곡식이 6천여 섬이고, 돈·솜·생선·건어물 따위 여러 가지 물건이 또 이와 같은 액수인데, 곧 나주 한 곳 소교小校가 먹는 것이라 한다. 당시 제법 큰 읍성의 한 해 세수가 1천 석 정도였으니 대단한 수입이다.

그런 까닭으로 모든 바다 섬 백성들은 비록 원통하고 억울한 일이 있어도 부굴負屈을 달게 여기며 관청 출입은 맹세코 하지 않는다. 모든 어장이나 염전이 한 번 세안稅案에 들었으면 비록 창상滄桑, 세상 변함이 심함이 여러 차례 변하여도 면할 수 없고, 책맹舴艋, 작은 배의 배라도 한 번 세안에 들었다 하면, 비록 주인이 여러번 바뀌어도 빠지지 못한다.

무릇 싸우다가 사람이 죽었더라도 예사로 사화私和, 개인끼리 좋게 풀어버림하며, 타국의 배도 태반이나 숨기고 있다가 흉년이 들면 처자를 이끌고 일본에 들어가 거짓 표류한 사람이라고 일컬어서 목숨을 부지하고, 도둑이 이르면 병기와 양식을 가지고 먼저 험한 곳을 차지해서 제멋대로 병진兵陣을 만들어 조정 명령을 거부하기도 한다.

이는 대개 신라·고려 때부터 있었으니 그 유래가 오래다. 내가 오랫동안 바닷가에 있었으므로 그 실정을 익히 알게 되었다.

– '경세유표' 중에서 –

섬사람들은 근세까지도 사람 취급을 받지 못했다. 어민들은 천민이었다. 소금을 생산하는 염민鹽民 또한 마찬가지였다. 모든 어장이나 염전은 한 번 세금이 매겨지면 변하지 않았다. 주인이 바뀌고 환경이 변했는데도 징수해야 할 세금을 채운다고 부서진 흙가마에도 세금을 매겨 착취했다. 그들에 대한 관리의 횡포는 말로 표현할 수 없을 정도였다. 목숨까지도 하찮게 여기는 법의 사각지대였으며 군인이나 불량배들까지 그들의 노동력을 착취했다.

다산은 이런 부정부패와 법의 사각지대를 없애고 오직 전세田稅에만 의존해 가난한 나라를 부강하게 하는, 일석이조의 해결 방법을 창안했다.

수원사綏遠司란 관청을 두어 온 나라 섬을 관장하고 세금을 고르게 거두게 하면 부패는 물론이고 세수의 확보로 국가 재정에 도움이 된다고 했다. 일부에서 나라 재력이 빈약한데 무엇으로 관직을 증설하느냐고 묻지만, 장차 관리와 경영만 잘하면 물이 솟아나듯, 산이 일어나듯 하여 점진적으로 호조와 같게 될 것이라고 했다.

주작산에서 바라본 완도 앞바다 섬 모습들이다. 다산은 강진 유배지에 있으면서 섬사람들의 애환과 문제점들을 모두 파악하고 있었다. 법의 사각지대에 있는 이들을 구제하고 나라도 부강해지는 일석이조의 해결방안을 창안했다. 교통이 불편한 강진만 섬 곳곳에 그의 발이 미치지 않은 곳이 없었다. 그는 멈춰서 있는 사람이 아니었다.

국가가 부강해지는 자원, 즉 전국의 하천과 산림, 특용작물이나 공산품 등 무궁무진하다고 했다. 오히려 산림이나 하천은 관리가 되지 않아 왕족이나 관리들의 부패거리가 되고 있다고도 했다. 참으로 다산의 깨달음과 창의성은 끝이 없다.

열째,
일상에서 깨달음

10

1. 지구의 중심은 지금 여기다
정동 / 1777년

　다산의 손위 누이의 남편이 이승훈李承薰, 1756~1801 이다. 매형 이승훈의 외삼촌이 이가환李家煥, 1742~1801 이다. 그는 유명한 문장가인 아버지 이용휴李用休 와 함께 성호 이익李瀷, 1681~1763 의 종손으로 그의 학문을 이어받았다.

　당시에 정조가 '정학사貞學士'로 호칭하며 그를 시험해보고 혀를 내둘렀다는 소문과 함께 기억력이 뛰어난 천재 학자로 장안의 화젯거리였다.

　'무릇 글자로 된 것은 한번 건드리기만 하면 물이 쏟아지듯 막힌 데가 없었으며, 모두 정밀하게 연구하고 알맹이를 파내서 전문적으로 공부한 사람 같았다. 질문한 사람마다 깜짝 놀라서 귀신이 아닌가 의심할 정도였다'라며 다산도 그를 만나보고 놀랐다는 기록이 '정헌 이가환 묘지명'에 있다. 그는 문장에 뛰어났을 뿐 아니라 특히 천문학과 수학에 정통해 월식이나 황도, 적도의 교차 각도를 계산하고, 지구의 둘레와 지름에 대한 계산을 도설로 제시하는 등 당시로서는 쉽게 알 수 없는 서양의 신문물에도 능통했다.

　그는 스스로 "내가 죽으면 이 나라에 수학의 맥이 끊어지겠다"라고 할 만큼 수학의 대가이기도 했다.

　　이때 한양에는 이가환 공이 문학으로써 일세에 이름을 떨치고 있었다. 매형인 이승훈 또한 몸을 가다듬고 학문에 힘쓰고 있었는데, 모두가 성호 이익 선생의 학문을 이어받아 펼쳐나가고 있었다. 그래서 나도 성

정동 옛 법원 자리이다. 이곳에서 서소문 쪽으로 이가환이 살았다. 다산이 존경하는 선배였다. 그로부터 성호 이익의 학문을 접하고 깜짝 놀랐다. 주자학 이외의 학문과 서양과학기술을 접하고 학문할 뜻을 세운 것이다. 16세 때였다.

호 선생이 남기신 글들을 얻어 보게 되었는데 그를 보자 혼연히 학문을
해야겠다고 마음을 먹었다.

- '스스로 지은 묘지명' 중에서 -

다산은 네 살 때부터 글공부를 시작해 아버지에게 유학을 배웠고 독
학해왔다. 16세 이전까지는 유학이 학문의 전부인 줄 알았다. 반석골^{중림}
동으로 이승훈을 찾아보고 그의 학문을 배우며 정동 이가환의 집으로도 찾
아가 그를 대면하며 박식함을 알았다. 그러던 중 이가환으로부터 처음으
로 성호 이익이 남긴 글들을 접하고 깜짝 놀랐다.

이제까지 접하지 못한 경세치용^{經世致用}의 실학사상과 서양 과학기술을
받아들인 서학 지식이었기 때문이었다. 그의 충격은 컸다. 막역하게 생각
하던 앞날이 확연하게 그려졌다. 유학과 다른 새로운 학문 세계가, 그것
이 그를 사로잡았다.

"학문을 해야겠다!"

실학자의 길이 시작되었다. 당시 중국은 선진국이자 문화 대국이었다.
세계의 중심이었고 모두가 그것에 경도되어 있었으며 선망의 대상이었
다. 그런데 '지구의 중심은 중국이 아니라 자신이 지금 서 있는 곳이다'라
는 큰 깨달음이, 태양계와 은하계의 보다 큰 세계가 눈앞에 다가왔다.

'나의 큰 꿈은 대부분 성호가 남긴 글들을 홀로 읽으며 공부하다가 깨
달은 것이다'라고 아들들에게 말했듯이 경세치용의 실학과 서양 과학기
술을 받아들여 개혁적인 학문을 해야겠다고 뜻을 세웠다. 16세였다. 이제
열심히 노력하는 일만 남았다.

2. 비효율성이 보이다
제용감/ 1778년

종로구청 인근 사진이다. 오른쪽 바로 옆에
제용감 터 팻말이 있다. 다산은 가는 곳마다
인기를 누렸다. 시를 잘 짓는 천재로 소문
났기 때문이었다. 제용감에서도 그곳 관리
들과 어울려 술을 마시며 제용감 관리들의
일하는 모습을 살폈다. 그의 눈에는 바로
비효율성과 맑은 정신을 기를 수 없는 직업
임을 알아보았다.

종로구청과 그 인근을 찾았다. 빙 둘러보았다. 기대하지 않았지만 제용감濟用監이 있었던 흔적은 어디에도 없었다. 제용감은 왕실에서 필요한 각종 옷감의 직조와 염색, 의복 제조와 공급을 맡아보던 관청이다. 건물 뒤쪽도 살폈다. 원래 구청 왼쪽에 정도전이 살던 집이 있었고 그가 집에서 나와 도피하다가 구청 뒤 인근에서 이방원에게 장살 당한 곳이다.

제용감에는 관사와 창고와 함께 연못이 있었고 그 연못에서 물감 들이는 작업을 하고 있었다. 제용감 표지석이 구청 인근 케이트윈타워 앞에 세워져 있다.

다산의 부친 정재원이 예조좌랑 벼슬에서 초가을 판관判官. 종5품 이 되었다. 제용감 책임관리가 된 것이다. 원래는 정3품 관서였으나 영조 이후에는 종5품 관서로 격하되어 수장이 된 것이다.

> 높은 관에 서늘한 기운 일고
> 못가에 처음으로 모셔 앉았다.
> 짙은 버들 그늘 말고삐 맬 만하고
> 연잎 맑아 사람을 붙잡는다.
> 염국染局에선 백관의 물자 제공하고
> 행주行廚에선 빈객들을 자주 대접한다.
> 큰 관서라 직무 많아서
> 맑고 소박한 정신 어찌 기를까.
>   – 이른 가을 제용감 못가에서 제공을 모시고 술 마시며 –
>   부친께서 당시에 판관이 되었다.

호기심을 말리지 못한 다산이다. 그는 제용감에서 하는 일을 직접 보려고 그곳을 찾았다. 다산은 승정원에 근무하는 관리도 만나 함께 술을 마셨으니, 아마도 다산이 온다 하니까 제용감의 여러 관리가 모여 행주, 즉 제용감 식당에서 마련한 음식과 술로 자리를 마련했을 것이다.

어린 천재가 시를 짓거나 말하는 내용을 들으려는 호기심 때문이었을 것이다. 다산은 그들과 어울리면서 일하는 모습을 살폈다. 수백 명이 일하는 관서라 많은 사람이 오가며 일하는 모습은 셈에 밝은 그가 보기에는 효율적이지 못했다. 한양 한 복판에서 옷감을 염색하고 말리며 그 염색물을 연못이나 하천에 버리고 작업자 역시 매우 지저분했다.

아마도 인근에서 홍색 염색 작업을 하지 않았을까. 홍색은 조선시대 왕실의 권위를 상징하는 색으로 홍색으로 된 관복은 왕세자와 당상관정3품 이상만 착용할 수 있었다. 이 홍색은 주로 홍화꽃옛꽃을 이용해 8번 이상 반복해야만 얻어낼 수 있는 짙은 대홍색이 되었다. 상의원尙衣院은 주로 왕실의 의상을, 제용감은 관리들의 의상을 만들었다. 옷이나 장신구, 신발 등 각 분야별로 담당한 침선장針線匠과 바느질과 수놓기를 전담하는 침선비針線婢들이 각기 맡은 일을 하고 있었을 텐데 그에 대해 다산이 보았다는 기록은 없다.

지금도 염색 작업은 후진국형 산업으로 환경오염에 의한 정화 작업 때문에 가끔 말썽을 일으키곤 한다. 조선시대에는 더했을 것이다. 다산이 제용감에서 작업하는 모습을 보고 비효율성을 느낀 것에 대한 구체적인 내용은 없다. 맑고 소박한 정신을 기르기는 힘들다는 뜻은 환경이 열악해서였을 것이다. 다산은 제용감에서 작업의 비효율성과 작업자들의 행동과 모습에서 많은 것을 느끼고 자신만의 개선책을 생각했을 것이다.

3. 세속을 바로잡고자 하다
성균관/ 1784년

    다산의 그림에 관한 첫 시가 정철조鄭喆祚. 1730~1781 가 작은 장자가리개에 용을 그린 그림을 평한 시다. 생원진사시에 합격하고 성균관에 다니면서 그림에 관심을 두기 시작했다. 이 시를 지은 시기가 1784년 봄이고 이때는 성균관에 다니는 일이 전부였다.

    '세상 이치 때로는 불운도 있어, 모진 환난 만날까 두렵기도 하다. 차분하게 유교에 따르면, 그 즐거움 어찌 말로 형용하겠는가'라고 『손무자孫武子』를 읽으며, 성균관 학생으로서 동료들과 함께 그림을 보고 시를 짓지 않았나 생각된다.

> 정공정철조은 분발하여 실물처럼 그리고자
> 비늘 하나 눈 하나를 신처럼 그려낸다.
> 꿈틀꿈틀 천장으로 솟구칠까 걱정되고
> 떨쳐 일어나 사람을 떠받을까 두렵구나.
> 주옥보다 이 그림보는 게 더 어려운건
> 남의 눈 피하여 밀실에서 그리기에다.
> 누설 말란 말 어기고 내 이를 드러낸 건
> 그림 통해 세속을 바로잡고자 함이네.
>   - '정석치의 작은 장자에 그린 용 그림에 제하다' 중에서 -
>   이름은 철조이고 벼슬은 정언이다.

용을 본 사람이 없어서 귀신 머리에다 뱀 꼬리를 붙여놔도 그럴듯하게 현혹된다고 다산은 말하면서도 석치가 그린 그림이 뛰어났다고 했다. 그런데 말미에 그림을 통해서 세속을 바로잡고자 한다는 말이 이상해서 정석치를 알아봤다.

그는 호가 석치石癡 돌에 미친자이고 천재 중의 천재 이가환의 처남이자 자연과학자의 한 사람이었다. 고개가 끄덕여진다. 그림에는 당연히 뛰어나 정조의 초상화 제작에 참여했다.

그는 1774년 문과에 급제해 정언 벼슬까지 지낸 양반으로 양반입네 벼슬아치입네 하고 뽐내는 사람이 아니었다. 천한 사람들이나 하는 돌에 미친 사람이었다. 그가 깎는 벼루 하나쯤 소장하지 못하면 부끄럽게 여겼을 정도로 뛰어났다.

좋은 돌을 보면 즉석에서 칼을 꺼내 순식간에 벼루를 깎았다. 돌의 생김새와 성질을 최대한 그대로 살려서 자연스럽게 조각했고, 결코 인위적인 조작이나 가공을 선호하지 않았다. 그래서 강세황은 그의 벼루를 두고 지금까지 본 천여 개의 벼루 가운데 단연 으뜸이라고 높이 평가했을 정도였다.

그뿐이 아니었다. 기계 제작에 뛰어난 솜씨는 물론 지도 제작에도 조예가 있었고, 천문지리에도 관심을 가져 해시계를 직접 만들고 시간을 측정하기도 한 사람이다. 그는 다방면에 걸쳐 다재다능했던 재주꾼이었다. 다산이 그에게 미칠 만했다. 이용후생학으로 사회를 개혁하고 본받아야 할 선배였다.

그는 52세 한창 나이에 세상을 떴다. 뛰어난 벼루 예술가로서의 그의 면모보다 이용후생학자로서의 그의 참된 모습이 더 밝혀져야 한다고 봤다. 깨달았다. 그림을 살아있듯 잘 그린 것처럼 다산은 그를 드러내고자

성균관 내에 있는 식당이다. 선비들의 식당답게 품위가 느껴진다. 다산은 성균관 유생으로 있으면서 처음 그림에 관한 시를 지었다. 그림 그 자체보다는 그 그림을 그린 사람의 선각자적인 정신과 이용후생 학자로서 인품에 끌려 시를 짓게 되었다고 생각한다. 세속을 바로잡고자 하는 뜻과 함께다.

했고 그를 본받자고 했다.

그는 연암 박지원의 절친이었고 대단한 술꾼이었다. 안타깝게도 술이 과하여 일찍 요절한 것 같다. 박지원은 그의 절친답게 그의 죽음을 절절하게 읊었다.

살아있는 석치라면 만나서 곡을 할 수도 있고,
만나서 조문할 수도 있고, 만나서 꾸짖을 수도 있고,
만나서 웃음을 터뜨릴 수도 있고, 여러 섬의 술을 들이켤 수도 있어서,
벌거벗은 서로의 몸을 치고받고 하면서 꼭지가 돌도록 크게 취하여
너니 내니 하는 것도 잊어버리다가,
마구 토하고 머리가 짜개지며 속이 뒤집어지고 어지러워,
거의 다 죽게 되어서 그만둘 터인데 지금 석치는 정말로 죽었구나.
(……)
하하하, 석치가 본래 상태로 돌아갔구나!

- '제정석치문' 중에서 -
연암

4. 돌파구가 불빛처럼 보였다
두미협 / 1784년 4월

1784년은 새로운 세상이 열리는 해였다. 3월 북경에서 이승훈 신부가 탄생하였고, 4월 15일 다산이 두미협 선상에서 이벽에게 천주학에 대한 이야기를 처음 듣고 황당함과 함께 은하수처럼 광대한 미지의 세계에 대한 호기심이 일었다. 그래서 수표교 인근 이벽의 집에 찾아가 『천주실의』와 『칠극』 등 천주교에 관한 책을 읽고서 천주학에 빠져든 해이다. 가을에는 마침내 조선 최초의 천주교회가 창설되었다.

다산은 16세에 성호 이익이 남긴 저술을 읽고서 성리학 이외 새로운 학문 세상이 있음을 알았다. 서양 과학기술과 이용후생 내용이 담긴 서학西學, 즉 서양학문이었다. 이로 인해 학문할 뜻을 세웠었다. 그 이후 두 번째 충격이었다.

당시에 진보적 젊은 선비들 사이에 서학은 대유행이었다. 의학이나 기하학과 수학, 건축 토목, 천문역상天文曆象의 주장과 농정수리農政水利의 기계, 측량기술 등을 알지 못하면 그들 진보적 선비 축에 끼지 못했다. 다산은 안경은 물론이고 지구의, 핀홀 카메라인 카메라 옵스큐라까지 만지고 사용했다. 특히 소수에다 집권에 소외되어 있는 남인들은 더했다. 그들의 새로운 학문과 서양 과학기술에 대한 갈구가 대단했다. 천주학 또한 서양 학문 및 과학기술과 연계되어 있었다.

다산을 비롯한 젊은 남인들은 집권당 노론의 성리학 체계 하에서는 돌파구가 없다고 생각했다. 정치적 제기를 위해 새로운 학문은 물론이고

두미협은 검단산과 예봉산 사이를 흐르는 한강 협곡을 말한다. 지금 팔달댐이 들어선 바로 아래다. 그 아래 내려서보면 두 산이 덮칠 듯 가슴으로 밀려온다. 다산은 이벽으로부터 처음 천주학에 대한 이야기를 듣고 황당함과 함께 호기심이 밀려왔다. 이후 그의 희망이 되었다.

사상이 필요했다. 가난과 부정부패, 붕당의 폐해로부터 벗어나는 길을 찾았다. 그것이 천주교 세상을 만드는 일이었다. 다산이 이벽의 이야기를 듣고 황당함을 느꼈다가 도리어 천주교에 푹 빠진 이유이다. 매형 이승훈의 서양세계, 즉 북경보다 더 발전한 파리와 로마, 피렌체, 런던 같은 유럽 대도시 이야기와 중국에 못지 않은 부와 기술, 군사력을 갖고 있다는 이야기는 다산의 꿈을 키웠다.

다산은 천주교를 부강한 나라를 만들게 하는, 세상을 바꾸는 종교 이상의 사상으로 받아들였다. 천주교 세상을 만드는 일, 새로운 나라를 만드는 일임을 깨달았다. 1784년 9월 다산은 자청해서 이승훈에게 세례를 받았다.

-네 세례명은 요한이다.

다산은 천주교 핵심 신부 10인 중 한 사람으로 포교에 앞장섰다. ^{신부가} 아니었다는 주장도 있다. 꿈을 향해 줄달음쳤다.

5. 글씨를 보고 그 인물을 알다
수운정 / 1789년

서애西厓 유성룡柳成龍, 1542~1607이 호피 1장을 주고 구입한 단양 수운정水 雲亭은 버려진 땅이었다. 조신이란 사람이 작은 정자를 짓고 살다가 임진 왜란 뒤에 버리고 지키지 않았다. 구입한 수운정에서 서애 또한 오래 머 물지 않았다. 조정에서 탄핵을 받고 이곳에 내려와 살다가 하회로 옮겼기 때문이다.

옮기면서 참판 오대익吳大益에게 팔았다. '보물이 될 만하다.' 어느 날 갑자기 서애 선생이 써서 건 수운정 현판을 보고 그는 깨달았다. 그을음 을 닦아낸 뒤 이를 표구하여 첩帖으로 만들었다. 다산이 어떻게 이 첩을 보게 되었으며 본 시기는 언제인지 정확히 알 수 없다.

문충공류성룡의 경술經術, 경서를 연구하는 학문이나 훈벌勳閥, 훈공이 있는 문벌의 성대함은 일반 사람도 다 아는 것이지만 서예書藝에 대해서는 알려지지 않았다. 그러나 그 운필運筆하여 획畫을 만든 것은 마치 서로 끌어당기는 철사줄이나 반듯하게 세워놓은 돌처럼 곧고 힘차고 빼어나서, 그 정채精 采가 돌연히 사람의 눈을 쏘아대었다.

아아, 이 세 글자를 놓고 문충공이 그 당시 큰일에 부딪혀 대의大議를 처결한 자취를 더듬어볼 때, 그 무언가 방불한 점이 있음을 충분히 상상 해볼 수가 있다. 아아, 문충공은 참으로 위인偉人이었다.

- '수운정첩을 보고나서' 중에서 -

단양에 있는 사인암이다. 이 바로 아래에 운암이 있다. 이곳은 모두 경치가 빼어나다. 참판 오대익은 이곳에서 학과 사슴을 끌고 젊었을 때와 벼슬을 버린 만년에 신선처럼 살았다. 다산은 이곳에 들려 시간이 없음을 한탄했다.

다산은 이순신보다 류성룡을 더 훌륭한 인물로 평가했을 것이다. 나 또한 그렇다. 이순신은 수군사령관으로 그 역할을 다했지만 류성룡은 전시 재상으로서 모든 분야에서 임진왜란을 승리로 이끈 사람이었다.

전쟁이 일어날 것을 미리 알고 그 준비를 주장했으나 반대파의 주장에 묻혀 준비가 소홀해진 점도 있다. 그러나 이순신과 권율을 천거하여 전쟁 준비를 하게 한 것은 그의 선경지명과 인물을 보는 눈이 탁월했음을 알 수 있고, 또한 전쟁으로 고통 받은 백성들의 삶을 개선시키고자 노력했으며, 학문적으로는 퇴계 이황의 사상을 이어받아 조선 후기 실학파를 연결하는 교량 역할을 한 사람이었다.

그는 조선의 4대 명재상이었다. 특히 전시 재상으로 이름을 날릴 만했다. 그런 그의 서예 솜씨는 잘 알려지지 않았다고 다산은 전제한 후 그의 수운정첩을 보고 붓을 움직여 획을 만든 것이 곧고 힘차고 빼어나서 그 아름다운 모습이 돌연히 사람의 눈을 쏘아대었다고, 그 세 글자에서 그의 위대한 행적이 나타나 있다고 했다. 그리고 위인임을 알 수 있다고 했다.

다산이 서예를 보는 눈이 날카롭고 탄탄하다. 지금 수운정첩을 볼 수는 없지만 다른 서애의 글씨를 볼 때 다산의 깨달음과 뛰어난 안목을 느낄 수 있다.

다산은 1789년 3월 처음 운암수운정에 들렀다. 단양의 명승지를 두루 들러보고 시간이 없음을 한탄했었다. 그 후 아마도 서울에서 오대익을 만나 수운정첩을 접했을 것이다. 다산이 쓴 '병조 참판 오대익 공의 칠십일 세를 축하하는 서'에서 젊어서 비단 두건을 쓰고 흰 깃털로 만든 부채를 들고서는 검은 학을 타고 흰 사슴을 몰며 운암雲巖과 사인암솜人巖 사이를 노닐었다'라고 했다. 만년에도 같았다. 나이 들어서도 신선 같았다고, 어찌 그에게만 많은 복을 내리는가?라고 했다. 이때 수운정첩을 접하지 않았을까.

6. 음난할 음 자를 조심해라
창덕궁 / 1796년경

　조선시대는 벼슬아치나 선비와 기생들의 염문이 많은 사람의 입에 오르내렸다. 일반 백성의 가십거리이기도 했다. 기생과의 염문을 자랑스레 떠들고 다니는 선비들도 있고 황진이 무덤에 술을 올렸다가 파직된 사람이 있는가 하면 죽은 선비를 못잊어 하며 무덤을 지키다가 죽은 기생도 있었다.

　다산 또한 시를 잘 짓고 풍류를 아는 사람이라 염문이 있을 법한데 없다. 젊어서는 가난해서 어쩔 수 없다 하더라도 벼슬살이 시절에는 인기도 있었기에 세간을 떠들썩하게 하는 가십거리가 있을 법한데 어디에도 없다. 그의 글을 살피고 답사하면서 귀를 쫑그렸으나 찾지 못했다. 다산이 기생에 대한 생각은 어떠했을까.

　옛날 서자들이나 신분이 낮은 자들은 벼슬할 방법이 없었다. 그들이 학식이 높고 뛰어나도 할 수 있는 것은 실력자를 섬기는 일 뿐이었다. 특히 우리나라는 그들을 구속하는 법조문이 많아 이들의 벼슬길은 막혀 있었다. 그래서 벼슬하는 관료를 섬기는 비장裨將. 조선시대 감사나 수사 등 벼슬아치들을 돕는 무장이나 서기書記. 문서관리나 기록을 맡아보는 사람가 되는 것이 당연했다.

　그런데 사람들은 이들을 천하게 여겼고 이들 또한 스스로 깎아내려 맡은 일에 자부심이 없었다. '입에 풀칠하려 일하는데 염치와 몸사림이 무슨 소용이겠는가?'라며 멋대로 음탕한 짓을 일삼으며 스스로를 더럽힌다. 참 탄식할 만하다고 다산은 말했다.

창덕궁 설경이다. 다산의 여자관계는 정조에게서 배웠다. 정조는 술과 여자가 있는 연회를 좋아하지 않았다. 주변에 여자가 많은데도 가까이하지 않았다. 오직 학문이 뛰어난 사람들과 어울려 연회를 베풀고 담소하며 즐겼다. 다산은 그에게서 배웠다. 그래서 함부로 여자를 가까이하지 않았다. 유배지에서도 10년을 버티다가 병든 몸과 제자들의 수발을 위해 여자를 들였을 뿐이다.

내가 보기에는 비장이 된 자들의 많은 흠은 모두 한 글자에서 일어나고 있다. 음난할 음淫 자가 그것이다. 관기官妓 중에 요염한 자는 여러 사람이 눈독을 들인다. 그 가운데 음사淫事에 능한 자가 반드시 먼저 그와 눈이 맞게 마련이다.

한번 발빠른 자가 얻어가 버리면, 여러 남자가 코밑 수염을 비비꼬며 남몰래 승냥이처럼 이빨을 갈게 된다. 어찌 위태롭지 않겠는가. 하물며 요염한 여자는 어렸을 때부터 이미 대인大人의 손을 거쳤으므로 그 간교한 구멍이 일찍 뚫렸을 것이고 따라서 그 욕망의 골짜기가 반드시 넓혀졌을 것이다.

그리하여 애틋하게 부탁하고 살을 애듯 호소하는 기술이 반드시 신묘할 것이고, 그 옷차림도 반드시 사치스럽고 분수에 넘칠 것이다. 어리석은 남자들은 한번 빠지게 되면 곧 좋은 냄새와 나쁜 냄새를 가리지 못하고, 시고 짠 것을 분별하지 못하게 되어 마음을 잃고 몸을 망치는 것이 이로부터 시작된다.

제일 좋은 것은 정결하게 스스로 지켜 중이나 고자라고 하는 조롱을 달게 받는 것이다. 진실로 그렇게 할 수 없다면 물러나 양보하여 동료들이 고르고 난 뒤를 기다림은 물론 또 힘 있는 아전이나 호방한 장교 같은 교활한 사람의 축첩인가를 살펴서 모두 피해야 한다.

마시고 먹는 연회 장소에서 늘 말과 웃음이 작은 얌전하고 소박한 사람을 조용히 살펴서 그녀가 전부터 사랑하던 사람이 누구인가를 조사하고 그가 전부터 알아오던 병이 있는가를 물어본다. 그녀를 방에 불러서 여러 날 조사하고 시험한 뒤에 그녀가 반드시 해가 없다는 것을 확인하고 나서야 가까이하면 될 것이다. 그러나 끝내 기생을 갖지 않는 고상함만 못하다.

- '아우 횡에게 준 말' 중에서 -

다산은 아우 약횡을 안타깝게 여겼다. 그가 신분이 낮았기 때문이었다. 작은어머니 잠성 김씨가 중인 출신이었다. 잠성 김씨에게서 낳은 누이동생 역시 신분이 낮아 채제공의 서자인 채홍근과 결혼했다. 약횡 또한 신분이 낮아 평생 허리 펴고 지내지 못했다. 그를 위해 써준 글이다. 그가 벼슬을 원한다면 비장이나 서기가 될 수밖에 없는데 그들의 비리와 잘못을 열거하며 주의를 주고 있다. 그 중에서 가장 조심해야 할 게 음난할 음자라고 충고했다.

여기서 다산이 기생을 보는 눈이 밝혀진다. 기생은 사랑의 대상이 아니라 그냥 관료들의 연회 자리에서 흥을 북돋아주는 직업인이었다. 춤과 노래를 잘하고 잘 꾸미는 것이 그들의 일이라 남자들 눈에 뛰는 것은 당연했다. 그런 그녀들의 치부 또한 적나라하게 알고 있었다. 다산은 동생에게 양반이 눈독들이거나 사랑한 기생은 물론이고 동료들 중에서도 힘있는 아전이나 장교들과 사귀는 기생도 피해야 한다고 했다.

기생을 거느리는 데 많은 경비가 들고 남자의 질투도 여자 못지않기 때문이다. 더구나 신분이 낮으면 어떤 위험이 다가올지 모르기 때문이다.

다산이 기생이나 여자를 보는 눈도 거의 비슷했다. 현모양처를 그렸고 게으른 여자는 쫓아내도 좋다고까지 한 그였다. 그래서 그의 젊은 시절 염문은 전혀 없었다.

또한 여자를 좋아하지 않는 남자가 없겠지만 그는 큰 꿈을 가졌기에 절제력이 강했고 가까이 있는 여자에는 관심도 없었다. 술을 택했을 뿐이고 남자들과 껄껄거리기를 좋아했을 뿐이다. 정조를 보고 깨달은 것이다.

7. 젊은이가 뼈있는 말을 하다
장기/ 1801년 여름

다산이 장기에서 보낸 유배 생활은 비교적 여유가 있었다. 친인척이 마련해준 노잣돈으로 술을 사 먹을 수 있었고 조만간 해배되리라는 기대감도 있었다. 강진에서처럼 천주학 죄인으로 사람들에게 배척받거나 굶주림에 시달리지 않았다.

자신을 처벌하라는 상소가 이어지고 가끔은 죽음의 두려움에 식은땀을 흘렸으나 저술에 죽자사자 매달리지도 않았다. 머슴이 고향이 어디냐고 묻고 지나가는 농부가 장기를 두자고 할 정도로 무료했다. 말벗도 책도 없어 사나흘에 한편씩 시 짓는 일 이외에는 사립문에 멍하니 서 있는 것이 전부였다.

혹시나 해서 인근 우암尤庵 송시열宋時烈이 유배 와서 세운 죽림서원竹林書院을 찾아봐도 남인에다 죄인은 사절이었다. 우암은 조선시대 당쟁사의 중심인물로 보수적이고 외골수인 데다 반대파를 잔인하게 물리친 남인의 적이었기 때문이었다. 그렇게 여름이 지나가고 있었다.

다산이 병들었다는 소식을 들은 아들들이 의서 수십 권과 약초를 보내왔다. 다른 책이 전혀 없어서 이 책만을 볼 수밖에 없었고 병들었을 때도 이 약으로 치료했다. 이를 지켜보던 관인館人. 객관을 지키고 손님 접대하는 사람 의 아들이 청했다.

"장기의 풍속은 병들면 무당을 시켜 푸닥거리하고, 그래도 효과가 없으면 뱀을 먹고, 뱀을 먹어도 효험이 없으면 체념하고 죽어갈 뿐입니다.

장기의 방풍림으로 조성된 느릅나무 숲이 일부 남아있다. 다산이 유배 살았던 때는 장관이었다고 한다. 다산은 무료해서 벌이 꿀을 다투는 느릅나무 숲을 자주 걸었다. 병을 치료하도록 의서와 한약재를 보내온 아들들 덕에 의서를 짓게 되었다. 관리 아들의 권유도 있었다.

공은 어찌 공이 보신 의서로 이 궁벽한 고장에 은혜를 베풀지 않습니까?"

이 말을 들은 다산은 퍼뜩 깨달았다.

"알았다. 내가 네 말을 따라 의서를 만들겠다."

무료함을 이길 수 있는 명분 있는 일이 생긴 것이다.

> 의서 가운데서 간편한 여러 처방을 뽑아 기록하고, 겸하여 『본초강목』에서 주치主治의 약재를 가려 뽑아서 해당 각 병목病目의 끝에 붙였으며, 보조 약재로서 4~5품에 해당하는 것은 기록하지 않았고, 먼 곳에서 생산되거나 희귀한 약재로 시골 사람들이 이름을 모르는 것도 기록하지 않았다.
>
> 책은 모두가 40여 장이니 간략하다고 할 만하다. 이름은 '촌병혹치村病或治'라고 했다. '촌村'이란 비속하게 여겨서 하는 말이고, '혹或'이란 의심을 풀지 못하는 뜻에서 한 말이다.
>
> '촌병혹치' 서문 중에서

다산은 서문 말미에 해배되어 참고할 만한 서적을 많이 접하게 되면 '혹'이라는 이름을 고칠 수 있을 것이라고, 부족하지만 세상을 깨우치고 병을 치료하려는 깊은 뜻이 깃들어 있다고 했다. 다산은 객관지기 아들이 툭 던지는 말에 의로운 일을 한 것이다.

8. 숨기는 것은 계책이 아니다
다산초당 / 1815년

임진왜란이 일어나자 당시에도 땅을 치고 통곡하는 사람이 많았다. 조헌趙憲은 임진왜란이 일어나기 한 해 전 "내년에는 반드시 전쟁이 일어날 것이다"라며 통곡하고 과격한 상소를 수차례 올리다가 추방당했고, 통신사로 일본에 다녀온 황윤길黃允吉도 "반드시 전쟁이 일어날 것이다"라고 하는 등 확실히 전쟁이 일어날 것이라고 믿는 사람이 많았다.

그런데 왜 전쟁 준비를 하지 않았을까, 그 의문은 옛사람들과 마찬가지로 지금 사람들도 갖는 의문이다. 다산 또한 '화근이 이미 드러났는데 어찌하여 돌 하나라도 쌓고 창 하나라도 만들어서 침입할 왜적에 대한 대비는 하지 않았는가' 한탄하고 있다.

다산은 반곡盤谷 정경달丁景達, 1542~1602의 『난중일기亂中日記』를 읽고서 서애西厓 유성룡柳成龍의 『징비록懲毖錄』과 백사白沙 이항복李恒福의 『임진록壬辰錄』이 임진왜란에 대한 내용이 상세하고 분명하지 않은 것은 아니라고 보았다. 두 대신은 왕명을 받들고 전략을 짜며 온 나라의 대세大勢를 논평하고 팔도의 많은 기무機務, 국가의 중요한 정무를 조정함에 있어서는 그 업적이 위대했다.

다산은 『난중일기』를 접하고서 바로 그 가치를 알아보았다. 잡다한 전쟁 기록이거나 자신의 고통과 공로만을 드러낸 글이 아니라 살아있는 모든 것, 조선 천지의 물고기도 놀라고 산짐승도 도망간 상태라든가 비바람을 맞으며 들에서 밥해 먹고 지새우는 고초에 대해서는 『난중일기』가 더 뛰어나다고 했다.

또한 이 책에서 유익함을 얻기 위해서는 그 유분^{惟分}, 오직 윗사람의 명을 받들고 그른 일에 입을 봉하고 그 분수를 지키는 일과 **고심**^{苦心. 유분 있는 자가 그 포부를 써 후세에 시행되기를 바라는} 것에 대해 눈을 밝게 떠야만 한다고 했다.

> 그 당시의 일을 나는 들었다. 변방의 사건을 말하면 허풍을 떤다 하고 군사일을 말하면 민심을 동요시킨다고 하여, 비변사備邊司의 자리에서는 당황한 얼굴빛으로 서로 돌아보지 않은 적이 없으면서도 밖에 나와 사람들에게 말하기를 태평하다고 하며, 규문閨門 안에서는 귀를 대고 소곤거리지 아니한 적이 없으면서도 밖에 나와 손님에게는 걱정이 없다고 하였고, 지방의 관찰사는 수령들도 그 영향을 받고 그 뜻에 맞추어 날마다 음악이나 연주하고 기생과 즐기면서 "이것이 민심을 안정시키는 방법이다"라고 하며, 궁벽한 곳에서 노동일을 하는 사람들도 이미 귀신처럼 당시의 정세를 꿰뚫어보고 있다는 것을 알지 못하였다.(……)
>
> 대체로 재난은 숨겨서는 안된다. 병을 숨기는 자는 그 몸을 망치고, 재난을 숨기는 자는 그 나라를 망치는 것이니, 대체로 숨기는 것은 계책이 아니다. 내 마음으로만 알고 있는 것을 나의 형제들이 모른다면 형제에게는 숨겨도 되는 것이고, 나라 사람만 알고 있는 것을 상대 나라에서는 모른다면 상대 나라에 숨겨도 되는 것인데, 그 당시에는 그렇지가 않았다.
>
> 평수길平秀吉. 풍신수길이 무기를 정비하고 군사를 단련시킨 것이 10여 년이었으므로 일본 사람은 그 일을 다 알고 있었다. 대체로 일본 사람이 다 알고 있는 것을 가지고 우리나라 사람에게 숨기려고 하였으니, 이것이 어찌 잘못 생각한 것이 아니겠는가. 대체로 숨기는 것은 계책이 아니다.
>
> — 정경달의 '난중일기' 중에서 —

다산초당 야경 사진이다. 다산은 새벽까지 생각에 잠기고 글을 썼다. 복사뼈에 세 번 구멍이 뚫릴 정도였다. 1815년 어느 날 서울에서 『반산세고』 서문을 쓴 이후 이곳에서 정경달의 『난중일기』를 썼다. 아마도 늦은 밤 조용할 때 썼을 것이다.

다산은 어느 날 서울로 자신을 찾아온 정경달의 후손 정수익丁修翼을 만난다. 그는 정경달의 아들 정명열丁鳴說과 그 아들 정남일丁男一의 시를 모아 『반산세고盤山世稿』라 이름하고 그것을 가지고 다산을 찾아왔다.

그 인연으로 『반산세고』의 서문을 쓰게 되었고, 삼부자三父子에 걸쳐 수립한 공을 처음 알게 되었는지도 모른다. 이후 1815년 강진 유배지에서 이 글을 썼다. 다산이 강진에서 장흥을 방문한 것은 차茶에 대한 자료 수집을 위해 보림사를 방문한 것이 기록에 보이지만 정경달의 고향이나 장흥 반계사를 방문했다는 기록은 없다. 결국 책을 접하고서 이 글을 쓴 것으로 책이 방문지를 대신하게 되었다.

다산은 정경달을 아주 훌륭하게 보았다. 변방에서 낮은 벼슬의 녹을 받은 자는 반드시 뛰어난 호걸이다. 군주의 은총을 받고 조상의 음덕을 받은 자는 패전한 장수라도 그의 공적이 솥이나 종이에 새겨지지만, 청백한 가문에서 일어나 아주 작은 공이나마 전한 자는 틀림없이 충신이며 의사義士이다.

관각館閣을 차지하여 화려하고 깨끗한 관직에 오른 자는 보잘것없는 문장도 금석金石에 새겨져 오랫동안 전하지만 직책이 낮고 힘이 적은데도 유문遺文이 수백 년 뒤에까지 없어지지 않고 이어진 자는 틀림없이 그 가운데에 사라질 수 없는 것이 존재하기 때문이다고도 했다.

반산 정씨盤山丁氏는 백제의 변방 장흥의 유명한 가문이다. 정경달이 자신의 가문을 일으켜 형조 참의에 이르고 청주 지사에 이르러 아들과 손자, 삼대가 명성을 날리니 그들의 공적이 어찌 드높고 훌륭하지 않은가.

또한 다산은 임진왜란은 10년 동안 전쟁 준비를 하며 왜국에서 이미 알려진 사실을 숨겨서 나라가 망할 지경에 이르고 백성들의 고통을 자초한 것이라고 판단했다. 이 사실을 피부로 느끼도록 알린 정경달이 훌륭한 인물임을 알아보았다.

열한째,
절망 속에서 깨달음, 4

11

1. 소인의 미움을 사지 말라
만안교/ 1818년 가을

다산은 1818년 가을 해배되어 고향 마현에 돌아왔다. 기대감 속에 들 뜬 분위기가 시들지 않은 때였다. 아직 사면이 되지 않은 때라 가까운 인척과 친구 이외에는 아무도 축하 인사가 없었다.

그런데 뜻밖에 서용보徐龍輔, 1757~1824가 하인을 보내 축하 인사를 건넸다. 다산은 어리둥절하다가 이내 냉정을 되찾았다. 다음해 봄 서용보가 영의정으로 부임하면서 다시 하인을 보내 안부를 전했다. 그를 25년간 수렁으로 몰아넣은 사람이 소인小人이 아닌 것처럼 보이기 위해서였는지도 모른다.

다산은 곤혹스러워졌다. 이제나저제나 조정에서 좋은 소식을 기다리는 형수님들이나 하인들의 눈빛 때문이었다. 정확히 25년간 다산을 수렁에 몰아넣은 사람, 그런 사람이 갑자기 달라졌다고 웃을 수는 없었다.

1794년 겨울 암행어사인 다산은 경기도 관찰사 서용보가 관청의 곡식을 비싸게 팔아 착복하는 부정을 목격했다. 다산은 당연히 정조에게 보고했고 그는 관찰사에서 해직되었다. 정조의 화성 행차를 위해 최초로 만안교萬安橋 건설을 추진 중이었는데 그만 물러나야 했다.

그로서는 만안교 건설로 정조의 신임을 두터이 할 기회를 잃은 게 더 가슴 아팠는지도 모른다. 안양 팔경의 하나인 만안교는 결국 1795년 관찰사 서유방에 의해 완성되었다. 다산과 서용보의 악연은 만안교에 잠겨 있는 것만은 아니었다.

서용보의 인척인 서상徐相은 사기와 협박으로 남의 땅을 빼앗으려다 암행어사 다산에게 고발되어 처벌받았다. 대제학 서유신徐有臣, 1735~1800은 사도세자 복권을 위한 글, 즉 옥책문玉册文에서 존호에 담긴 뜻을 설명하면서 금등을 생략했는데 이에 이의를 제기한 한광식韓光植과 다산의 의견이 받아 들여져 제외되었다. 천주교를 탄압하는 데 앞장섰던 서준보徐俊輔, 1770~1856와도 악연이었다.

이들은 다산이 변방 바닷가에서 고난 속에 있을 때 승승장구했다. 18세에 과거에 합격한 서용보는 정조의 총애를 받아 관찰사에서 해직된 지 한 달 뒤 바로 정계에 되돌아왔고 정조 사후에도 영의정을 지내는 등 거칠 것이 없었다. 25세에 과거에 합격한 서준보는 순조 때 벼락출세하였다. 지방관과 중앙관직을 마음대로 오가는 등 권력이 하늘을 찔렀다.

신유사옥 때 다산 형제의 무죄가 밝혀졌는데도 영의정이자 위관裁判官인 서용보는 1801년 관리 다수의 반대에도 불구하고 유배 보내야 한다고 고집했다. 또한 서용보는 태비 정순왕후가 다산을 유배에서 풀어주고 명했을 때1803년 명을 시행하지 못하게 하급관리를 협박해 공문을 못 만들게 했다. 다산을 유배지에 18년간 묶어둔 원흉이었다. 그가 벼슬에서 물러나자 해배되어 돌아올 수 있었다.

그런 그가 두 번이나 하인을 시켜 해배를 축하하고 안부를 물었다. 정치라는 게 살아있는 생물이어서 오늘의 적이 내일의 동지가 될 수 있다지만, 두 사람은 그럴 수가 없었다. 1819년 조정에서 경전經田에는 다산만큼 적임자가 없다며 비변사備邊司 양전사量田使로 천거되었으나 서용보의 반대로 무산되었다. 당시 비변사라면 국가의 주요 업무를 총괄하고 모든 인사권을 쥐고 있는 핵심기구였다. 이 일은 두 번이나 되풀이 되었지만 그의 반대로 번번히 무산되었다.

만안교는 조선시대 상당히 큰 다리 공사였다. 지금도 안양의 절경 중 하나이다. 다산의 고발로 서용보가 이 공사를 기획, 시공하려 오히려 벼슬에서 쫓겨나고 말았다. 서용보 입장에서는 다산과 악연이었다고 생각할 줄 모른다. 다산은 그의 후반생을 서용보 때문에 망쳤고 나라는 그 때문에 뛰어난 유산을 받았다.

옛말에 "백 명의 친구가 있는 것보다 한 명의 적이 무섭다"라고 했다. 또한 "군자의 미움을 살지언정 소인의 미움은 사지 말라"라는 말도 있다. 다산은 서용보라는 소인을 만났다. 어찌 서용보가 소인인 줄 알았겠는가. 지나고서야 깨달았다.

피할 수 없는 운명이었다. 그가 소인이 아니었더라면 다산의 행동 또한 달랐을 것이다. 만나지 말아야 할 소인을 만나 그의 운명이 12년의 관료생활로 끝나버렸다.

『주역』에 통달한 그가 서용보와의 악연을 어떻게 해석했을까, 주어진 운명이라 체념했을까. 그는 결국 그가 그렇게 원하던 은자로 말년을 보냈고 500권의 저술은 먼지만 쌓였다. 이런들 어떠리 저런들 어떠리 하며 씁쓸한 후반생을 감내해야 했다.

2. 여자의 투기는 본성인가
동고/ 1819년

다산과 부인 홍혜완洪惠婉. 1761~1838의 관계는 어떠했을까. 참 궁금한 사항인데 정확한 내용은 알 수 없다. 다산이 부인에게 준 시와 그 외 작자 미상의 '남당사南塘詞'정민 교수는 다산이 지었다고 주장한다. 시, 세간에서 이러쿵저러쿵하며 떠도는 이야기로 추정할 수밖에 없다. 그 추정 또한 신빙성이 있다고 나는 생각한다.

다산은 결혼해서 과거에 합격한 이후 초기 벼슬살이 시절인 1794년까지 18년 동안 처가집 신세를 졌다. 물론 아내가 누에를 길러서 살림을 꾸려가면서다. 결국 전적으로 부인이 의식주를 책임진 셈이다. "천 리 밖에서 양식을 보내주었고, 초가삼간 더부살이 소릉少陵의 서쪽에서 한다"라며 장인의 임지에서까지 식량을 부쳐오고 처가집에서 더부살이하고 있다고, 처가살이 하고 있는 괴로움을 친구에게 보내는 시에서 토로했다.

또한 벼슬살이 시절에는 남인 소장파의 리더로서 명례방 다산의 집이 사랑방이 되었다. '죽란시사竹欄詩社'까지 결성해서 매일 많게는 15명에서 적게는 서너 사람이 모여 술상 위에 말들과 잔이 오갔다.

남인 원로들 모임은 물론 창덕궁 동료들 모임까지 참여하고 밖으로 돌며 술을 마셨다. 오죽하면 부인의 잔소리에 '술을 끊으라는 아내의 요구에 술을 더 마시고'라며 객기까지 부렸다. 조선시대를 거쳐 근대화 시대까지 대부분 어머니가 그렇듯 부인 홍씨는 참고 인내하며 남편 뒷바라지를 하였을 것이다.

다산도 미안했던지 유배지에서 아내에게 시를 써서 부치고 '안 하는 일 없어, 올봄에도 누에를 친다고 하네. 뽕 따는 일은 어린 딸을 시키고, 잠박 치는 일은 아들에게 맡겼다지' 하며 '누에치는 아내' 시에서 읊고 있다.

> 겨우 돌아왔으나 실망의 뜻 가득 차서
> 가끔 지팡이 짚고 다시 강변에 기대섰다.
> 하나 달린 누런 잎 산골 마을엔 비 내리고
> 비 그친 산봉우리엔 석양빛이 걸려 있다.
> 거룻배는 이 늙은이를 정히 실을 만하고
> 물가 갈매기와는 여생을 함께할 만하다.
> 무릉茂陵에 돌아가 제사 지낼 날 없어
> 현몽한 이가 오히려 백발 신선인가 의심스럽다.
>
> ― 동쪽 언덕에서 저녁 경치를 보다 ―

천신만고 끝에 겨우 살아 돌아왔다. 들뜬 환영 인파로 북적임도 잠시 '온다온다 하더니 오고 나도 달라진 게 없네'라는 귀엣말이 형수님들 사이에 오가고, 서쪽 하늘에 매달린 기대감은 까치밥 홍시감처럼 떨어져 박살난 것 같다.

피땀으로 이룬 저술은 누구도 보자는 사람이 없고, 유배만 풀어주었을 뿐 사면도 없다. 창덕궁에 들어가 정조에게 제사 지낼 일은 정녕 없을 것인가, 현몽한 한나라 무제처럼 정조도 현몽할 수는 없을까, 헛된 꿈도 꾸어본다. 아, 동고의 지는 해는 아름답지만 쓸쓸하기만 하다. 차라리 유배지 강진으로 달려가고 싶은 이놈의 심사는 누구도 알아주는 사람이 없다.

함께 온 홍임 모와 딸 홍임이 때문에 마누라 눈초리가 싸늘하다못해 독기까지 보인다. 병들고 늙은 자신을 위해 온몸으로 고생한 그들에 대한

동고 인근의 국화거리다. 지금은 팔당호에 물이 차서 동쪽 언덕처럼 보이지 않는다. 소외와 고독이 엄습하거나 속이 타들어 갈 때 이곳을 지팡이에 의지해 걸었다. 마누라 투기심 때문에 속이 부글부글 끓을 때도 무작정 걸었을 것이다.

동정심은 눈꼽만큼도 없다. 어찌 올곧고 현명한 마누라가 투기심만은 지게미 앞치마 걸친 아낙네와 같단 말인가.

홍임모의 탱탱한 피부와 남당포에서 뱃노래를 잘부른 홍임모의 노래를 듣고 질투심이 더 솟아올랐을까. 탄식밖에 할 게 없다. 이해 불가다. 그 생각만 하면 화가 나기도 하고 허탈하기도 하다.

눈에 넣어도 아프지 않은 귀염둥이 어린 딸을 생각할 때마다 자신의 무능에 가슴을 치기도 한다. 결국 부인으로 부르고 싶지 않은 마누라가 양근양평 박생朴生 편에 홍임 모녀를 강진으로 내쫓았다. 박생 그 자식은 홍임모를 장성 부자에게 첩으로 팔아먹으려 한 놈이다. 후에 그 말을 들은 다산은 눈에 불이 났을 것이다.

얼마나 늦둥이 딸 홍임이 얼굴이 눈에 박힐 때마다 벌떡벌떡 일어났을까. 세월이 약이었다. 두 모녀를 버리고도 18년 가까이를 더 산 것을 보면 다산 또한 강하긴 강했다. 다산이 다산초당 주인에게 홍임 모녀를 잘 보살펴달라는 편지를 보냈다고 전한다. 후손이 분실해서 자세한 내용은 알 수 없다.

3. 제멋대로 날뛰었다
용문산/ 1819년 가을

사람들은 소외되거나 쓸쓸해지면 반대로 더 떠들썩해진다. 현실을 잊기 위해서이다. 미친 듯이 술에 취하기도, 친구들과 어울리며 즐거움을 과장하기도, 쉬지 않고 움직이며 말이 많아지고 웃어대기도 한다. 그 와중에도 눈가에 쓸쓸함이 언뜻 스치기도 한다.

다산은 해배 이후 가장 힘들었던 시기인 1819년 가을에 친구들과 함께 용문산을 찾았다. 강진에서 거의 완성했던 일표이서一表二書를 끝내고서다.

"기묘년 가을에 사천사斜川寺에서 놀고 절벽 위의 수월암水月菴을 경유하여 마침내 백운봉白雲峯에 올랐으니 여기가 바로 용문산 남쪽 절경인 것이다. 또 때로 벽계蘗溪의 동점銅店에서 노닐곤 했는데 여기도 용문산 서쪽 기슭이다"라며 1819년 가을 양평과 용문산을 유람하고 쓴 글이 자세하다.

추석 이후 8월 28일 양평 김정기金庭基 집에서 하룻밤을 자고 다음 날 두 친구와 함께 사천사를 구경하며 하루 동안 머물렀다. 밤에는 사천사 수운법사와 촛불 심지가 다하는 줄 모르고 환담을 나누었다.

다음 날 새벽 친구들과 함께 용문산 백운봉을 향해 출발했다. 두 팔에서 휙휙 소리가 날만큼 가볍게 올랐다. 당시로선 늙은이인 58세 다산은 건강했던 모양이다. 백운봉에 올라서서 도도히 흐르는 남북 한강과 그 기슭에 의지하며 사는 사람들을 내려다보았다. 그곳에 자신이 지나온 길이 있었다.

우뚝 솟은 백운봉은

이 용문산의 주봉이라오.

우뚝한 봉우리 푸른 하늘 찌르고

두 날개 흘려 보좌를 삼았네.

(……)

인생이란 풀잎의 이슬 같아

아침 햇살에 사라짐과 같다오.

60년을 되돌아 보건데

내가 한 일 어찌 그리도 거칠었던가.

세상에선 제멋대로 날뛰다가

끝내는 초라한 썩은 선비 되었지.

육예六藝의 학문도 자질구레하고

경전의 뜻 주석한 것 누가 읽으리오.

한 백성도 이 덕택 못 입었으니

군자가 어떻게 이를 취택하리오.

울퉁불퉁 옹이 많은 나무가 오래 사는 건

자귀나 도끼에 베이지 않기 때문이라네.

– '용문산 백운봉에 오르다' 중에서 –

자신은 60여 년 동안 희망을 잃지 않고 살아왔다. 목숨이 경각에 달린 절망적인 상황에서도 살아남기 위해 성의를 다했고 중풍으로 반신불수가 되어서도 저술을 중단하지 않았다. 어떤 어려움에서도 차고 일어나는 그의 긍정적 정신은 자신을 일으키는 힘이었다. 그 힘이 이어져 용문산 정상에 오르게 하였다. 거기까지였다.

세상을 내려다본 순간 긍정적 정신은 사라졌다. 성의를 다해 살아남고 분노를 승화하며 후세의 평가를 두려워해 노력한 결과는 무엇으로 남았

다산은 두 해에 걸쳐 주변 친인척과 용문산과 그 주변을 유람했다. 소외와 고독을 잊기 위해 그저 떠들고 즐겁게 놀았을 뿐이다. 58세에도 건강해서 1,000m가 넘는 용문산 백운봉에 올랐다. 정상에 오르자 자신이 초라한 선비로 남았음을 깨달았다. 죽도록 저술에 매진했으나 한 백성에게도 혜택을 주지 못했다. 아, 지는 햇살이로구나.

는가. 거친 행동의 기억이 자신을 억누르고, 말을 함부로 하며 멋대로 날 뛰다가 초라한 선비로 남았다.

육예六藝, 육학으로 고대 중국교육의 여섯 가지 과목의 학문도 자질구레하고, 주자 이전의 유학, 즉 원시 유학을 재해석한 경전을 누가 읽을 것인가. 더구나 나라를 바꿀 개혁서는 집권당 노론에게는 금서였고 나라가 망할 때까지 그들은 읽지도 않았다. 결국은 한 백성에게도 혜택을 주지 못했다. 다산은 자신이 처한 현실을 깨닫고 다시 내려왔다.

인근의 이연심李淵心 · 이순경李順卿 집에 머물기도 하고 윤양겸尹養謙의 회갑 잔치에 가 떠들썩하게 지냈다. 다음해에도 용문산을 찾아 인척 집을 돌며 현실을 잊고자 했다. 결국 남은 것은 내동댕이처진 자신을 깨달은 것뿐이었다.

4. 다시 더 살아야겠다
벽계/ 1822년

신작申綽, 1760~1828은 다산의 고향 마현 맞은편 경안천 변에 살았다. 천변에 다리가 놓이기 전에는 큰 배가 드나드는 나루터가 있던 곳이었다. 마현과는 우명牛鳴, 소 울음소리이 들리는 곳이기도, 1925년 대홍수 때 다산 생가와 마찬가지로 흔적도 없이 사라진 곳이기도 하다. 1819년 8월 21일 다산 자신이 쓴 『상례사전喪禮四箋』과 『매씨상서평梅氏尙書平』을 들고 신작의 집을 방문하면서 교류가 시작되었다.

두 사람은 주로 다산의 저술 내용을 가지고 치열하게 논쟁했다. 견해 차이가 커서 극한 대립을 보이기도 했지만 서로 인정할 것은 철저히 인정했다. '아름다운 재주는 하늘이 주셨고 탁월한 해석은 많이도 세상을 놀라게 한다'라고 신작은 다산을 칭찬하고, '그대 따라 이웃에 살고 싶으니, 나 위해 언덕 하나 빌려주시라' 하여 논쟁은 논쟁일 뿐, 말년의 쓸쓸함을 위로하는 이웃 친구였다.

눈 내린 산하를 좋아한 다산은 눈 내린 밤이면 신작에게 편지를 쓰기도 하고 다산의 유명한 시 '가는 해'를 신작에게 지어주기도 했다. 조석으로 만나서 답답한 마음을 트고 싶다고 하며, '시 지으면 화답하고 술 떨어지면 받아 오겠다'라고 신작은 시에 화답했다.

『시차고詩次故』와 『서차고書次故』, 『역차고易次故』 등 여러 경학서의 저술가이자 독서가이며 '직일각直日閣'에 4천 권의 서고를 가진 장서가이기도 한 신작의 칭찬은 다산에게 큰 힘이 되었다.

대산臺山 김매순金邁淳, 1776~1840은 다산과 두 번째로 경학 논쟁을 시작한 옛 동료다. 그와는 창덕궁 규장각에서 함께 근무하다 30년 만에 만났다.

대저大著 『매씨상서평梅氏尚書平』을 두세 번 반복해서 읽어보았습니다. 열흘을 몰입해서 읽었는데, 마치 사탕수수를 씹는 듯 점점 가경佳境, 한참 재미있는 고비에 들어가고, 진하고 향기로운 순주醇酒를 마시는 듯 취한 줄 도 모른 채 꼭 잡고 애지중지하여 손에서 떼고 싶지 않았습니다. 그런데 지금 정산鼎山 김기서金基敍가 굳이 찾아 가져갔으니 아마 곧 선생의 책 상에 도로 가 있겠군요. 참으로 아쉬움을 느낍니다.

대저 속의 논의는 한결같이 모두 명확하고 진실합니다. 게다가 필력 의 거침없는 기세는 그 누구도 상대가 되지 못할 것입니다. 아홉 권, 수 만 마디 모두 위의威儀, 위엄있고 엄숙한 태도가 엄연嚴然하여 어느 하나 가려낼 것이 없습니다. 그래서 혼자 이렇게 총평해 보았습니다.(……) "적막한 천 년 뒤 황무지인 이 땅에서 이렇게 탁월하고 기이한 일이 일어날 줄 어찌 생각이라도 했겠습니까?"

― '대산이 보내온 편지' 중에서 ―

다산은 대산이 보내온 편지를 읽고 또 읽었다. "적막한 천 년 뒤매색(梅賾) 이 저술한 『위고문상서(僞古文尚書)』 이후 황무지인 이 땅에서 이렇게 탁월하고 기이한 일이 일어날 줄 어찌 생각이라도 했겠습니까? …… 생각이라도 했겠습 니까?" 읽을수록 그동안 응어리졌던 가슴이 확 풀렸다.

500권의 저술을 가지고 고향에 돌아왔는데 누구 하나 관심을 보이거 나 읽어보자고 한 사람이 없었다. 벙어리 냉가슴에 속이 문드러지고 살 아도 산 것 같지가 않았다. 그런데 이런 과분한 칭찬을 받다니, "처음으로 더 살아보고 싶은 생각이 듭니다"라고 자찬묘지명에 썼다. 그동안 피땀 의 결과가 헛되지 않았음을 알았다.

벽계 입구이다. 멀리 북한강이 보인다. 이 계곡을 타고 죽 올라가면 김매순이 은거하던 벽계 속샛이 나온다. 다산은 그곳이 천석이 아름답다고 했다. 그곳은 흔적도 없다. 별장들만 들어서 있을 뿐이다. 다산은 규장각에서 함께 근무하던 김매순에게 자신의 쓴 글에 대해 칭찬을 듣고 가슴의 응어리가 풀려 처음으로 더 살아보고 싶다고 했다.

격한 문장들은 고쳤으면 한다는 김매순의 의견에 대해서는 "그때는 젊은 습기가 미처 제거되지 못하였고 평소에 쌓인 울분도 가라앉히지 못하여 우연히 부딪쳐 격발되는 것이 있으면 한바탕 통열하게 욕을 퍼부어야 겨우 조금이나마 후련해졌으니 이것이 어찌 도道를 공부하는 사람의 일이겠습니까?"라고 답하며 자신의 실수와 단점을 인정하고 공감하는 부분은 수정했다.

후에 김매순은 자신의 선조인 삼연三淵 김창흡金昌翕, 1653~1722이 은거했던 벽계 속샛으로 갔다. 이곳은 용문산의 서쪽 계곡으로 천석이 아름다운 곳이었다. 다산은 이곳을 오가며 대산과 대화를 이어가고 학문 논쟁을 하며 활기를 되찾았다.

5. 배움에는 나이가 없다
광나루/ 1827년경

다산과 연천淵泉 홍석주洪奭周, 1774~1842 와 1827년 경학 논쟁이 오갈 때는 그의 동생 해거재海居齋 홍현주洪顯周, 1793~1865 와 함께 광나루에 이주해서 살 때이다. 그들의 집이 아차산 자락인지 나루터 인근인지는 알 수 없으나 교통의 편리성 때문에 아마도 나루터 인근이었을 것이다. 광나루는 경강의 끝자락에 위치해 두모포와 함께 아름다운 곳이었다. 다산도 '광나루에 당도하여' 시에서 아름다움을 노래하고 있다.

홍현주는 정조의 딸 숙선옹주淑善翁主 와 결혼한 명문가였으며 홍석주는 어려서부터 기억력이 뛰어난 천재였다. 21세에 과거에 합격해서 33세에 이조참의에 올랐고, 1815년인 41세에 충청도관찰사로 나갔다. 58세인 1832년에 양관 대제학에, 2년 후 이조판서를 거쳐 좌의정에 오른 인물이다. 양관 대제학에 오른 만큼 문장과 학문에 뛰어나 많은 저술을 남겼으며 고요하고 겸허해 평민과 같은 성품을 지녔다.

> 정자程子 의 가르침에 "남과 논변하는 자는 이치가 뛰어나면 일이 분명해지고, 성질을 부리면 일을 그르친다"라고 하였으니 참으로 맞는 말입니다. 모든 일이 다 그렇지만 경經을 담론하는 사람은 더욱 그러합니다.
>
> 착안着眼, 어떤 일을 눈여겨보아 그 일을 성취할 기틀을 잡음은 모름지기 분명하되 마음가짐은 평정平靜, 평안하고 고요함하지 않으면 안 되고, 입론立論, 세운 논리은 확실히 하되 말을 할 때는 완곡婉曲하지 않으면 안 됩니다. 주자朱子도 이

미 그것이 가짜임을 의심하였지만 그래도 감히 단정적으로 하지 않았으니, 너무 너그러워서 그렇게 한 것이겠습니까?(……)

　그 의심스러운 것은 의심하여 후세 사람들로 하여금 택할 것을 알게 하면 족할 것입니다. 구구절절 그 흠을 찾고, 말마다 그것이 거짓이라고 미리 의심하여, 온몸에 한 군데라도 온전한 곳이 없게 한 이후에 그만두게 한다면 그것은 후학後學에게 가르침이 되는 것이 아니라고 생각됩니다.

　옛사람이 말하기를 "천하의 보물은 마땅히 천하 사람을 위하여 아껴야 한다"라고 하였습니다. 이 글을 세 차례나 반복해서 읽다가 그만 나도 모르는 사이에 너무 쉽게 말한 것 같습니다. 건방지다는 꾸중을 달게 받겠습니다.

- '다산의 『매씨상서평』에 대한 홍석주의 첨' 중에서 -

　홍석주가 다산의 『매씨상서평』을 세 번이나 읽고서 첨籤의 말미에 쓴 글이다. 다산의 단점이 잘 나타나 있다. 욱하는 성질과 꼬투리를 잡고 늘어지는 성격이 보이는 듯하다. 홍석주는 『매씨상서평』을 읽고서 여러 곳의 잘못된 내용을 지적하고 자신의 의견을 개진하였다. 그 개진과 함께 지적한 다산의 약점에 대해 스스로도 매우 부끄러워하였다.

　덧붙여 다산은 "북쪽으로 돌아온 후 서적이 조금 많아졌으나 주평만朱汗漫. 용을 잡는 기술을 가진 사람과 같은 재주는 쓸 곳이 없었습니다. 마침내 상자 속에 던져두고 다시는 이치를 연구하지 않아 황폐해짐이 이와 같게 되었습니다"라고 말하며 해배 후 많은 저서를 가지고 고향으로 돌아왔으나 아무도 찾아주지 않으니 아예 덮어두고 수정이나 저술 활동을 게을리하였음을 고백하고 있다. 소외와 고통 속에서 초연해진 그에게 홍석주가 다시 불을 붙여주고 있다.

　홍현주는 다산과 서른한 살 차이가 나고 홍석주와는 열두 살 차이가

광나루는 조선시대 아름다운 곳이었다. 강폭이 넓어 오래전부터 광나루란 이름이 붙여졌고 별감을 파견하여 세곡을 관리
하던 곳이다. 얼마 전까지만 해도 광나루 강변 카페에서 주거니 받거니 하던 곳인데 지금은 콘크리트가 강변을 다 막아
달리는 차 먼지만 날리는 곳이 되었다. 달리기만 했던 지난 시간이 살가운 유적을 다 없애버렸다. 그때가 그립다. 아래
사진은 광나루 강변 아래 버드나무다.

난다. 당시 다산의 나이는 66세였다. 어린 나이의 후배가 다산이 저술한 내용뿐 아니라 지적한 단점까지도 부끄러워하며 수정하고 있다. 끝없는 배움의 열정에 다산이 존경스럽다.

특히 이익의 종손 이삼환李森煥이 다산에 대해 칭찬한 말이 생각난다. "비록 자신이 잘못하여 실수가 있더라도 반드시 있는 것은 있다 하고 없는 것은 없다 하여 그 잘못과 잘못 고친 것을 남들이 다 알게 하였소. 이 어찌 지금 세상에 흔히 볼 수 있는 것이겠습니까?"

6. 추사의 마음을 읽다
평양/ 1828년

추사秋史 김정희金正喜, 1786~1856는 평양감사로 있는 아버지 김노경金魯敬을 찾았다. 지난해 12월이 아버지 회갑이었다. 마침 중국에서 돌아온 사신이 아버지에게 수선화를 선물했다. 그중 한 그루를 얻어 고려청자 화분에 정성스레 심었다.

9월 말경 그 화분을 다산에게 선물로 부쳤다. 당시에 평양 감영에서 두릉으로 수선화 화분을 부친다는 게 쉽지 않은 일이다. 파발마로 쉬지 않고 달려도 3, 4일이 걸리는 거리이고, 일반적으로는 일주일 이상 걸린다. 청자화분이라 조심스레 취급해야 했다.

추사는 다산과 친근한 사이가 아니다. 다산의 둘째 아들과 동갑으로 아들들과 친구 사이였다. 절친이자 많은 화제를 몰고 다닌 다산의 수제자 초의선사에게 많은 이야기를 들어 다산을 잘 알고 있었을 것이다. 다산에게 학문을 연구하다 의문점이 생기면 편지를 보낼 정도여서 추사가 다산을 존경했음을 알 수 있다.

신선의 풍채나 도사의 골격 같은 수선화가
30년을 지나서 나의 집에 이르렀다.
복암 이기양李基讓이 옛날 사신길에 가지고 왔었는데
추사가 이제 대동강가 아문으로 옮기었다오.
외딴 산촌 마을에서는 보기 드문 것이라서

일찍이 없었던 것 얻었기에 다투어 떠들썩한다.
어린 손자는 억센 부추잎에 비유하더니
어린 여종은 도리어 마늘쪽이라며 놀란다.
흰 꽃과 푸른 잎새 서로 마주 서 있으니
옥 같은 골격 향그런 살결에서 향내 절로 풍긴다.
맑은 물 한 사발과 바둑알 두어 개 뿐이라
먼지하나 섞이지 않았으니 무엇을 마시는지.
이시진李時珍의 『본초강목本草綱目』과 황정견黃庭堅의 시에서
너무나 더럽히어 글을 보매 울고 싶다.
거름흙에 뿌리내린 걸 더러운 데 처했다 하고
건 땅에서 꽃피운 걸 습한 곳 좋아한다 했다.
이제야 알겠노라 대은大隱은 때로 시장바닥에 숨어도
스스로 거부해서 검은 물도 들지 않고 닮지도 않는다.

– 수선화 –

늦은 가을에 김우회가 향각에서 수선화 분재
한 포기를 부쳐 왔는데, 그 화분은 고려청자였다.

　　도사의 몸매나 신선의 풍채 같은 수선화가 30년을 지나서 두릉 여유
당에 도착했다. 1800년 봄에 이기양이 중국 사신길을 다녀오면서 값진
물건이라고는 아무 것도 없고 다만 수선화 한 뿌리를 휴대하고 왔었다.
장기 유배지에서 그 생각이 나 시를 지었다. '하얀 꽃은 설 안에 피는 매
화를 압도하고, 푸른 잎은 서리 맞은 대나무와 같다. 몸 전체 뼈까지도 푸
르름을 타고 났기에, 일생 동안 남에게 아양을 못 떤다' 하고 자신을 빗대
어 노래했었다.

　　그 후 30여 년이 지났다. 추사가 평양에 머물면서 수선화를 보내왔다.
궁벽한 산촌에서는 보기 드문 꽃이라서 모두들 구경하느라 야단법석이

삶이 고달파도 여유가 있는 사람은 꽃이 보인다. 다산이 그렇다. 그래
서 꽃을 좋아한다는 소문이 자자했던 모양이다. 추사가 존경하는 다
산에게 평양에서 수선화를 보내왔다. 신선 같은 꽃. 보내온 추사의 마
음을 읽었다. 다산은 무척 기뻐서 손자와 가족에게 자랑했고 한바탕
떠들썩함 속에 웃었다.

다. 어린 손자는 부추잎 같다 하고 어린 종은 마늘싹 같다며 놀란다.

하얀 꽃과 푸른 잎은 서로 마주보고 서 있고 옥같은 꽃대와 잎 사이에서 향그런 꽃내음 풍긴다. 꽃 모양이 마치 맑은 물을 담는 사발 같고 꽃심은 바둑알 두어 개 같다. 그 속에 먼지 하나 없으니 무엇을 마시고 사는가. 명나라 때의 의학자인 이시진이 저술한 『본초강목』에는 수선화가 습한 곳을 좋아한다고 잘못 말하고, 송나라 때의 문장가인 황정견은 수선화를 노래한 그의 시에서 연꽃처럼 더러운 곳에서 꽃피운다고 잘못 노래했다.

다산은 깨달았다. 추사가 자신에게 수선화를 보낸 것은 세속의 더러운 물에도 검게 물들지 않고 닮지도 않는 은자로 존경한다는 뜻을 전했다. 다산은 어쩌다 더러운 시장바닥에 있어도 대은은 대은이므로 몸가짐을 조심해야 한다고 여유당에 서서 두리번거렸다.

1801년 지은 시에서 '새하얀 너 시들어서 먼지밭에 버려지면, 민첩한 개미들이 너도나도 덤벼들리'라고 읊은 마지막 구가 의미심장하다.

7. 즐거움을 몰아 오면 기다려진다
죽산/ 1832년

문산文山 이재의李載. 1772~1839는 떠뜰썩함을 몰고 오는 한량이다. 좋게 말해서 한량이지 사실은 여행이나 다니고 놀고 즐기는 데 일가견이 있는 놈팽이다. 집권당 노론에다 왕족 집안이고 유학에다 주역을 깨우친 사람이다.

다산과 치열한 경학 논쟁經學論爭을 주고받은 것을 보면 학문의 깊이도 있었다. 어찌 보면 세상 삶에 통달한 사람이 아닌가 생각되기도 한다. 골치 아픈 벼슬살이는 아예 젊어서 때려치웠기 때문이다. 그가 오면 대문 처마부터 활짝 웃고 요란하다.

그를 처음 만났을 때도 그랬다. 말 위에서 시를 읊으며 껄껄거린 친구였다. 예절을 벗어난 것 같아도 밉지가 않다. 누운 자리가 잠자리인 박제가처럼 그는 아무 때나 불쑥 나타났다. 한바탕 즐거운 난장을 펼치고 훌쩍 떠나갔다.

그런 그는 고향으로 돌아온 다음해부터 계속 다산 두릉 집으로 찾아왔다. 1823년에는 북한강을 함께 여행하기도 하고 1828년 동지섣달에는 다산의 늙은 아내가 빚은 만두를 놓고 장구치면서 즐기기도 했다.

> 나루 정자 시든 버들에 저녁 매미 울어대고
> 번번이 석양만 되면 자네 오길 기다렸다.
> 좋은 달 다 지나 비가 내린들 어떠한가

반가운 손님 막 왔으니 날 개기 바라지 않는다.
몸은 짧은 촛불처럼 불똥만 남았고
글은 마치 두다만 바둑판 같다오.

- 문산 이진사가 옮을 기뻐하며 -

1831년 9월 문산이 오자 기뻐하며 지은 시다. 버선발로 뛰어나오지 않았을까. 다산은 아버지 정재원처럼 사람을 좋아했고 외로움을 많이 탔다. 검단산으로 해가 기울 즈음 무료하고 쓸쓸해지면 문 밖을 내다보며 문산이 왔으면 하고 바랐다.

그가 오면 마냥 즐겁고 부담이 없다. 문산은 그런 다산의 마음을 알아서 1832년에는 여름과 가을 두 번이나 두릉에 들렀다. 그리고 조카까지 데려와 여러 날 질탕하게 놀았다고 문산은 썼다. 아마 두릉이 들썩들썩하지 않았을까.

이 해는 문산의 회갑이었다. '저녁에 이르면 절제하며 두려워하고, 남은 세월 잘 아끼고 살아가자'라고 축하시를 지었다. 아마 죽산으로 회갑연에 축하하러 갔으리라 생각되지만 기록은 없다. 신군, 윤균, 여균 등 친구들은 다 떠났다.

남은 친구이자 만나면 부담없고 마냥 즐거운 친구, 그래서 다산은 그를 기다렸다. 친구도 만나면 즐거워야 한다. 그것도 왁자지껄하게, 다산이 그를 기다린 이유이다.

◀ 용인시 처인구에 있는 이재의 집 대문이다. 비교적 잘 보존된 조선시대 사대부 집이다. 이곳을 찾기 위해 참 많이도 헤맸다. 다산이 이재의 회갑연 때 들렸음직 한데 축하 시만 있고 기록은 없다. 나이 들어서는 이재의 같은 친구가 부럽다. 그의 우렁찬 목소리와 웃음이 들리는 듯하다.

8. 저승길에서도 자신을 찾다
두릉/ 1836년 2월

스승 고향인 두릉에 황상黃裳, 1788~1870이 찾아왔다. 다산이 잊지 못하는 수제자였다. 어려운 동문안 밥집 시절에 맛있는 음식을 보면 달려오던 제자였고, 아들처럼 병수발까지 했었다. 그런 그가 다산초당에서 헤어진 후 18년 만에 스승을 찾아온 것이다.

2월 중순경 강진 바닷가 끝 일속산방에서 열흘 넘게 걸어서 왔다. 초라한 행색의 시골 늙은이여서 하인들도 눈여겨보지 않았고 아들 정학연도 그를 알아보지 못했다.

"이게 누군가, 무심한 사람이 왔네그려!"

두 사람은 1805년 12월 고성사에서 스님들과 함께『주역』을 강학하고 『승암문답』을 엮을 때 처음 만났다. 대둔사와 대둔산을 함께 유람하기도 했다. 푸르름이 넘칠 때였다. 31년이란 세월이 흘러서 지난 세월만큼 푸르름이 검게 변해 있었다.

황상은 8년 전 스승이 보고 싶다고 올라오라 전했는데도 회혼연回婚宴에 맞춰서야 겨우 발걸음을 했다. 그는 꺼져가는 짧은 촛불처럼 말라 있는 스승 앞에서 큰절을 올리면서 말을 잊었다. 올라오면서 머릿속을 채운 말들이 하늘로 흩어져버렸다. 그저 어깨를 들썩이며 눈물을 흘릴 뿐이었다.

다산은 이때 정신이 오락가락하고 있었다. 혼미한 상태에서 돌아오면 도란도란 이야기를 나누고 황상에게 지난 일을 묻기도 했다. 마치 옛 일로 현재를 잊고자 하는 듯했다. 옛일을 더듬어 깨달음을 찾고자 하는 듯도 했다. 희미한 미소가 스쳐가면서도 오래 앉아 있지 못하고 가쁜 숨을 몰아쉬며 갑자기 정신을 잃곤 했다. 쇠약해질대로 쇠약해진 상태가 더 악화 되었다.

선물이 속속 도착해도 회혼연 잔치는 취소되었다. 며칠 머무는 동안 황상은 옛날처럼 병수발하며 자리를 지켰다. 스승은 정신이 돌아올 때마다 황상을 찾았다. 그에게서 자신의 절망하던 시절 희망을 찾는 듯했다. 생의 의미를 곱씹는 듯도 했다. 늙어서도 기억력은 대단해서 황상도 가물가물한 이것저것을 물었다.

황상은 잔치도 취소된 마당에 우환이 있는 집에 오래 머물 수는 없었다. 2월 19일에 스승과 마지막 자리에 앉았다. 다산은 부축을 받아 자리에서 일어나 앉았다. 황상은 스승에게 큰절을 올렸다. 그리고 무릎걸음으로 다가가 흰 종이장 같은 손을 잡았다. 스승은 꺼져가는 목소리로 말했다.

"넣어 두거라, 조심······."

스승은 우물우물 말을 잇지 못했다.

『규장전운』한 권
중국 붓 한 자루
중국 먹 한 개
부채 한 자루

— 황자중에게 준다 —

꾸러미 안에는 삐뚤삐뚤한 글씨가 담긴 종이에 적힌 물건과 함께 담뱃대와 여비로 엽전 두 궤미^{두냥}가 더 있었다. 스승의 꼼꼼한 배려였다. 책 한권 값이 금값이던 시대, 마음뿐 아니라 당시 가난한 스승의 형편으

다산 생가 석양 모습이다. 다산은 마지막 가는 길에 자신이 아끼던 제자 황상을 만났다.
유배지에서 맛있는 음식이 있으면 달려오고 자신의 병수발을 하던 제자다. 그에게 계속 시를 지으라고 문구와 노잣돈을
주었다. 그의 분신이자 그의 시를 이을 제자였다.

로는 부담스러운 값나가는 물건들이었다. 다산은 꼬장꼬장해도 올바른 사람에게는 포용력과 마음씀이 컸다. 마지막 바람이었다.

한자 운서인 『규장전운』을 비롯해서 담뱃대와 부채까지 준비한 것은 제자가 열심히 시 쓰기를 바랐기 때문이었다. 저승에서도 자신 또한 함께 하고자 하는 일이었다. 황상은 울음을 삼키며 받았다. 그리고 무겁게 두 릉을 떠났다.

황상은 한양에서 사람들로부터 스승의 부음을 들었다. 다시 달려왔다.

참고문헌

박석무, 『다산 정약용 평전』, 2014, 민음사

신창호, 『정약용의 고해』, 2016, 추수밭

실시학사경학연구회, 『다산과 문산의 인성논쟁』, 1996, ㈜한길사

실시학사경학연구회, 『다산과 석천의 경학논쟁』, 2000, ㈜한길사

실시학사경학연구회, 『다산과 대산·연천의 경학논쟁』, 2000, ㈜한길사

심경호, 『다산과 춘천』, 1994, 강원대학교 출판부

양광식, 『강진과 다산』, 1997, 금성인쇄출판

이덕일, 『정약용과 그 형제들』 1~2 2004, 김영사

조성을, 『연보로 본 다산 정약용』, 2016, 지식산업사

정규영(송재소 역), 『다산의 한평생』, 2014, ㈜창비

정 민, 『다산의 재발견』, 2011, ㈜휴머니스트

정 민, 『삶을 바꾼 만남』, 2011, ㈜문학동네

정 민, 『파란』 1~2, 2019, 천년의상상

차 벽, 『다산의 후반생』, 2010, 돌베개

차 벽, 『청년 다산』, 2014, 희고희고

차 벽, 『관료 다산』, 2015, 희고희고

차 벽, 『인간 다산』, 2018, 희고희고

한국고전번역원, 『다산시문집』

한국고전번역원, 『목민심서』

한국고전번역원, 『경세유표』